Te veré en el clímax
Y otros relatos pecaminosos

Ganadores del

Segundo Concurso Internacional de

Relatos Pecaminosos Contacto Latino 2014

Te veré en clímax y otros relatos pecaminosos
Todos los Derechos de Edición Reservados
©2014, Pukiyari Editores/Kulei
©2014, de sus respectivos relatos:
Alfredo Ruiz Islas, Andrés Correa Guatarasma, José Ramos, Juan Carlos Esquivel Soto, Saylí Alba, Pedro González Q., Héctor Daniel Olivera Campos, Noa Xireau, Lourdes Portela, Gerardo Bertelli, Bruno Carvajal, Juan Antonio Abascal Ruiz, Alejandro Dávila Fragoso, Fernanda Rodriguez Briz, Harol Gastelú Palomino, Manuel Pérez Recio, Patricia Gabela, Sara Martín Cabrera, Andrés Casanova, Roberto Migoya Ramos, Tatiana Ramos, Jorge Hernán Arce González, Ana Cristina Salazar Yuste, Tomás Cardoso, Maximiliano Oscar de Renzis, Andoni Atienza, Juan Pablo Goñi Capurro
Imagen de portada © 2014, Shutterstock

ISBN-13: 978-1-63065-024-7
ISBN-10: 1630650242

PUKIYARI EDITORES
www.pukiyari.com

«¡Quien esté libre de pecado, no sabe lo que se pierde!»

(Anónimo)

Bienvenidos al Gran C

Esta antología llega al mundo gracias a las horas de
dedicación de sus autores:
Alfredo Ruiz Islas, Andrés Correa Guatarasma, José Ramos,
Juan Carlos Esquivel Soto, Saylí Alba, Pedro González Q.,
Héctor Daniel Olivera Campos, Noa Xireau, Lourdes Portela,
Gerardo Bertelli, Bruno Carvajal, Juan Antonio Abascal Ruiz,
Alejandro Dávila Fragoso, Fernanda Rodríguez Briz,
Harol Gastelú Palomino, Manuel Pérez Recio,
Patricia Gabela, Sara Martín Cabrera, Andrés Casanova,
Roberto Migoya Ramos, Tatiana Ramos,
Jorge Hernán Arce Gonzalez, Andoni Atienza
Ana Cristina Salazar Yuste, Tomás Cardoso,
Maximiliano Oscar de Renzis y Juan Pablo Goñi Capurro

Por segundo año consecutivo, es un honor presentar esta antología de relatos pecaminosos. Los escritos que encontrarán
aquí constituyen una amalgama que explora lo "pecaminoso"
desde diversos puntos de vista con absoluta creatividad e incondicional libertad de expresión. Descubrirán en este volumen de
todo un poco y se sorprenderán con los diferentes estilos, las
inquietantes tramas y los deliciosos momentos de clímax.

Nuestro agradecimiento a los cuatrocientos noventa autores
del mundo entero que tomaron el reto de convertir aquellas con-
fesiones pecaminosas en relatos concursantes. A los jueces, los
escritores Juan Pablo Goñi Capurro, Luis Miguel Helguera San
José, Hermes Torres, Samuel Chavarria, Alfonso Izquierdo,

Antonio Manuel Costa Rocha y Judy Macmar, quienes comprendieron el objetivo de esta convocatoria y nos ayudaron a realizar una magnífica selección. Nuestra gratitud también a ellos por prestarse a instituir una nueva tradición al concursar por el honor a que el suyo sea el relato titular de este libro. A la Sociedad de Escritores de Columbus, la cual lidero, por el regalo del título de esta antología. Finalmente, nuestro eterno agradecimiento a los veintisiete autores que nos confiaron sus creaciones para que vivan en un clímax eterno dentro de las páginas de este libro.

¡A disfrutar!

Ani Palacios

Ani Palacios
Editora, Contacto Latino / Editora, Pukiyari Editores

Juan Pablo Goñi Capurro

Relato Titular

Argentina

Escritor argentino nacido en 1966. Publicó "Alejandra", libro de relatos, y "Amores, utopías y turbulencias" de poesía. Obtuvo varios premios y formó parte de antologías, revistas y libros de cuentos en Argentina, España, Ecuador, México y Estados Unidos. Tiene más de quince obras publicadas en el 2014, en Argentina, México y España.

Actor y dramaturgo, en el año 2012 estrenó su obra: "Por la Patria mi General". En el 2013 sus obras breves: "La pierna de la discordia" y "La escena del crimen"; y sus monólogos: "La primera vez", "La silla está rota" e "Invitación al casamiento". Ha participado en los cortometrajes: "Regalos" (2012) e "Y es tan largo el olvido" (2014). Se le puede encontrar en su blog: http://juanpablogoicapurro.blogspot.com/

Te veré en el clímax

Novedad, conmoción, vecindario revuelto, charlas en voz baja, cortinas fugaces, ojos atentos, por una vez contábamos con un *show* en vivo y en directo más entretenido que cualquier programa de televisión. Teníamos un palco envidiado por el vecindario, en el cuarto piso, justo en el edificio que está enfrente. ¿Cuánto nos demoró averiguar que estaban en el cuarto piso?, ¿dos horas? Quizá menos, estoy segura que apenas la primera morocha bajó de la combi y se perdió en el *hall*, el portero de nuestro edificio cruzó la calle y tomó el dato del portero del edificio de ellas.

Que son seis, que son cuatro, continuábamos discutiendo por la cantidad exacta, quizá se intercambiaban. Las ventanas a la calle eran seis pero tal vez no ocuparan todos los departamentos del piso. Sabíamos cuando llegaban y se iban los clientes por las luces, las persianas permanecían cerradas todo el día impidiéndonos ver porno gratis. Los testimonios coincidían en ese punto, yo las hallaba cerradas cuando salía por las mañanas al trabajo y las encontraba de la misma forma a las cuatro y media de la tarde, al regreso. Las vecinas que se dedicaban a las tareas del hogar tampoco habían visto las persianas levantadas alguna vez. Imaginaba el olor en el interior de las habitaciones, tanta actividad intensa y ninguna ventilación. A los hombres no les importan esos detalles, los hombres son unos cerdos. Ven la carne y no les interesa más nada, como cuando comen asado y se mandan a la boca toda la grasa que les revienta más tarde el corazón.

De ellas no podía decir nada, si vivieran en nuestro edificio quizá hubiera tenido motivos para quejarme; pero ahí, del otro lado de la calle, ¿qué podía decir? Había aumentado el tránsito de hombres por la cortada, eso era un hecho, pero aquello no implicaba de por sí un perjuicio, quizá ese movimiento desinteresaba a los malhechores. Los clientes hacían lo suyo y punto, no llegaban a estar media hora según la información brindada por las luces. Me moría de ganas por saber cuánto cobraban, qué servicios prestaban, pero jamás me atreví a preguntarles cuando las crucé en el mercado del chino o en la frutería del gallego. Fruta sí compraban, abundante, como si no supieran comer otra cosa.

El chino y el gallego eran muy amables con ellas, pero esos dos eran amables con todas, si te descuidabas y les sonreías un poco de más te invitaban a la trastienda en menos de un segundo. Casada y todo, con cientos de visitas del brazo de mi marido, solían tirarme indirectas cuando no los vigilaban sus respectivas esposas. Igual, me jodía que ellas recibieran los piropos, como si no les alcanzara con la clientela. Y me jodían esas sonrisas de dientes blancos, grandes, resaltando en contraste con la piel oscura. Saqué a relucir las faldas más cortas, las que guardaba para los días en que hacía horas extras en la oficina, para no sentirme menoscabada. Costaba lucirse a su lado, lo exótico atrapa la atención con su sola presencia.

A ver, eran lindas, lo reconozco, lindas y robustas, contundentes. Me daba rabia cuando pensaba en las horas de gimnasio para tener las piernas estilizadas y las privaciones de la dieta para lucir una cintura delgada, mientras ellas pasaban por el mundo con sus humanidades dignas de las modelos de Miguel Ángel y sus colegas renacentistas. Por supuesto que les envidiaba las tetas, ni operada podría verme así, ¿con qué cuerpo las sostendría? No digo que fueran gordas, pero flacas seguro que no. Y como si no les bastara con esos físicos, ese color de piel y el cabello enrulado, necesitaban destacarse con sus ropas colorinches. Rojos, amarillos, naranjas, verdes. Gorros violetas, lilas. Serían cuatro o seis, pero impactaban como si se hubiera instalado una colonia completa de centroamericanas en el barrio. Y recibían turistas como si se hubieran traído las playas del Caribe consigo, vaya que venían hombres por ellas.

Ocho años viviendo en el barrio, identificados los habitantes masculinos del vecindario, me era fácil distinguir a sus clientes entre los que se introducían en el edificio. No hacía más que quitarme la ropa de trabajo y me instalaba detrás de las cortinas para observarlos, ¡lo que hubiera dado porque se levantaran esas malditas persianas! Los tenían de todas las edades y grupos sociales, aunque la mayoría andaba cerca de los sesenta años. Llegaban en coches que estacionaban contra el paredón del ferrocarril que daba fin a la calle y vestían de manera formal. Pero también había jóvenes, que no me preocupaban a mis treinta, y muchos más hombres en la buena edad de los que hubiera imaginado. Había cada uno que me hacía morder las cortinas y putear por haberme dedicado a la contabilidad en lugar de ejercer un oficio tanto más entretenido –a los cinco minutos llegaba un cliente muy desagradable y volvía a elogiar mi propia elección de vida.

La novedad comenzaba a perder sus efectos y la televisión comenzaba a tentarme otra vez cuando llegó el más inesperado de los visitantes. Reconocí el coche, todas en la oficina lo reconoceríamos sin dudar. Marcelo, el encargado de Recursos Legales, el abogado treintañero que nos hacía volar, el que se quedaba hasta tarde para controlar nuestras horas extras. ¡Cuántas veces me había mordido la lengua para que no se me escapara su nombre entre los brazos de mi esposo! Marcelo dejaba su auto estacionado contra el muro. Se me aceleró el pulso, por un instante imaginé que podía venir a casa por algún asunto del trabajo. Me desesperé, estaba con el pelo desordenado y a punto de depilarme. Cinco segundos bastaron para apagar la alarma.

Bajó del coche, traje azul inmaculado, lentes Ray Ban, y caminó con paso decidido al edificio de las morenas. Se me mezcló todo, la frustración, la desesperación y el asco. Me aferré al marco de la ventana contando en silencio los segundos, sabía la demora exacta del viaje al cuarto piso. A esa hora era más difícil comprobar el encendido de las luces pero ya estaba entrenada. Recé para que no fuera, para que se bajara en otro piso. Pero no. En el tiempo previsto se encendió la luz detrás de la persiana del último departamento del cuarto piso, la que se encendía pocas veces. ¡La calentura que me dio! No pude moverme de la ventana hasta que lo vi salir del edificio, ¡dos horas más tarde!

Con tal información en mi poder debía sacar una buena tajada. Me la guardé. Las chicas hasta hubieran pagado por conocer el vicio oculto del hombre que nos calentaba como una estrella de la televisión o un futbolista de la selección, pero intuí que si lo compartía perdería mi ventaja. Vestí ese día mi mini más corta y me metí en su despacho no menos de cuatro veces por consultas tontas, empleando todas las estrategias posibles para mostrar las piernas que tantas horas de *spinning* me costaba tener. Cero resultado. ¿Qué más? Le había mostrado que estaba dispuesta, libre para él, no podía ir más allá, al fin y al cabo debía mantener mi dignidad de mujer casada. Decidí esperar.

Esa misma tarde se repitió la visita de Marcelo al cuarto piso. La misma ventana. Sentí que me enfermaba y me metí en el baño; me masturbé con furia, sintiendo que era conmigo con quien se quitaba las ganas. El traje no nos engañaba, lo habíamos visto en mangas de camisa cuando no funcionaba el aire acondicionado y sabíamos que sus brazos eran firmes y nudosos. Me volví loca, ¿cómo semejante hombre pagaba para tener lo que conseguiría gratis de cualquiera de nosotras? No me la creo, pero tanto yo como al menos tres de las chicas de la oficina éramos más hermosas que esas morochas de tarjeta postal de los años sesenta. Volví a tiempo para verlo salir, anudándose la corbata.

Cambié de estrategia. No me tocaban horas extras hasta la semana siguiente, ahí estaría a solas con él. Fin de semana, dos días laborales y luego sí, sería a todo o nada. Reprimí las ganas de meterme en el despacho y no me moví de mi cubículo. Él repitió las visitas al cuarto piso. Llegó el sábado y mi intriga creció, ¿vendría también un fin de semana? Vino, vino a la noche con una botella de champán. Disimulé como pude, mi marido había invitado gente y no podía quedarme todo el tiempo en la ventana. Soporté la charla insípida, sintiendo que una fuerza me tiraba del cuello hacia atrás para volverme a mi sitio de espía.

Los invitados se fueron a la una de la mañana, mi esposo los acompañó y corrí a mi puesto. No había luz. Maldije haberme perdido su partida. Pero entonces miré hacia abajo y vi el coche todavía estacionado. Se me paralizó el corazón por un segundo, ¿se había enamorado de una prostituta y pasaba la noche con ella? Mi esposo llegó y me abrazó y me dijo que tenía muchas ganas de hacer el amor. No pude negarme a sus besos de borracho y a sus rutinas.

¿Con qué derecho me metí el martes en su despacho a decirle lo que le dije? ¿Tan loca me había vuelto? Las preguntas que nos hacen reflexionar llegan tarde y esta vez no fue la excepción. Apenas quedamos solos en la oficina, di dos golpes en su puerta y me metí hecha una tromba.

—¿Cómo puede ser que un tipo como vos pague putas?

Me miró confuso. No respondió. Me acerqué al escritorio, le dije –quizá de mal modo– que vivía justo enfrente al cuarto piso del edificio que él llevaba una semana visitando y que conocía perfectamente que eso era un *cabaret* con chicas centroamericanas.

—Creo que estás confundida.

—Ninguna confusión, subís y se prende la luz en una habitación del cuarto piso.

—No es una habitación, es una sala.

Con tranquilidad, con la actitud de quien es inocente del cargo que se le atribuye, me contó que ahí vivía una amiga de su madre que había quedado viuda, una mujer de setenta años que no salía del departamento porque estaba impedida. Que él se encargaba de hacerle todos los trámites y que en los últimos tiempos la estaba visitando porque se había agravado su condición, había que aplicarle medicación y la mujer no tenía recursos para pagar una enfermera. ¡Qué mal me hizo sentir el hijo de su madre! Terminó la historia y me miró a los ojos; yo estaba parada como una boba, moviendo los brazos sin ton ni son, aguardando desesperada un milagro que me sacara de esa habitación. Pero los milagros siempre son para los demás, tuve que agachar la cabeza y pedir perdón. Él me sonrió y me indicó la puerta para que saliera.

Esa tarde no quise mirar el edificio ni la llegada de Marcelo. Temí que apenas bajara del coche elevara la vista hacia mi departamento, quizá hasta me sonriera o me saludara. No podría soportarlo después de semejante papelón. Retorné caminando de la oficina, treinta cuadras, para cansarme y para darle tiempo a llegar antes a cumplir su buena acción. Mi vergüenza era tan grande que pensé en irme de la compañía. Ya redactaba mi renuncia cuando, en la esquina de la cortada, me vi impactada por una mole que me arrojó al piso. Caí despacio y sin golpearme. En segundos tenía delante la cara morena y preocupada.

La chica me ayudó a ponerme de pie y se deshizo en excusas, con su acento gracioso y sus jotas aspiradas. Volteé la vista hacia mi cuadra; el auto de Marcelo estaba en su estacionamiento habitual. La morocha me seguía hablando, quizá preocupada por mi estado mental al no responderle. Pero yo estaba decidiendo si sería mejor dejar mi carta de renuncia en la oficina o en su coche, sostenida por el limpiaparabrisas como una boleta de tránsito. Escogía ya esta segunda opción cuando recordé que Marcelo era abogado. Me volví a la chica del collar de perlas falsas gigantes y le pregunté si en su piso vivía una anciana. Me dijo que sí, al final del piso.

—¿Y suele recibir visitas de un joven que la cuida?

La morena sonrió de una forma que no comprendí, me tomó del brazo, me colocó un dedo sobre la boca indicándome silencio y avanzamos hasta el portal de su edificio. Me dejé llevar sin comprender por qué lo hacía. Subimos hasta el piso cuarto y me alcanzó una llave que sacó de un llavero muy nutrido.

—Esta es la llave de su departamento, la señora nos la dio para que entremos cada mañana, tiene miedo de quedar muerta por la noche. Cuando termines, déjamela en esa puerta —dijo y señaló la segunda puerta vecina a la de la mujer. Me guiñó un ojo y se perdió de vista.

Mis naves estaban ardiendo aún en el despacho donde las había quemado, no dudé en meterme con sigilo en el hogar de la mujer. Abrí. Una sala pequeña, iluminada por una pequeña lámpara. Cerré la puerta con cuidado, sin ponerle llave. Un pasillo, una puerta placa que dejaba pasar luz por debajo. Al acercarme se rompió el silencio, unos jadeos suaves y acelerados. *Que no se muera la vieja justo ahora que estoy adentro de la casa*, pensé. Contuve la respiración, la puerta estaba entornada. La empujé despacio.

Mesa de luz, una dentadura postiza sobre ella. Empujé un poco más. El horror. La mujer tenía mucho más de setenta, su piel colgaba de los brazos extendidos, sus piernas varicosas y velludas en el borde de la silla de ruedas, su cabeza plateada inclinada hacia adelante. No era ella la que jadeaba, era Marcelo, con sus ojos cerrados, tan desnudo como ella, sostenido por sus piernas musculosas, recibiendo la cabeza canosa, el rostro pleno de arrugas con la boca abierta.

Alfredo Ruiz Islas

Primer Puesto

México

Alfredo Ruiz Islas (Ciudad de México, 1975) es escritor e historiador, adscrito a la Universidad Nacional Autónoma de México (Colegio de Historia), así como la Universidad Iberoamericana (División de Educación Continua) y el Instituto de Investigaciones Dr. José María Luis Mora (Maestría en Historia Moderna y Contemporánea). Como historiador ha publicado artículos en revistas de México, España y Alemania, varios libros de texto (en coautoría) y de divulgación histórica (como autor único o en coautoría), así como la obra de ficción histórica *El camino de la insurgencia* (Terracota, 2010). En el campo de la literatura, sus obras han aparecido en revistas literarias y en compilaciones editadas en México, España, Chile, Argentina y Estados Unidos. Asimismo, sus cuentos, novelas cortas y novelas han ganado distintos premios literarios, entre los que destacan el I Concurso Literario Internacional San Antonio de Areco (Argentina), el XXV Concurso Literario Timón de Oro (México), el Premio Sexto Continente de Relato Histórico (España), el I Concurso Internacional de Relatos Pecaminosos Contacto Latino 2013 (Estados Unidos) y el Premio Nacional de Literatura para Jóvenes 2014 (México).

El debe y el haber

Como siempre, haga sol o esté nublado, lo diga en voz alta o lo susurre al oído, tenga buena cara o la peor de las fachas, la culpa la tengo yo. Siempre, siempre. Nos cortaron la luz. Seguramente olvidaste pagar, pendejo. Atropellaron al perro. Idiota. No cerraste la puerta. Dice el vecino que una maceta le cayó a su mujer en la cabeza. Por tu culpa. Quién te manda no fijarla bien. El coche no funciona. ¿Qué habrás hecho, pedazo de imbécil? ¿Le pusiste gasolina? Mi vida, hoy no puedo. Puto. Impotente. Además, borracho. Quítate de aquí, infeliz. Siempre, siempre. Si la colonia se queda sin agua es porque yo he hecho algo. O al menos lo he pensado. O no lo he pensado. Si a mi damisela le aparece un grano en la mitad de la cara es porque de algo la he contagiado. O porque le di de comer algo echado a perder. O simplemente porque lo he deseado. El día que un rayo mató a dos personas en la acera de enfrente estuvo a punto de acusarme de brujo. Me salvé por los pelos y porque, en ese momento, estaba yo sumido en un coma profundo en el hospital, después de que un tipo me atropellara ahí mismo, en el lugar en el que tres cuerpos se asaban a fuego lento después de sentir en carne propia lo que puede hacer el millón de voltios que transporta un relámpago.

Siempre, siempre.

Hoy, sin embargo, la cosa ha tomado un cariz más aparatoso que de costumbre. Malparido. Pero ya verás. Esto no se queda así. ¿No dices nada? ¿Y qué puedo decir? Me da igual, ¿me entiendes? Ahorita mismo voy con la policía y te refundo, cabrón. No te me quedes viendo con esa cara. No tengo otra. Es el colmo. ¿Quién te crees, desgraciado? Perdóname. Por favor. Qué perdóname ni qué tu madre. ¿Qué quieres que haga? No hagas nada. Ya nada. Como sea, no lo hago. Tampoco es que tenga ganas de hacer algo. Ni dramas, ni berridos, ni ponerse de rodillas y rogar. Nada. Le cedo el privilegio de ponerse como loca, llorar, patalear, gritar hasta quedarse ronca, tirarse de los cabellos. Incluso amenaza con lanzarse por la ventana pero, por fortuna, todo queda en eso. En la simple amenaza que ameniza su locura. Su muy habitual locura que es, justamente, la que nos ha traído hasta este punto. Qué ironía.

❇❇❇

Llegué al trabajo como todos los días. Tarde. ¿Cómo llegar temprano? Debo recorrer media ciudad, lidiar con tres millones de automovilistas idiotizados, tomar un periférico, un viaducto, dos avenidas. Para colmo, nunca hay sitio en el maldito estacionamiento. ¿A quién se le ocurre asignar quince cajones en un lugar donde deben estacionarse, cuando menos, treinta y cinco automóviles? Por eso siempre llego tarde. Por eso y porque Tania tiene la maldita costumbre de jamás llamarme a tiempo, jamás tiene el desayuno a la hora en que debería, jamás se interesa por lo que me pasa o deja de pasarme. Además, el calentador nunca enciende a la primera y, como no suelo dejar mi ropa planchada desde la noche anterior, debo repasarla todas las mañanas hasta que quede más o menos presentable. Cuando menos, que no parezca que he dormido con ella, o que recién ha pasado por las fauces de algún dinosaurio aficionado al poliéster.

Tarde. Esa parece ser mi maldición.

Hoy había lugar en el estacionamiento. Mucho lugar. Probablemente porque nos despidieron a todos ayer por la tarde. A todos. Desde el último de los albañiles hasta el ingeniero responsable, todos estamos en la calle. ¿La razón? No hay dinero. Es el problema de comenzar a construir a base de preventas, sin financiamiento. Y así no hay ni cómo. Pero ya lo sabíamos. Nos hacíamos tontos, que es distinto. Hoy en día, el único que tiene dinero fresco es el Gobierno. Es el único que puede contratar constructoras para que hagan hospitales, viviendas, carreteras, puertos y aeropuertos. Lo que le dé la gana. ¿Y el particular? Que se joda. Que busque, que corra al banco y se exponga a que le saquen hasta las muelas por un crédito roñoso, o que se asocie con cincuenta malandrines, de esos que, a las primeras de cambio, toman su dinero y se largan a las Islas Caimán. O que suelte los cuartos, coloque dos o tres «cooperaciones voluntarias» estratégicamente repartidas entre los funcionarios adecuados y vea cómo llegan sin tardanza los pedidos gubernamentales que habrán de evaporar instantáneamente todas sus cuitas. Pero, como no es posible colocar tales cooperaciones si no se tiene dinero para ello, tampoco resulta una opción viable para muchos.

Ultimadamente, a mí eso no me importaba. Estaba en la calle, sin trabajo, y solo me interesaba cobrar mi indemnización. El tipo que habilitaron como cajero no tenía ninguna clase de expresión. Escuchaba nombres, buscaba en una libreta, abría una caja de metal, metía los dedos entre un altero de sobres, ubicaba el que requería en ese momento, entregaba un cheque. O no lo entregaba, como en mi caso. No hay. La próxima semana, tal vez. ¿Y mientras? Acójase al seguro de desempleo. ¿Cómo voy a vivir con mil seiscientos pesos al mes? Aquí ganaba diez veces más, ¿cómo espera que sobreviva con diez veces menos? Yo qué sé. Y, a decir verdad, ni siquiera me interesa. El que sigue.

Le menté la madre al fulano y abandoné el lugar. Hice acopio de serenidad y pensé en mi siguiente movimiento. Ya. Compré un periódico y miré las ofertas de empleo. Ventas. Diez páginas de ventas. Venta de perros, de comida para perros, de collares para perros, de tratamientos de belleza para perros, de perras para perros. O viceversa. También había aspiradoras, productos de limpieza, aparatos que no tienen utilidad práctica, cosméticos o bolígrafos. En suma, nada. Con un doctorado en cimentaciones, ¿cómo iba a tomar un empleo de vendedor? ¿O de taxista? ¿O uno de esos en los que solicitan «personas de amplio criterio»? Me niego a pensar a qué parte del cuerpo se refieren estos infelices cuando hablan del criterio. Una página más atrás aparecían las profesiones. Empleos para contadores, para profesores (que enseñaran desde zurcidos hasta magia negra), para médicos, para abogados. Ahí estaban los ingenieros. Ni uno que me sirviera. Ingenieros industriales, en sistemas o en mecatrónica. ¿Ingenieros civiles? Ajá, había uno. Falsa alarma. «Se busca ingeniero civil. Sueldo base más comisiones». ¿Y qué vendería? ¿Trabes de concreto presforzado? A la mierda con todos ellos.

El tipo del lote de autos se puso pesado. Es la crisis, señor. Sí, pero mi auto vale más que los mugrosos cuarenta mil pesos que me ofrece. Lo toma o lo deja. Lo dejo. Los siguientes cinco vendedores a los que visité eran peores. El más generoso ofrecía treinta y cinco mil pesos, y solo porque estuve a punto de hincarme a suplicarle que lo comprara. Regresé con el primero. Salió a almorzar. Quién sabe si vuelva hoy. Dese una vueltecita mañana, como al mediodía, y a lo mejor lo encuentra. Eso sí: una cosa es que lo encuentre y otra muy distinta que le compre su coche.

Tania no contestaba el teléfono. Me quedé sin crédito en el celular dejándole un mensaje en la grabadora, estacioné el coche en cualquier lugar y fui al cajero automático. Saldo en la tarjeta de débito, mil pesos. En la de crédito, sobregirado. Saqué el dinero y acudí a otro banco. Sobregirado. Igual en el tercero. Una casa de empeños me tentó. Entré y dejé el reloj, la Montblanc y el clip de oro en el que solía cargar mis billetes. Recibí tres mil pesos y un papelito. Si pagaba antes de un mes, solo debería abonar quinientos pesos por concepto de intereses. Menudo alivio. Hice una bola con el papel y la tiré en la primera alcantarilla que me salió al paso. ¿Qué me ve, vieja? ¿Nunca ha visto a un contaminador empedernido como yo? Pues váyalo viendo.

Un edificio a medio terminar se apareció en mi camino. Por instinto, entré y pedí hablar con el ingeniero residente. No hay.

¿Cómo que no hay? No hay. ¿Y quién se hace cargo de la obra? Yo mero. Un albañil. No me gustaría encontrarme entre los ingenuos que comprarán un departamento en esta trampa disfrazada de edificio. Métase sus opiniones por el culo. Y salga de aquí o le echo al perro. Como lo vi decidido a recurrir al clásico dóberman llamado Satanás que siempre aparece cuando uno menos se lo espera, salí de ahí.

Me senté en una banca de parque y releí el periódico. Posiblemente la oferta de empleo que buscaba estaba por ahí, mezclada con la bazofia, y sin querer la había pasado por alto. Ajá. Supongo que eso es lo que se dicen todos los necios, pero de cualquier manera me dediqué a buscar, de atrás para adelante y de adelante para atrás. Lógicamente, no encontré nada, salvo un montón de anuncios inútiles. Probablemente no lo fueran. Fui a un estanquillo, compré una tarjeta de prepago para el celular e hice una llamada. Aunque fueran ventas, carajo. ¿Qué venden? No me podían decir. ¿A cuánto ascienden las comisiones? Tampoco me lo podían decir. ¿Dónde se vende lo que venden? Menos me lo podían decir. Oiga, pero ¿de verdad ustedes venden algo? ¿O son la pura fachada? Si gusta (no gusto, no gustaba ni gustaré), puede acudir mañana a una junta informativa en… ¿tiene en qué anotar la dirección? Corté la comunicación. Lo más probable era que se tratara de un sindicato de vendedores ambulantes que, en el mejor de los casos, distribuye lámparas chinas, paraguas chinos, peines chinos, navajas chinas o impermeables chinos en el metro. A veinte, treinta o cincuenta pesos la pieza.

Elegí otro número. Solicitaban un ayudante general. Cargar y descargar camiones. ¿Qué se carga y se descarga? Telas y ropa. Salario mínimo. Prestaciones superiores a las que marca la ley. Semana de cuarenta y ocho horas. Lo siento. Mi espalda no lo soportaría. ¿Ahí requieren un chofer experimentado? No. No tengo fianza ni aval. ¿Ayudante de peluquería? ¿Barrer pelos del suelo de diez a diez? ¿Sin sueldo? ¿Solo las propinas? Pinche explotador. Mensajero motociclista. No, mi experiencia es en otro ramo. Sí, conozco la ciudad como la palma de mi mano.

Ah. La motocicleta la pongo yo. ¿Sirve un auto? Qué tipo. Me había colgado.

Mis dedos se resistían a marcar la última opción que quedaba. Me esforcé y llamé. Qué más daba. Hablo por el anuncio que han puesto en el periódico. No lo sé. No sé a qué se refieran ustedes con eso del «amplio criterio». Entiendo. Por teléfono, no. ¿Y dónde están? Sí, cerca. Casualmente, estoy a tres cuadras de ahí. Llegaré en cinco minutos.

Parecía un salón de belleza común y corriente. El policía a la puerta y la reja me indicaron que no era ni tan común ni tan corriente. Vengo por el anuncio. Me atendió una mujer gorda, de lentes. Espere un poco. Me senté en un sillón de tela verde y pensé que quizá no era lo que yo me imaginaba. Sí que lo era. A lo lejos se escuchaban los inconfundibles jadeos de una mujer. Otra, vestida solo con un salto de cama transparente, pasó junto a mí y me guiñó un ojo. Se marchó desencantada cuando el policía le indicó a qué iba. Espere ahí. No tenía intención de hacer otra cosa.

La oficina era como cualquier oficina: escritorio, asientos forrados de cuero, mujer bien vestida (nada de escotes ni minifaldas) sentada en un sillón reclinable al otro lado. Archiveros en la parte trasera, un cuadro bobo en alguna pared. Amabilidad, mucha amabilidad. Evidentemente, no. No soy pirujo. Sin ofender, por supuesto. De hecho, estoy aquí más por curiosidad que porque realmente quiera tomar el empleo. Soy ingeniero civil. Sí, ya lo ve usted. La crisis y todo eso. Me echaron ayer. Sin indemnización. Si a usted le apena, imagínese cómo me tiene a mí. Desolado. Podría emplearme como hombre de vigilancia. Ya. Con dos es suficiente. Perdone la indiscreción: ¿cuánto ganan las chicas aquí? ¿En serio? Pues más o menos ganaba yo lo mismo. Figúrese usted. Ajá. Con un doctorado en cimentaciones. No, no me tiente. Le agradezco sus cumplidos, pero no es lo mío. Imagine la cara que pondría mi mujer.

Me dediqué a patear una lata vacía de refresco mientras caminaba por la calle. Emplearme de puto. Ni loco. Tampoco de taxista, de vendedor, de cargador ni de nada que no tuviera que ver con lo mío, con la ingeniería. Atentaría contra mi dignidad. ¿Qué pasaría si me empleaba como barrendero y resultaba que mi empleador era el mismo canalla que me había corrido de la construcción? De fijo, lo apuñalaba. La lata rodó hasta quedar debajo de un coche y me condenó a alzar la vista. Ahí había un anuncio. «Compro todo. Lo que sea. Pago justo». Me acerqué sin pensarlo.

El viejo que me atendió parecía a punto de desmoronarse, pero su voz era firme. Sí, señor. Lo que a usted se le ocurra. Eso sí, las compras fuertes, a plazos. ¿Un automóvil? Depende del modelo y de lo que usted pida por él. Setenta mil pesos. Si los vale, se lo compro, pero lo pagaría… déjeme ver… en cien meses. Setecientos pesos por mes. Perdóneme lo que voy a decirle, pero no creo que usted viva lo suficiente como para pagarme el auto. No estoy solo. Somos una corporación que compra todo, que tiene los fondos necesarios para ello y la solidez estructural como para aguantar el paso del tiempo. Es más, si usted se vende, lo compramos. Usted bromea. Nunca bromeo. Soy comerciante, no payaso. Pero, si me vendo, ¿cómo me pagan? Lo empleamos a usted como esclavo y ponemos el pago por su persona bajo el disfraz de un sueldo mensual. Usted se ha fumado algo. Le aseguro que no. A la fecha, desde que mis socios y yo fundamos este establecimiento en 1935, hemos hecho veintisiete transacciones humanas. En veinte de las ocasiones, los sujetos se vendieron a sí mismos. ¿Y en las otras? Vendieron a sus cónyuges: a cinco mujeres y a dos maridos, para ser exactos.

La cabeza me daba vueltas al salir del local. Por usted le daríamos quinientos mil pesos. ¿Su mujer? Depende de las condiciones en que se encuentre. Necesitaría verla, caballero. Usted sabe que, si uno nunca es un buen juez de su persona, menos aún lo es con respecto del ser amado. No la ama. En ese caso, podría venderla. Le repito que no me basta su palabra. Si usted pondera su hermosura o, como ha dicho, su «sabrosura», eso es algo que debo comprobar. ¿Esta es su foto? La tomaríamos a buen precio, entre ochocientos mil y un millón. De pesos, por supuesto. Tampoco crea que nos está vendiendo una súper modelo. Si encontramos un buen comprador, podríamos liquidarla en dos o tres pagos. Los jeques árabes pagan bien, pronto y en moneda fuerte. Descontamos nuestra comisión y le entregamos el resto en moneda nacional o en divisas. Dólares o euros. Y todo con papeles, como debe ser, con contratos autenticados y escritura notarial.

Un millón de pesos. Podría montar mi propia constructora. Modesta, en principio, pero ya crecería. Casitas, para comenzar. O podría invertir en materiales. Tal vez sería mejor. Unas cuantas acciones en una cementera, en una fundidora de tubos galvanizados o en una fábrica de maquinaria. Total, los tipos a sueldo del Gobierno seguirían comprando para construir lo que se les ordenara. Ahí estaba la solución. Invertir, tomar mis dividendos y montar un despacho de consultoría en cimentaciones. Después podría comprarme una plaza en alguna universidad de medio pelo. Por aquello del prestigio, que no por otra cosa. Igual y también me convertía en contratista. Sería chistoso. Por un lado, vendo a Tania. Por el otro, alquilo a unos desconocidos para que otros desconocidos los exploten. Un millón de pesos.

✱✱✱

Eso es lo que Tania no comprende y de lo que me culpa. Igual que si hace sol o si está nublado. ¿Cómo que me has vendido, infeliz? ¿A quién, si puede saberse? ¿Con qué derecho? ¡Te voy a meter a la cárcel! Que ya no estamos en la Edad Media. A la gente no la compras o la vendes porque te da la gana. El tipo forzudo que me acompaña (un empleado del vejete aquel) pierde la paciencia luego de cinco minutos de escuchar necedades. Con un movimiento rápido le acomoda dos bofetadas y un trapo cloroformado sobre la boca. Las protestas se acaban en un dos por tres. Coloca a Tania con cuidado sobre unas parihuelas y hace una señal a su ayudante. No se preocupe. La tendremos en el depósito mientras se formaliza la venta. Firme aquí. Acá también. Le entrego este recibo. ¿Dejó el número de su cuenta bancaria? Perfecto. Haremos una transferencia tan pronto cerremos la operación. No sabría decirle. Una semana, cuando mucho dos. Sí, se venderá pronto, téngalo por seguro. No es una modelo, pero está buenona. En el recibo están nuestros teléfonos y el correo electrónico. Comuníquese las veces que quiera. Que tenga una excelente tarde.

Cierro la puerta con un dejo de nostalgia. Tania se ha ido. No más escuchar su voz por las mañanas. No más ver su silueta dibujarse sobre el tapiz de la sala. No más percibir su fragancia... Cuánto me alegro. No más. No puedo negar que me da un poco de pena. Ojalá los jeques del Medio Oriente no sean dados al sadomasoquismo. Si así fuera, mala suerte. Prefiero pensar en otra cosa. En la sed que me ha dado, por ejemplo. Será por tanto caminar. O tal vez por la emoción. Miro adentro del refrigerador. No queda nada aprovechable. Bajaré a la tienda y compraré una caja de cervezas.

De las de doce.

Andrés Correa Guatarasma

Segundo Puesto

Estados Unidos y Venezuela

Periodista y dramaturgo venezolano, actual corresponsal en Nueva York. Cuatro veces finalista en el concurso de teatro MetLife / Repertorio Español "Nuestras Voces", quizás el más importante sobre temática hispana en Estados Unidos. Ha laborado para El Universal y Associated Press entre Venezuela, México y Nueva York, con reportes desde cuatro continentes. Graduado *cum laude* en Comunicación Social (UCAB). Máster en Relaciones Exteriores. En paralelo ha sido guionista de radio/TV; consultor editorial y de relaciones públicas; profesor de periodismo y español; y leñador en Noruega. En 2014 fue doble nominado al Premio ACE-NY como dramaturgo y productor de su pieza, "Mientras te olvido".

Se le encuentra en www.eluniversal.com/blogs/latiendo-en-la-cueva/

¡Borracha tu madre!

Pum, pum, pum.

¡Miér… coles! ¿Qué fue eso?... Acaban de dispararle a Calvin… y no precisamente Klein. Le destrozaron la tibia izquierda y el peroné. Pero aún no me he enterado porque estoy incomunicada y bien lejos. Entonces mejor nos concentramos en lo que sí sé, o creo saber: yo.

De mí lo más relevante por contar esta noche es que por tercera vez en mi vida estoy presa. Y aunque una cosa no tiene que ver con la otra, la semana pasada soñé que había atropellado a un vagabundo. Estaba muy oscuro, yo manejaba un camión de basura, todo muy raro. De repente ese hombre estaba hurgando entre las bolsas, salió de la nada y pa-ca-tán.

Sueño y todo, pero ¡qué susto! Encima, que no se te olvide que yo llevo la contabilidad en una empresa de aseo urbano. O sea, tú me dirás…

Ma-til-da, Ma-til-da, Ma-til-da… she take me money and run Venezuela… Once again now! Justamente para allá también quería correr yo. Ese calipso de Belafonte era lo único que sabía de aquel país antes de mudarme con mi abuela. Mi español era entonces muy malo, aprendido a mordidas en El Bronx.

—Prestarme la cuaderno del niña un otra vez, para favor.

La primera vez que me detuvieron fue como a los diez u once años, porque me robé un *jean* en una tienda.

La segunda vez fue como a los catorce, porque Calvin me dijo que le guardara *algo* y la policía me lo encontró y se armó la grande.

La tercera, ahora.

Este descalabro empezó ayer. *¡Partida! La largada es bastante pareja.* En el bar del hipódromo. Se suponía que iba a ser un fin de semana tranquilo fuera de casa. Maldita manía la mía de apostar. *Se viene ejemplar la yegua Lulú con Sandro, y también ataca por la parte central Copo de Nieve.* Esa tara también la heredé de Calvin. *Se va a la delantera ahora por fuera Lulú...*

Yo concentrada *en el segundo lugar corre Sandro, tercero Copo de Nieve, en el cuarto el ejemplar Malacría* y en eso redescubro esos ojos achinados que ya me miraban desde la cola de la taquilla. *El caballo Zanahoria quedó un tanto comprometido y está bastante lejos* y ahí mismo comencé a sentirme incómoda y vaporosa, y no precisamente porque estuviese haciendo calor pues aquello estaba frrrrriolento, mas bien.

¡Tantas historias por ahí de mujeres víctimas de desconocidos con cara de ángel! Pero es que después del segundo trago ya uno empieza a dejar de ser gente. *Está dominando Lulú. Sandro continúa segundo.* Y comenzó a halagarme aquella miradera tan insistente.

Como acostumbro, analicé la situación desde diversos puntos de vista en apenas unos segundos. Lo analizo todo, para al final siempre meter la pata. *Ataca para el cuarto Hércules.*

Le sonreí y tácitamente empezamos un juego de pestañeo y no sé qué, midiendo la capacidad de resistencia: cuántos segundos podíamos pasar sin sentir curiosidad por volver a cruzar miradas. *Zanahoria trata de acercarse.* Lo más divertido de aquel reto súbito era espiar al otro sin ser descubierto, tarea que se hacía cada vez más difícil. Los dos celebrábamos con suaves carcajadas, aunque el triunfo de uno fuese el fracaso del otro. *Mejora mucho por el lado exterior de la pista cuando van a la recta del frente en 23 cuatro quintos, los primeros 400 metros.* Y me sopla el chino un beso con la mano. ¡Ay, Dios, yo soy una mujer casada. Respete el anillo, señor!

Mi abuela tenía razón, este mundo está perdido.

Nerviosa, me levanté al baño con cara muy seria. Retoqué los labios y me perfumé azorada sin dejar de mirar el televisor. *Lulú está dominando a Sandro y Copo de Nieve.* Una flaca se paró a mi lado para lavarse las manos y me hizo sentir más gorda, acomplejada y arrugada. *Zanahoria desplaza y viene al cuarto lugar.* Antes de salir, le pregunté a una bedel qué edad me calculaba.

—No puede tener más de treinta —sonrió nerviosa delatando sorpresa e inevitable deseo de salir airosa de aquel compromiso.

Yo sabía que ella sabía que yo sabía que estaba mintiendo. Pero fue lindo oírla. Le di una sustanciosa propina –en un tiempo fui mesonera– y salí muy segura (bueno, en realidad no tanto). *En el quinto puesto está corriendo Malacría.* ¡Qué carrera tan larga! Lo busqué inmediatamente. Al verlo sentado fumando en su misma mesa el corazón retomó su plan de salírseme del pecho. Aún así, me senté y sentí aliviada. En el baño tuve el presentimiento de que para cuando volviera ya el fresco pervertido hijo-de-su-reverenda-madre se habría marchado, y me entró pánico. Por eso ni siquiera oriné. Obviamente tengo problemas de autoestima y otras cosas más. *En el sexto trata de descontar ventaja Hércules.* No parecía interesado en el final de la carrera: lo vi firmar su cuenta y levantarse. ¡Era huésped del hotel del hipódromo, igual que yo! Creí que se dirigiría hacia mí y se sentaría a mi lado. *También mejora mucho por dentro la yegua Kerosene.*

Pero no. Cruzó la salida sin siquiera mirarme. *Se vienen ya y Zanahoria se desplaza por la parte exterior de la cancha.* Yo sentí que me habían lanzado un balde de agua fría, como en los carnavales que jugaba cuando llegué a Cabimas huyendo de aquel horrendo apartamento de El Bronx donde nací, crecí y casi muero, de mami negra y papi a ti qué te importa.

Todavía me parece un milagro haber logrado escapar de aquel infierno. Mi exilio no fue por razones políticas ni económicas, sino huyendo del humo, jeringas, depresión, las hormonas de Calvin y de una mami desequilibrada y sus maridos tanpoca-cosa. Pero eso es otro cuento.

Un verano Calvin me dijo que a papi lo habían matado por no entregar un encargo a tiempo. Seguramente era cierto, porque Calvin sabía bastante de *eso*. No me importó mucho, la verdad. Para mí, él siempre había estado muerto.

A mami le tenía miedo. Y ahora lástima. La pobre infeliz trabajaba en una tienda por departamentos, todo el día de pie, acomodando la ropa que los clientes echaban al suelo en un minuto. ¿Hay acaso un trabajo peor en el mundo? Y cada vez que se le ocurría me gritaba que yo era una "mala persona". Por cualquier cosa. Y yo se lo creía.

La gente peleaba en mi edificio, todo el tiempo. Descartando a mis hermanos, Calvin era quien velaba por mí. Una muchacha no podía andar sola en El Bronx. Debía quedar claro ante todo el mundo que tenía quien la representara. Entre tanta porquería, Calvin lucía menos malo que el promedio. Siquiera me hacía sentir grande y especial. Con su protección, crecí más rápido, aunque no sé si para bien o para mal.

Pero yo quería mucho, mucho más de la vida. Y cuando mi abuela nos visitó, una idea se me puso en la cabeza. Ella estaba casada con un minero trinitario trasladado a Venezuela, a quien había conocido "en el templo del Señor, aleluya". Yo no tenía mucha idea de dónde quedaba ese país, pero empezó a darme tumbos en la cabeza y se me ocurrió que lo mejor para todos era que me fuera a visitarla y una vez allá le dijera que me quería quedar a terminar el bachillerato y mejorar mi español. Lejos, bien lejos de mi destino. Y como ella no aplaudía para nada la conducta de mami, no me fue difícil convencerla.

Ese verano, Calvin andaba demasiado loco y llegaba oliendo raro. Cambiaba de humor con frecuencia, se irritaba por todo.

Quería forzarme a hacer cosas con él en la calle. O peor, cuando estábamos los dos solos.

No tenía con quién hablar. Me sentía ho-rri-ble. Como si las cosas no hubiesen estado ya lo suficientemente ácidas, mami empezó a sentir celos. Decía que no debía usar "pantalones tan cortos ni salir del baño en toalla".

Cada vez que quería dejar de escuchar los gritos en mi casa llenaba la bañera y hundía la cabeza tanto tiempo como pudiese aguantar la respiración. Lo hacía varias veces hasta que, en algún momento, por un milagro, llegara el silencio en el apartamento, o en mi vida. Lo que sucediera primero.

Una noche complací a Calvin a cambio de que me diera para el avión, el único obstáculo de mami para que viajara. A todo el mundo le vendí la idea de que me iba sólo por las vacaciones escolares.

—Calvin, ¿tú crees que allá donde mi abuela haya piscina?

—No sé.

—Ojalá... Sería divertido...

Con piscina o sin piscina, yo tenía claro que sólo volvería cuando ya fuese mayor de edad y pudiese independizarme. Así partí, con la esperanza de quien no tiene nada que perder porque nunca ha ganado. Debe ser por eso que me fue tan bien. Sí, mi abuela tenía razón, ese país del que sólo sabía el nombre, me salvó la vida.

Allá me volví adicta a las telenovelas –las de aquí son una porquería–, que me ayudaron a mejorar mi español, a distraerme y, sobre todo, a no sentirme tan miserable.

—*Estrellita, deja de coletear un momento, por favor. Tenemos que hablar.*

—*Señora, por favor, no me vaya a botar de la casa. Se lo suplico. Yo necesito trabajar. Y no tengo a dónde ir.*

En eso nos parecíamos Estrellita y yo.

—*Estrellita... no te arrodilles. Soy yo la que debería hacer-lo... Yo soy tu verdadera madre.*

Más de una vez soñé que Lupita Ferrer se arrodillaba ante mí y me confesaba, clamando perdón, que era mi verdadera mami.

—*¿Qué dice, señora?*

Todo puede cambiar en un segundo, y de eso yo sé bastante. *El campeón se viene ya a la delantera cuando están girando la última curva. Sandro está ya dominando en uno 12 cuatro los mil doscientos.* Para consolarme ante la evidente decepción con el chino fresco, activé el lado más analítico de mi conciencia y concluí que era mucho mejor que no se me hubiese acercado, porque vaya-usted-a-saber cuántas mañas, virus y costumbres raras tendría.

Entran en la recta final. Sandro solo, se escapa el campeón. Sin dejar de considerar que lo más probable era que fuese un tipo casado y promiscuo, y yo, que he aprendido a ser solidaria, no me iba a prestar para semejante vagabundería. Seguro que esa misma tarde, antes de coquetearme, le había comprado un regalito a su esposa y todo. El muy descarado.

Todos los hombres son iguales, me dije con suprema originalidad.

De paso, dime tú, ¿cómo podía interesarme un tipo tan feo? *Ataca para el segundo lugar Lulú, mientras que Sandro tiene el triunfo asegurado.* Bajito, chino y, lo peor, fumador. ¡Asco!

¡¡¡Victoria para Sandro, la milla en uno 38!!! Segunda Lulú... Decidí pedir un tercer y último –esta vez sí, último– trago para celebrar, y mientras me lo servían llamé a mi esposo. Me atendió la contestadora. Noté la revista que había comprado al mediodía. Una de esas que hablan de moda, chismes, pestañas y zapatos. Soy una experta en responder encuestas sobre los temas más estúpidos y diversos, aunque nunca aplico los consejos que corresponden "al perfil" de mis respuestas.

Leía sobre biquinis que nunca podré usar, cuando «¿Le gustaría subir a tomar un trago en mi habitación? Es la mil 25». ¡En la pata de la oreja!

Me volteé apenas a tiempo para ver su espalda. Chinito abusador, tan chiquito y tan atrevido. ¡De lo *last*! ¿Qué se habrá creído? ¡¿Tan cara de zorra tengo yo, ah?!

Pe-tri-fi-ca-da miré a todos lados, horrorizada de que alguien hubiese oído semejante proposición. Me pareció tan irrespetuosa que pensé comunicárselo a uno de los guardias. Pero de qué iba a servir, hubiese resultado peor.

Me entró de nuevo el sofoco. Lo próximo que supe de mí es que estaba en el piso diez. Pensé devolverme, pero mi cuerpo resolvió tocar; y quién soy yo para pelear contra tantos kilos.

Toqué suave, como una mujer decente, procurando no ser escuchada. Como lo deseaba una parte de mí, nadie me oyó. Cuando decidí marcharme, la puerta se abrió a mi espalda – maldita sea, ¿y ahora?–. Antes de entrar, apagué disimuladamente mi teléfono y lo guardé en la cartera.

Crucé la habitación, dirigiéndome casi mecánicamente al balcón, divisando jinetes y caballos en tropel. Apenas miré a mi anfitrión. Encontrarlo absolutamente vestido y descubrir el televisor sintonizado en un canal internacional de noticias me tranquilizó un poco, pero no disipó mis temores y arrepentimientos. No cesaba de repetirme el riesgo que corría. ¡Insensata! Y lo peor era que estaba ahí voluntariamente. Qué dirían mis amistades.

Me preguntó qué quería beber, de nuevo casi al oído –¡qué manía, ¿cómo supo que eso me derretía?!–, a pesar de que estábamos solos.

Respondí sin mirarlo, descortésmente, sin «por favor» ni nada.

Me desconocía, pero bueno, la vida es una vaina seria. Aún de espaldas, mirando las luces de la pista, unos labios fríos besaron mi cuello y unas manos flacas me acercaron un *whisky* helado que apenas tuve tiempo de probar… qué desperdicio, la verdad. Ahora mismo me zamparía dos de esos.

Dale que no viene carro, púyalo que vas en bajada. El sol me descubrió sola. El televisor encendido, reportando el mismo terremoto en ¿Atenas?, como anoche. Esos canales 24-horas-de-noticias son un fraude, pura repetidera. El chinito sinvergüenza ya no estaba. ¿Todo no había sido más que un sueño? Pero entonces por qué estaba desnuda acostada en una cama que no era la mía. Lo busqué y divisé su maleta, casi arreglada, como por cerrar.

Oí la regadera y me vestí lo más rápido que pude, decidida a no pasar por la vergüenza de volverme a tropezar con aquel abusador, que seguramente pensaba que yo era una cualquiera, no-faltaba-más. Revisé minuciosamente que no se me quedara nada. Por suerte nunca salió del baño. Vaya-usted-a-saber qué se estaría restregando tanto tiempo bajo esa ducha el muy pervertido.

Sigilosa, tomé el ascensor hacia mi piso, aterrada de lo que pensaría la gente si me viera con la misma ropa de anoche. Apenas llegué, deshice todo para que la camarera no sospechara nada. ¿Por qué nos importa tanto la opinión de gente que no nos conoce y que probablemente nunca veremos ni dos veces? Mientras daba vueltas para arrugar las sábanas y revolvía las almohadas, marqué para escuchar los mensajes en el buzón de mi celular.

Mi vuelo salía en dos horas. Por supuesto mi marido me había dejado varios mensajes. Lo llamé. Hablamos rapidito. Colgué, corriendo a orinar, bañarme y cepillarme los dientes, todo a la vez. ¡Pa-té-ti-co!

Tal vez ni chino era. ¿Coreano o quizás japonés? Para mí todos lucen igualito. No me había dicho ni siquiera su nombre. Y yo mucho menos. Ya no hay caballeros, los hombres lo que quieren es *aquello* y san-se-acabó. Salí tan atrasada que ni siquiera me acordé de cobrar mi apuesta de anoche. *¡Sandro para todo el mundo!* ¡Necesito un taxi! Sí, tú, mijo, ¡párate!

—Lo siento, ya ese vuelo cerró. El siguiente es... (teclea, teclea, teclea, ¡qué angustia!) a las 12:57.

¡Qué empeño ese de poner horarios tan raros! Es imposible recordarlos. ¿Por qué no redondean a 12:50 o 13:00? Total, jamás salen a tiempo.

Y ahora estoy aquí, detenida. Pensar que apenas anoche llegué a creer que los sueños de todo el planeta iban por mi cuenta.

Mi marido me encontrará hecha un asco cuando llegue a pagar la fianza. El cuello me está matando. Por eso mismo... yo sólo quería una almohada.

—¿Cómo me van a decir que no hay almohada en esta porquería, si el avión está medio vacío?

—Cálmese, señora, no hay necesidad de gritar.

—¡Grito porque me da la gana! Primero me niegan un trago y ahora no hay almohada. ¿Qué clase de taguara de aerolínea es esta?

—Señora, ya le dije que por razones de seguridad no podemos servirle alcohol a pasajeros que están en evidente estado de ebriedad.

—¿Tú me estás llamando borracha a mí? ¡¡¿Tú-me-es-tás-lla-man-do-bo-rra-cha-a-mí?!! ¡Respóndeme!

—Baje la voz. Está perturbando a los demás pasajeros.

—¡Borracha tu madre!

—¡Señora, respéteme! Le repito que no es nada personal. Son medidas de seguridad federal.

—¡Medidas de seguridad un carajo! Ustedes lo que son es una cuerda de ineptos y tacaños. ¡Con razón los secuestran con tanta facilidad!

—Señora, usted queda detenida —dijo un manganzón que no sé ni de dónde salió.

Acusada de alterar el orden, generar caos y falsa alarma en un vuelo y no sé qué más, me esposaron al aterrizar.

Una vez leí que Reagan se había aliado con los talibanes y Saddam Hussein. Y ahora resulta que la terrorista soy yo. Si fuese rubia no me hubiesen detenido ni siquiera la primera vez en aquel caso del *jean*.

—Abuela, si de nuevo llama Calvin o mami diles que no estoy. Yo no me quiero regresar, yo quiero quedarme contigo.

—Sabes bien que no puedo mentir, *sugar*. Mi religión no me lo permite.

Once again now! Ma-til-da, Ma-til-da, Ma-til-da... she take me money and run Venezuela... Me encanta imaginar que converso con mi abuela, sobre todo cuando estoy medio triste y deprimida.

—¿Te estás portando bien?

—Estoy tratando. Pero no es fácil…

¿Y el chinito fresco pensará alguna vez en mí o ya me habrá olvidado? Calvin salió de terapia intensiva y yo sigo sin enterarme. La cabeza me va a estallar. ¡Maldita humedad! El lunes amanezco cortándome el pelo; necesito algo más ligero y sencillo.

Andrés Correa Guatarasma

José Ramos

Tercer Puesto

España

Nació en España y se ha dedicado siempre a la hostelería y servicios turísticos. Actualmente reside en la Comunidad de Canarias. Su principal afición son los viajes y su entretenimiento preferido, la literatura. Posee una biblioteca de más de 5.000 volúmenes. Este es el primer relato presentado a concurso y forma parte de una novela que está ultimando titulada "Circo de Calor" y se trata de un compendio de relatos eróticos aderezados con algo de humor e incluso de tragedia.

Carta a una desconocida

La verdad es que no sé bien cómo empezar este escrito. Nunca he tenido facilidad para entablar una conversación con una mujer a la que no conozco. En tu caso, te he visto dos o tres veces y se me ha ocurrido dirigirme a ti en la forma en que lo estoy haciendo.

En primer lugar, me gustaría dejar claro que no es mi intención faltar al respeto a nadie, por lo que te pido que si estás casada o tienes novio, dejes de leer esto y lo rompas, ya que como digo, no quiero meterme en la vida privada de nadie. Asimismo, si a ti te parece que estoy proponiendo algo descarado u ofensivo, te urjo a que destruyas mi misiva y la olvides.

Si sigues leyendo, seguramente es porque te ha picado la curiosidad de que un desconocido se dirija a ti de una forma tan poco convencional, pero esta podría llegar a resultar la manera de iniciar una bonita amistad.

Siempre he sido muy imaginativo, y parte de esa creatividad me gustaría compartirla contigo hoy, contándote mi mejor fantasía sexual. Espero que mi atrevimiento no te ofenda y que el deseo de saber de qué se trata todo esto te lleve a seguir leyendo esta carta sin reparo alguno. Te la voy a contar en primera persona, como si tú fueras la protagonista de mi sueño erótico, y así puedas apreciarlo con más intensidad.

Me he dedicado durante muchos años al mundo de la hostelería. He trabajado ahí en diferentes funciones, tanto de día como de noche. He tenido tiempo de sobra para pensar en mi fantasía. Mi sueño consiste en una discoteca, no muy grande, decorada como un pequeño parque de atracciones, con toboganes en los que los clientes se deslizan hasta una piscina de bolas de gomaespuma, su pequeño tiovivo, su toro mecánico, sus camas elásticas… todo lo que puedas imaginar.

Hoy has entrado con unas amigas, se han tomado unas copas de más y se la están pasando muy bien con el ambiente y las atracciones. Les llama la atención una puerta en un lateral del local desde la cual un cartel de neón anuncia: "Laberinto del terror". Por la puerta de al lado, que es la salida, aparecen riendo y gritando los que ya lo han recorrido y, a juzgar por sus comentarios, parece que se han divertido. Decides entrar junto a tus amigas y nada más atravesar la puerta te encuentras en una especie de antesala a media luz en donde un cartel indica: "Puedes salir en diez minutos, en una hora o no salir nunca".

Con ese toque de misterio, te adentras por un pasillo apenas iluminado con bombillas de muy baja intensidad cada varios metros. Llegas a una habitación que tienes que atravesar por el centro. A ambos lados hay varios ataúdes de aspecto siniestro que te hacen recelar. Cuando tus pies activan un sensor de movimiento, sin que tú lo percibas, uno de los féretros abre de golpe su tapa y su ocupante se precipita hacia ti sin llegar a tocarte. Tus amigas y tú se llevan el gran susto y, pasada la primera impresión, se ríen de ustedes mismas. Siguen avanzando y experimentan varias espantadas más entre zombis, vampiros y monstruos. Pasan junto a retratos que cobran vida, maniquíes colgados del techo simulando cadáveres sangrantes y asesinos amenazadores. Se están divirtiendo, pese a los sobresaltos, porque saben que todo es un montaje, que nada es verdad.

Llegado a un punto, te adentras en un pasillo estrecho por el que solo puede pasar una persona a la vez. En esta ocasión, tienes una potente luz de frente que te impide ver el final del pasillo. Esta misma luz es la que me permite verte a través de una mirilla en la pared de enfrente. En un recodo hay un sistema de puertas, nuevamente a oscuras. En su posición normal, permite seguir el recorrido de todo el público, pero cuando tú vas a llegar, acciono el mecanismo para que te haga adentrarte por un pasillo diferente. A continuación, lo vuelvo a dejar en su estado original para que las personas sigan fluyendo normalmente.

En un momento dado te percatas de que te has separado de tus amigas, pero no le das demasiada importancia, ya que se supone que estás en un laberinto. Avanzas y te encuentras con un cartel: "Estás entrando en los dominios de EL TORTURA-DOR". En el siguiente recodo, otro anuncio dice: "Aquí nadie puede verte. Aquí nadie puede oírte". Por fin llegas a una puerta en la que simplemente se lee: "EL TORTURADOR".

Traspasas el umbral e intentas que tus ojos se adapten a la penumbra. Oyes el suave golpe de la puerta al cerrarse detrás de ti. Al otro lado de la habitación, te espero con una especie de túnica sin mangas que me llega hasta medio muslo, a imitación de las que usaban antiguamente los verdugos. Completa mi atuendo una máscara que me cubre la cabeza y alrededor de los ojos, como un antifaz. Notas un ligero temor al encontrarte a solas con un desconocido, pero piensas que todo forma parte del espectáculo y la curiosidad es superior al miedo. Para ganarme tu confianza avanzo despacio, sonriendo, con la mano tendida y la palma hacia arriba para que tú me des la tuya. Cuando lo haces, tras una leve reverencia, beso tu mano rozándola apenas con los labios. Sé que no estás acostumbrada a esto y te resulta curioso y diferente. No quiero asustarte.

Sin soltar tu mano, tiro suavemente de ti para llevarte al centro de la sala, y tomándote de los hombros, te hago apoyar la espalda en una mullida pared que resulta ser una especie de camilla vertical donde te encuentras muy cómoda. Sientes esa mezcla entre un leve temor y una increíble expectación por lo desconocido y se forma en ti la idea de que la experiencia que estás teniendo no la has vivido nunca. En la semioscuridad, te das cuenta de que he sacado una pluma y te la estoy mostrando ante tus ojos. Muy despacio, la acerco hasta uno de tus hombros y lo rozo levemente. Llevas una camiseta de tirantes y una falda corta hasta la mitad del muslo. Sin decirte nada, resbalo la pluma hasta el codo y te hago estremecer. Sigo recorriendo tu brazo hasta llegar a la muñeca y de nuevo vuelvo a subir al punto de partida.

Repito la misma operación en el otro hemisferio de tu cuerpo y tú ya no puedes aguantar más y empiezas a mover los brazos. Entonces, me llevo el dedo a los labios y te hago el gesto de guardar silencio. Me miras y te calmas un poco. Sin darte mucho respiro, te cojo una de las manos y te levanto el brazo hasta arriba para rodearte la muñeca con una ancha tira de cuero que te la sujeta cerca de la esquina de la camilla. Cuando he repetido la operación con el otro brazo, regreso a las caricias con la pluma, esta vez sin que puedas impedírmelo con el aletear exasperado de tus extremidades. El jugueteo con mi cálamo, junto a la sensación de que no puedes hacer nada y la suavidad con la que te toco, casi desde lejos, te empiezan a resultar agradables y comienzas a disfrutar de lo que ofrezco.

Después de recorrer varias veces tus brazos con la pluma, la paso ahora por tu frente, tus mejillas y tu nariz. Esto último es ya demasiado y agitas la cabeza para liberarte de las cosquillas. Sigo el recorrido por tu barbilla y tu cuello hasta llegar a una oreja donde, de nuevo, no puedes aguantar más. Tras esto, me ves desaparecer por detrás de la camilla. Una vez ahí, acciono un resorte que hace que el armazón de este lecho improvisado se incline poco a poco hacia atrás y llegue a quedar en posición horizontal, a la altura de mi cintura. Ahora te encuentras tumbada boca arriba y con los brazos atados. Esto te resulta un poco violento pero a la vez excitante.

Vuelvo a viajar con mi cálamo tus brazos y tu cara como antes, pero esta vez tumbada. Cuando termino, desciendo con parsimonia a tus rodillas y luego por tus pantorrillas hasta llegar a tus pies. Te quito los zapatos muy despacio y al sentir mi pluma en las plantas de tus pies no puedes aguantar más y tratas de evitar el contacto. Entonces, como hice antes con tus brazos, te tomo suavemente un tobillo, lo llevo hacia una esquina para atarlo con una tira de cuero y repito la operación con el otro pie.

Ahora te sientes totalmente a mi merced, pero no te importa, porque nunca has sentido algo así. Con los brazos y las piernas abiertos en aspa notas un hormigueo excitante al no saber hasta dónde llegará este experimento.

Vuelvo a pasar la pluma por una rodilla, resbalándola muy despacio por la pantorrilla hasta llegar a los dedos, primero en una pierna y luego en la otra. Subo y bajo varias veces haciéndote estremecer con cada estímulo. Después, vuelvo hacia la parte superior de tu cuerpo y, guardando la pluma, acerco mi boca a una de tus muñecas. Apenas toco tu piel con mis labios. Ruedo con delicadeza por tu brazo hasta la zona del hombro y subo de nuevo varias veces. Es tan leve el roce que algunas veces no sabes si son mis labios o es mi aliento quien te toca. Transito ahora el otro brazo, a veces besándote, a veces tocándote apenas con los dientes, y otras veces con la punta de la lengua.

Empiezas a comprender que esto ya no es solamente un espectáculo, sino que puede resultar en algo mucho más personal. Y te alegras de ello, ya que te parece un juego muy seductor y deseas que continúe, que no pare.

Vuelvo como antes a rozar tu frente, pero esta vez con mi boca. Te la beso casi sin tocarla hacia un lado y hacia el otro. Sigo con las mejillas, una tras otra, disfrutando de tu perfume. Bajo ahora por tu nariz muy despacio hasta la punta y paso después a la barbilla. Sigo, deslizándome por el cuello, y percibo que tú levantas la cabeza para facilitarme el recorrido. Vuelvo a subir otra vez hasta el mentón y de aquí paso por segunda vez a la punta de la nariz, la cual aprisiono entre los dientes primero y con los labios después. Por fin llego a tus labios, que encuentro entreabiertos como los míos, y los deambulo de un lado a otro, casi sin tocarlos.

Regreso a uno de tus pies y empiezo a besar la planta con movimientos circulares para llegar después a tus dedos. Los voy aprisionando uno a uno entre mis labios y haciendo un suave movimiento de succión. Sigo deslizando los labios por el empeine y por la pantorrilla hasta la rodilla y vuelvo a bajar de nuevo por su interior. Repito esto varias veces y me voy ahora al otro pie, al cual dedico las mismas atenciones. Tras subir y bajar varias veces hasta la rodilla, en una de las subidas no me detengo ahí, sino que sigo escalando muy despacio por el interior del muslo, gozando de la suavidad de tu piel.

Intuyendo lo que podría ocurrir a continuación, siento que un leve temblor atraviesa tu cuerpo, señal que interpreto como una sutil aprobación por lo que estoy haciendo y por lo que voy a hacer.

Deslizo mis labios y mi lengua con delicadeza por el muslo, hasta llegar casi hasta arriba, y vuelvo a bajar a la rodilla. Hago esto mismo varias veces en las dos piernas, apurando el límite un poco más en cada ocasión. Al fin, noto en la punta de la lengua la costura de tus braguitas, que exploro despacio de arriba a abajo. Recorro ahora el otro muslo hasta la costura de ese lado, disfrutando del embriagador aroma de tu cuerpo.

Tu reacción me alienta a seguir adelante, ya que intentas abrir más las piernas a pesar de tenerlas sujetas con las correas. Voy lamiendo tus bragas alejándome cada vez más, desde las costuras hasta llegar al centro. Paso la lengua de abajo a arriba cada vez un poco más fuerte haciéndote arquear el cuerpo. Lamo, succiono, muerdo, todo muy despacio y con calma, y empiezo a oír tus suspiros cada vez más intensos.

No terminas de creer que esto te esté pasando, pero la conmoción es tan incitante que deseas que no sea un sueño, que no pare. Que alguien a quien no conoces te esté proporcionando estos instantes es algo que nunca habrías pensado, y a la vez deseas aprovechar el momento que puede no volver a repetirse jamás.

Después de un rato de recorrer tu prenda íntima, me desvío para un costado e introduzco la lengua por debajo de la costura. Avanzo poco a poco con dirección al centro, hasta sentir el sabor salado de tu sexo. Lo descubro al separar con un dedo las bragas hacia un lado y lo encuentro húmedo y caliente. Me dedico a explorar con mi lengua todos sus rincones, a degustar todos sus sabores y a palpar todas sus texturas. Mientras tanto, noto que te has abandonado al placer y disfrutas con las caricias de mi boca, dejas gozar a tu cuerpo y exhalas suaves gemidos de excitación.

Dirijo ahora mis atenciones hacia tu botón más íntimo y sumerjo mi dedo, con calma estudiada, por tu lubricada cueva. Imprimo a mi mano un movimiento de vaivén continuo y regular mientras aprisiono tu clítoris entre mis dientes y mi lengua, presionando con esta última en todas direcciones para lograr que aumenten tus suspiros y gemidos.

Estos mismos quejidos me avisan que estás a punto de llegar al máximo nivel de placer, pero son los espasmos de tu cuerpo y la repentina humedad que siento en la boca y en la mano los que me confirman que estás disfrutando de un dulce orgasmo. Notas como si todas las células de tu cuerpo bailaran al mismo tiempo, como si murieras en un momento y en el siguiente estuvieras de nuevo aquí. Sigo con los mismos movimientos hasta que tus temblores se reducen, momento en que dejo de hacerlos para permitirte disfrutar de unos instantes de pausa. Tu respiración es agitada y dejo que te relajes poco a poco, disfrutando del placer que acabas de experimentar.

Salgo de entre tus piernas y vuelvo de nuevo a tu lado. Mi mano te acaricia el pelo y la cara, y giras la mejilla para que el contacto sea más firme. Después, voy subiendo por el brazo hasta llegar a la mano y te la dejo libre al soltar la correa que la sujeta. Te tomo por la muñeca, te bajo el brazo y coloco tu mano sobre mi túnica, a la altura de mi sexo que, como ya supones, se encuentra en un estado de gran firmeza. Tus dedos se cierran sobre él y tu mano recorre todo su contorno. Ahora desciendes por la vestidura para llegar hasta su parte baja y volver a subir al mismo lugar, pero sin el estorbo de la tela.

Esta vez disfrutas del contacto directo con la piel de esa parte de mi cuerpo que se mantiene rígida en honor a ti. Lo coges como si no quisieras soltarlo nunca, como si quisieras retenerlo en tu mano para siempre, produciéndome una creciente sensación placentera con tus movimientos continuos de subida y bajada, apretando y aflojando, prensando y cediendo.

A la vez que tú sigues moviendo la mano, yo pongo la mía en acción y la introduzco por tu escote para envolver suavemente uno de tus senos, rodeándolo con un movimiento circular cada vez más cerrado, hasta que llego al suave pero a la vez duro pezón. Oprimo y dejo ir, acompasando los movimientos a los que tú haces con tu mano y ambos pasamos un momento de efervescencia. Luego, suelto la correa que te sujeta la otra mano y, como yo esperaba, te incorporas sobre el codo y agarras mi empuñadura con las dos manos, a la vez que te la llevas a la boca.

Mientras sigues con la boca ocupada, mi mano baja por tu estómago para adentrarse bajo tus braguitas y entrar en un mundo húmedo, cálido y sedoso. Tu cuerpo se tensa y luego se encorva mientras yo temo no poder aguantar mucho más las atenciones de tu boca. Antes de que eso ocurra, saco un preservativo de un bolsillo, rompo el envoltorio y te lo presento ante los ojos. Siento que este es un momento importante, ya que tu reacción me indicará hasta dónde estás dispuesta a llegar, a cada paso es mi intención que seas tú la que escoge seguir.

Para mi gran satisfacción, veo que lo coges, me lo colocas en la punta y lo desenrollas poco a poco con la boca, hasta llegar al final. Tu deseo está ahora confirmado.

Con gran satisfacción por el regalo que me has hecho, te separo suavemente las manos de mi inflamado sexo y te las vuelvo a sujetar una a una con las correas. La excitación del momento hace que tu cuerpo se retuerza como una serpiente, anticipando el relámpago que ambos esperamos. Bajo mi mano despacio por todo tu cuerpo, haciéndolo corcovearse mientras busco tu tobillo. Suelto la correa que te aprisiona el pie y vuelvo nuevamente hacia arriba, hasta llegar a tus humedecidas bragas. Las voy bajando por los muslos, las rodillas y las pantorrillas hasta que sacas el pie libre por ellas, quedando enrolladas en el otro tobillo. Para empalmar, sujeto otra vez tu pie con la correa que había soltado. Disfruto a plenitud del espectáculo de tu cuerpo en la penumbra con las cuatro extremidades abiertas.

Comienzo mi recorrido final con mi lengua por un pie, voy subiendo por la pierna y el interior del muslo, a la vez que la acompaño con mis manos. Tu cuerpo no cesa de retorcerse y no dejas de jadear ni un instante. Dedico unos minutos a tu abierta entrepierna y después sigo lamiendo la zona del ombligo hasta que llego a tus pechos. Me entretengo un rato con cada uno de los enhiestos pezones haciéndote gemir en éxtasis. Pero cuando mi lengua sigue el camino de tu cuello, siento que la punta de mi espada encuentra la entrada de tu funda y noto ahí un intenso fulgor. La sensación de calidez es inmensamente excitante y me muevo sobre ti con suavidad, sin pasar del portal. La humedad del lugar facilita que con cada movimiento avance unos milímetros más hasta que la cabeza traspasa el umbral del paraíso. En ese momento no puedes aguantar más y levantas las caderas para que me introduzca hasta lo recóndito, lo cual provoca un grave quejido en mí. Los dos caemos de nuevo en el lecho con los sexos unidos ahora hasta lo más profundo, y permanecemos unos segundos así, presionando uno contra otro como si nos fueran a separar en cualquier momento, mientras grabamos en la memoria el fantástico estertor que acabamos de gozar. Pasada esa primera y sabrosa impresión, empiezo a moverme despacio sin salir del fondo, hacia los lados y con movimientos en redondo, e intento hundirme lo más adentro posible en ti.

Como te darás cuenta, me gusta hacer las cosas con suavidad y sin prisas. Mi miembro vuelve a retroceder con lentitud hasta que la punta sale de tu nido, pero sin perder el contacto, y le permito reposar en la entrada. En seguida vuelvo a empujarlo con firmeza hasta el fondo, y provoco en ti un nuevo gemido de gozo. Repito con regularidad estos movimientos, pero dejo pasar dos o tres segundos entre uno y otro. Empujo rápido, retrocedo despacio y espero. Empujo, retrocedo y espero.

Sigo moviéndome de esta manera y aumento la velocidad de las embestidas muy poco a poco, mientras siento que al mismo tiempo se acrecienta el ritmo de tu respiración. Ya empiezas a notar en el estómago el cosquilleo característico que anuncia que te acercas al clímax. Con cada penetración sientes las descargas de adrenalina nublándote el cerebro. Mi cadencia se amplifica y con ella tu nivel de placer. Cada parada que hago de apenas uno o dos segundos te resulta un dulce tormento, pero cuando de nuevo vuelvo a entrar hasta el fondo dentro de ti, es mejor en cada ocasión.

Al fin sientes los primeros temblores que te llevan a otra dimensión. Tú ya no estás ahí. Sólo queda tu cuerpo sacudiéndose con la explosión del inmenso goce del orgasmo. Crees quedar inconsciente y tus ojos cerrados no ven más que estrellas. Sigues experimentando oleadas de electricidad por todo tu cuerpo y te sorprendes al escucharte a ti misma gritando de placer. Poco a poco tu cuerpo se va relajando y vas volviendo a la realidad mientras permanecemos abrazados, todavía unidos por nuestros palpitantes sexos.

Tras besarnos apasionadamente un tiempo, me levanto del lecho y suelto con tranquilidad las correas que te han mantenido atada. Me miras por última vez en la oscuridad, apenas puedes creer lo que acaba de suceder. Después de arreglarte la ropa, te acompaño a la puerta de salida que te llevará al final del recorrido del laberinto. Al fin sales de un mundo que ahora te parece irreal. Al pasar de nuevo a la discoteca te da la impresión de ser un lugar nuevo, en el que no has estado antes, es como si todos tus sentidos se hubiesen quedado dentro del laberinto y te sientes aturdida. Cuando te reúnes con tus amigas y te preguntan por qué has tardado tanto, prefieres decirles que te has perdido por los pasillos. Decides guardar para ti sola el secreto de la experiencia que acabas de vivir, sin saber todavía muy bien si ha sido verdadera o si has gozado un sueño.

José Ramos

Noa Xireau

España y Alemania

Nació en Weissenburg (Alemania) en 1971. Hija de un inmigrante español, a los nueve años su familia se trasladó a Pilas, un pueblo del Aljarafe Sevillano dónde sigue viviendo y trabajando al día de hoy. Estudió Publicidad y Relaciones Públicas en la facultad de Ciencias de la Información de la Universidad de Sevilla y actualmente trabaja en la Administración Pública, donde se ha especializado en Proyectos Europeos, lo que le ha permitido viajar por toda Europa y satisfacer su constante inquietud por aprender y desarrollarse como persona.

En cuanto a su trayectoria como escritora, ella misma la resume como: «Tan reciente que puedo definirme como poco más que un *amateur*. Hace sólo unos meses que una noche de insomnio me llevó a terminar un relato corto y presentarlo al día siguiente a un concurso local. Fue mi primer premio. Desde entonces he escrito dos relatos más, ambos eróticos, y los dos han quedado finalistas en concursos internacionales, algo que indudablemente influirá mi forma de escribir en el futuro».

A estas alturas ha escrito su primera novela erótica "Three Wise Men for Sarah" en inglés y está ultimando "El cuento de la Bestia" y "Ritual" para publicarlas en el primer semestre del 2015.

Perlas de pasión

Contemplé sorprendido el largo collar de suaves y brillantes perlas dentro de la elegante cajita, enrollado bajo un pequeño mando que poseía poco más que una rueda de velocidad. Reconocería aquellas perlas en cualquier sitio, formaron parte de mi vida desde que fui poco más que un jovenzuelo de dieciséis años que empezó a esconderse junto a sus amigos entre los arbustos de la vecina para observar cómo se desvestía cada atardecer en una especie de sensual y fascinante ritual.

Me dejé caer sobre la cama. ¿Qué mensaje traía recibir ese regalo, esa joya cargada de morbosas memorias, hoy?, ¿el día en el que Adela me convertiría en un hombre decente?, ¿el día de mi boda?

Los recuerdos de mi vecina solterona, casi cuarentona y, para más inri, mi profesora de Historia en el instituto, me asaltaron. Acudía cada día a clase con su larga falda de tubo, su blusa de blanco inmaculado, sus gafas de intelectual y, cómo no, su elegante collar de perlas. Fue pura casualidad que mis compañeros y yo descubriéramos que bajo aquella fachada de puritana sosa se escondía un cuerpo de pecado que usaba ropa interior de puta. Al menos en aquella época pensábamos que era de puta, porque nuestras madres no usaban nada por el estilo y tampoco las niñas a las que espiábamos a través de las ranuras de los vestuarios.

A partir de aquella tarde en que nos aventuramos en su jardín para vengarnos de nuestras malas notas, el ritual se convirtió en parte de mi rutina diaria, como lo era el cepillarme los dientes o hacerme una paja antes de acostarme. Pasaron semanas antes de que mi voyerismo juvenil se convirtiera en algo más gracias a aquella cadena de perlas. Fue la tarde en que mi amigo Paco me hizo mi primera mamada.

Sólo con cerrar los ojos aún puedo verla arrodillada ahí, sobre la alfombra, gloriosamente desnuda, con aquel largo collar deslizándose rítmicamente entre sus muslos abiertos, rozando sus delicados pliegues con el vaivén de sus voluptuosas caderas. Su cabeza echada hacia atrás, con la rebelde melena escapándose del rígido moño que solía llevar, nos permitió contemplar hipnotizados su rostro transfigurándose por el éxtasis.

En un instante mi universo se redujo a ella, a esa mujer madura y apasionada, tan fuera de mi alcance. Ahí mismo, en la parte trasera del jardín, apenas cubierto por los arbustos, me bajé los pantalones para masturbarme viéndola cabalgar hacia el orgasmo sobre su larga ristra de perlas. Su angelical grito me arrastró consigo hacia el placer y casi hasta la locura, cuando sentí sus etéreos dedos deslizándose sobre mi sensible verga, arrancándome espesos chorros blancos que casi podía ver resbalándose sobre sus firmes, redondeados senos y sus dulces labios entreabiertos. Volví en mí, con los dedos de Paco alrededor de mi aún duro miembro y fueron sus labios inseguros los que acepté en frustrada agonía.

¿Qué adolescente sería capaz, después de aquello, de asistir a sus clases sin rememorar una y otra vez sus exuberantes pechos desnudos, sus rosados y orgullosos pezones y el nácar de las perlas deslizándose por su cuerpo haciéndola jadear? ¡Yo no, desde luego!

Ahora, viéndolo en retrospectiva, supongo que sólo fue cuestión de tiempo que ella me descubriera desahogándome en el cuartito de la limpieza. Después de una de sus clases debió verme entrar, o quizás solo fuera casualidad. Nunca llegué a preguntar. Recuerdo su expresión de *shock* y la dilatación de sus oscuras pupilas cuando se paralizó en el umbral al pillarme con los vaqueros caídos, mi aliento brotando en bufidos entrecortados y mi mano moviéndose casi frenética sobre mi dolorida y rígida erección.

—Señorita Garrido, ¿puedo ayudarla? —tronó la desagradable voz del conserje desde el pasillo, sobresaltándonos a ambos.

—Yo… —Turbada despegó la vista de mi verga para alzarla hacia mi enfebrecida mirada. Dando un fuerte tirón al collar hizo que decenas de pequeñas perlas se esparcieran saltando escandalosamente por el suelo—. ¡Oh! —exclamó entrecerrando la puerta tras ella, poniéndose a cuatro patas a recoger como desesperada las diminutas bolas.

Pensándolo bien, fui un gilipollas arriesgado pero, en aquel momento, verla sobre sus rodillas con ese culo redondo tan pedantemente dirigido hacia mí… me corrí y, cuando el chorro salió disparado por el hueco entreabierto para dirigirse a su empinado trasero, me seguí corriendo y tampoco pude parar cuando ella se giró alertada contemplándome con aquellos enormes ojos y su sensual boca entreabierta.

Solo puedo imaginarme cómo me vería ella en aquel instante, con el rostro contraído por el esfuerzo y las rodillas cediendo bajo mi peso, mientras mi semen salpicaba su sonrojada tez y regaba sus labios.

Tragué saliva cuando por fin me percaté de lo que había hecho. La miré horrorizado. Ahogado, vi cómo relamió sus escarchados labios y luego sus dedos recubiertos con los vestigios de mi delito. Me quedé ahí escondido, en aquel diminuto y asfixiante cuartito, observándola recolectar las dichosas perlas, sintiéndome culpable y maravillosamente asombrado al mismo tiempo.

Reticente a perder el objeto de mis fantasías, me pasé aquella noche enfilando cuidadosamente todas y cada una de las nacaradas esferas que hallé en la papelera. Durante el fin de semana las disfruté una y otra vez, de todas las formas imaginables, sobre mi insaciable carne juvenil, imaginando lo que ella sentía al deslizarse las sedosas perlas por sus tiernos pliegues con aquel lujurioso masaje. Aun así, y a pesar de lo placentero, comprendí que sin ella las perlas habían perdido parte de su magia y acabé por devolverlas envueltas en terciopelo, abandonándolas ante su puerta.

A partir de aquella experiencia algo cambió. Jamás hablamos sobre ello, sólo compartimos miradas, pero las cortinas de su dormitorio –situado justo frente al mío–, nunca volvieron a cerrarse y yo jamás regresé a los arbustos.

Una anaranjada luz comenzó a bañar cálidamente su cama cada martes y jueves a las once, permitiéndome espiarla acariciándose sensualmente hasta alzar sus caderas en espasmódicas sacudidas con sus dedos empapados hundidos entre sus muslos. Yo no podía menos que devolverle la misma cortesía y así, los miércoles y viernes, me masturbaba delante de la ventana, ajustándome al creciente vaivén de las cortinas en su oscura habitación para dejarme alcanzar por mi propio placer.

✳✳✳

Unos meses después terminó el curso, ella dejó de ser mi profesora y yo cumplí diecisiete. Fue entonces cuando ella comenzó a introducirme en el fantasioso mundo del sexo desde la distancia. Los lunes se convirtieron en los días en los que invitaba a alguien a casa para jugar. Para mi consuelo, jamás repetía y siempre me dejaba observar cómo los seducía y montaba, muchas veces usando la ristra de perlas para excitarlos o el erótico balanceo de su collar bamboleándose sobre sus pechos cuando la embestían desde atrás.

Usábamos el gran espejo de su armario para que yo pudiera compartir su experiencia. Sus ojos encontraban los míos a través del reflejo, dejándome imaginar que era mi nombre el que murmuraba cuando su rostro se contraía de placer.

Las ocasiones más lujuriosas surgían cuando invitaba a otras mujeres. Siempre fue muy selectiva con ellas: guapas, con elegantes curvas, cintura fina y un buen culo. ¡Justo como me gustaban! A veces hacía el amor con ellas de una manera sensual y delicada: besando, provocando y acariciando; otras, las dominaba, exigiéndoles que arrodilladas relamieran su exquisito sexo, abriendo sus brillantes y suculentos pliegues ante ellas y dándoles a sus lascivas lengüitas acceso a los rincones más recónditos e impúdicos de su voluptuosa anatomía. Al final, casi invariablemente, acababa agarrándolas por el pelo, enardecida y descontrolada, para restregar su desamparado sexo contra las indefensas bocas en busca del ansiado goce.

Los lunes fueron también los días en que comencé a traerme amigas a casa. He de admitir que las usaba como un cabrón sin escrúpulos, pero en aquella época no me importaba. Las besaba lo justo, desnudándolas siempre delante de la ventana, dónde las acariciaba hasta acabar hundiendo mis dedos en su suave calidez, ocupando mi pulgar en juguetear con su pequeño tesoro escondido hasta inundarlas de placer. Las mantenía así durante una eternidad, contorsionándose y gimiendo hasta enronquecer, en una tortuosa espera por ver a mi profesora preparada. Solo entonces les pedía que se postraran ante mí a devolverme el favor y cuando hacía uso de lo que realmente me interesaba: su húmeda y acogedora garganta.

¿Y por qué no su coño o su apretado culo?, se preguntarán algunos. La respuesta es bien sencilla: no podíamos follar a otros y mostrar nuestra mutua lujuria frente al ventanal sin que los susodichos se percataran. Resultaba más sencillo conformarnos con sexo oral. Nuestros consoladores se ocupaban de satisfacernos en tanto nosotros calmábamos nuestra lasciva hambre compartiendo nuestro éxtasis. ¡No creo que puedan imaginar lo que era bombear en una ardiente y dispuesta boca, que me aferraba y chupaba, en tanto mi profe amasaba sus magníficos pechos para mí, acompañado del húmedo concierto de mis pelotas chocando contra una empapada barbilla!

No voy a negar que lo disfrutara. ¿Quién no lo haría con unos labios envolviéndole, succionándole voraces en un jugoso y caliente interior, con débiles gemidos reverberando sobre su verga al son en que los envites se aceleran y aventuran hasta el fondo de una estrecha garganta, cogiéndole entero, tragándole… devorándole?

✳✳✳

Con el tiempo descubrimos los antifaces, las esposas… y yo, el lujo de hundirme en un ceñido trasero. Aceptaba a casi cualquiera que se me pusiera delante con tal de fantasear con mi hinchado miembro envuelto por el angosto pasaje de mi profesora, ordeñándome hasta secarme. Incluso Paco, mi querido Paco, volvió a caer.

También con la edad aprendí los beneficios de tener compañeras estables para follar. Entre sus inconvenientes estaba el tener que mantenerlas contentas; entre sus ventajas, que podía enseñarles y acostumbrarlas a mis excentricidades hasta que aceptaban gustosas la rutina de empotrarles mi polla hasta la tráquea ante el ventanal abierto o de disfrutar del sexo sin complicaciones que suponía tomarlas desde atrás.

✳✳✳

Con la universidad las cosas cambiaron. Pasaba largas temporadas fuera de casa. Aprendí a experimentar por mi propia cuenta, aunque mis amantes siempre acababan siendo dueñas de preciosas gargantillas de perlas y en mi mente a menudo surgiera la imagen de las nacaradas bolas chocando deliciosamente contra los pechos redondos y llenos de mi profesora.

Supongo que esa fue una de las razones para aventurarme a saltar por el balcón de su dormitorio cuando regresé. Necesitaba constatar si todavía conservaba la misma joya que le devolví aquel día. Rebusqué en la habitación oscura, en su mesita de noche, el cajón de su ropa interior… Debo admitir que ahí me entretuve más de lo necesario. ¿Y quién no lo haría? Cuando la dichosa cadena no apareció acabé rindiéndome, elegí un tanga de rojo satén del cajón, me tiré sobre la cama con la bragueta abierta y envolví mi larga y dura carne con la sedosa tela.

—¿No encontraste lo que buscabas?

¿Cómo es que nunca me había dado cuenta de cuan ronca y sensual sonaba su voz? Miré sobresaltado hacia el umbral.

—No… sabía que… estabas… aquí… —¿Se podía tartamudear mayor gilipollez?

Sonrió mientras se acercaba a mí con el provocador balanceo de sus caderas, apenas tapadas por el estrecho corsé que levantaba y achuchaba sus tetas convirtiéndolas en dos enormes bolas de cucurucho listas para lamer.

—¿Es esto lo que buscabas? —Ella subió a la cama, sentándose a horcajadas sobre mi alucinado rostro, mostrándome en un primer plano cómo algunas bolitas nacaradas se escapaban de entre su fina ranura.

Acepté la excusa que me ofreció, enterrando mi nariz entre sus rojizos y brillantes pliegues y me concedí el lujo de olerla y saborearla con fruición. Atrapé la cadena entre mis labios y tiré de ella. Apenas emergió un pequeño tramo. Gruñí. Mi lengua se hundió en su irresistible feminidad, jugueteando y explorando entre sus múltiples recovecos hasta encontrar el pequeño botón que activó sus más deliciosos jadeos. Tiré lentamente de la interminable cadena que parecía resistirse a salir de su ceñido escondrijo haciéndola correrse ahí mismo, sobre mi cara, con un largo y agónico gemido que me calentó la sangre e hizo pulsar mi verga.

Aquello fue sólo el principio. ¿Me creería alguien si confesara que terminamos haciéndolo en una mecedora delante del espejo? Sí, claro, no es tan difícil de imaginar, ¿verdad? La parte que ni yo me habría atrevido a soñar –ni en mis más salvajes fantasías–, fue que quien terminaría arrodillado sobre la mecedora, contemplándose en el espejo, sería yo. Yo, con una polla de silicona encajada en mi estrecho culo; ella, apretando y frotando su pelvis contra mis nalgas mientras sus elegantes dedos me complacían... ¿Y lo más alucinante de todo? Me daba igual tener el trasero estirado y lleno para reventar. Me gustó casi tanto como tener sus palmas aliviando mi dolorida erección, el roce de las perlas al estrellarse una y otra vez sobre mi punta o sus tetas balanceándose rítmicamente sobre mi espalda; casi tanto como su boca limpiándome los restos de semen y chupándome de nuevo justo después de correrme por segunda vez.

✳✳✳

La insistente llamada a la puerta me obligó a cerrarme la cremallera con un suspiro de insatisfacción. Me levanté, abandonando la caja vacía sobre la cama. Guardándome el mando me paré delante del espejo para arreglarme la camisa. Los nervios de la boda estaban casi olvidados. Claro que si no me hubiesen interrumpido habría estado mucho mejor.

En el altar respiré hondo para infundirme valor. Aunque los motivos por los que necesitaba ese valor se me escaparon cuando Adela atravesó el pórtico de la iglesia y nuestras miradas se encontraron. Jamás una novia me pareció más guapa y encantadora, con aquellos inocentes ojos azules y sus largos rizos azabache esparcidos a su alrededor como un manto. Cuando llegó a mí nos sonreímos y con nuestras manos entrelazadas nos giramos hacia el altar.

—¿Recibiste el regalo? —preguntó ella en un susurro cuando el sacerdote comenzó a leer.

Aprovechando que el frontal tapizado de nuestro banco nos guardaba de la vista del viejo cura, al tiempo que nuestras espaldas lo hacían de los invitados, le coloqué la mano sobre mi ingle para que pudiera sentir mi pene envuelto en perlas.

Adela no miró pero, en vez de retirar la mano escandalizada como era de esperar, tiró de la cremallera y sus intrépidos dedos se abrieron camino por el ajustado espacio. Podía sentir las perlas clavándose en mi creciente erección alternándose con la suavidad de sus templadas manos. Sin apenas moverse consiguió ordeñarme con destreza, aprovechando las pequeñas gotas de líquido que rezumaba de la henchida cabeza para esparcirlas con sus aterciopelados dedos.

¿Quién no sabe lo afrodisíaco que es el morbo de lo prohibido? Ahí estaba yo, en la iglesia, en mi boda, con decenas de ojos puestos en mí, con las manos de mi mujer a punto de hacerme explotar... ¿Alguien sabe lo difícil que es mantenerse recto, sin mover las caderas, y evitar gemir cuando sabes que se está acercando el orgasmo de tu vida?

Mi fantasía de poner a Adela a cuatro patas en el asiento trasero de la lujosa limusina que alquilé para la boda se iba evaporando a medida que mi respiración se aceleraba. Claro que si ella me ayudara con su experimentada boca y me la empinara de nuevo... La simple idea de ella contemplándome desde abajo, con aquellos hambrientos ojos y sus jugosos labios hinchados apretados alrededor de mi inflado glande me hizo encoger el estómago de placer. Recordé el pequeño artefacto en el bolsillo de mi chaqueta. Curioso, giré la ruedecilla del mando hasta la mitad. Cuando el leve jadeo de Adela confirmó mis sospechas, terminé de deslizarla hasta el tope. Ella me miró con ojos horrorizados y sus labios comprimidos en una fina línea. Intentó retirar sus suaves dedos de mi entrepierna, pero esta vez fui yo quién le apretó la temblorosa mano con fuerza a mi alrededor para ayudarla a terminar lo que empezó.

Me corrí ahí mismo, en medio de una iglesia llena de gente, con su mano embadurnada en mi bragueta. Ella vino conmigo, y de nuevo cuando el cura me dio permiso para besarla y, quizás, unas cuantas veces más, por el silencioso ruego que no paraba de lanzarme desde sus inmensos ojos vidriosos y por la manera en que sus rodillas parecían colapsarse bajo ella.

Hay algo extraordinariamente poderoso en saber que dispones del placer de otra persona a tu voluntad y yo, como ya admití, a veces soy un cabrón. Un cabrón afortunado si lo piensan bien, porque tuve una profesora que me enseñó a disfrutar del morbo y la pasión que la vida nos ofrece. ¿Y acaso no era un gozo saber que cuando las puertas de la limusina se cerrasen y yo levantara la vaporosa falda de mi mujer, sus muslos estarían empapados y su dulce recoveco preparado y deseoso de acoger mi mástil en toda su hermosa gloria adornada de perlas?

¿Qué hacer con el vibrador que estaba haciéndola estremecerse? Mi mente se colapsó de gemidos e imágenes de su carnoso trasero expuesto. Siempre me ha fascinado observar a esa pequeña y delicada roseta respondiendo cuando la preparo con mis dedos para extenderla y agrandarla. Me excita sentirla abriéndose y contrayéndose mientras me succiona y se resiste al mismo tiempo. ¿Y qué decir de sentir mi sensible polla rozándose y frotándose contra el vibrador a través de la fina membrana que separa ambas cuevas?

Fueron las voces a mi espalda las que me arrancaron de mi prometedora visión.

—Cariño, creo que quieren sacarnos una foto —murmuré, conocedor de la manera en que sus labios se estrechaban preparándose para acallar sus nuevos jadeos.

—¡Sonría profe! —gritó un joven en el mismo instante en que sentí su barriga contraerse en espasmos bajo mis dedos.

—¡Te detesto! —masculló entre dientes apretados.

—Profe… pero si fuiste tú quien me pervertiste con tus perlas —carcajeé ronco en su oído.

Pedro González Q.

México

Mexicano por azar, ingeniero por necesidad, escritor por gusto, aprendiz de filósofo, papá en adiestramiento, rebelde moderado, analítico incurable, perfeccionista en rehabilitación, genio incomprendido, idealista sin remedio, amigo leal y amante fugaz. Autor del libro de micro relatos: "Dinerosidades" (colección de fantasías, descalabros e ironías, sobre asuntos de dinero personal).

El ladrón de orgasmos

Cuando el acusado, Facundo Benatri, entró en la sala de audiencias, la jueza Nelly Píker –cuarentona reciente, de figura esbelta, grandes ojos y sonrisa seductora– se ruborizó. Un sudor helado brotó en sus manos y sus bragas se humedecieron con un tibio y discreto caldo sexual.

La jueza no lo podía creer. Era el mismo individuo que había conocido el día anterior, un macho de setenta y tantos kilos bien repartidos a lo largo de casi un metro ochenta de estatura. El hombre ocupó el lugar que le indicó el alguacil y miró directamente a los ojos de la magistrada, mientras paseaba la lengua por el labio superior... Nelly Píker respondió, mordiendo con suavidad su labio inferior.

El secretario asignado a la audiencia anunció: «Se inicia procedimiento legal promovido por la señora Helena Giménez en contra del señor Facundo Benatri por... robo de orgasmos». El funcionario concluyó la frase con titubeos –entre divertido y apenado.

¿Robo de orgasmos?, ¡qué estupidez!, pensó la magistrada Píker. Sintió fastidio por la creativa voracidad de los abogados para magnificar cualquier pequeño desacuerdo entre la gente, con la intención de sacarle dinero a culpables e inocentes. *¿Cómo demostrarían el robo?, ¿cómo se podría recuperar lo robado?, ¿qué sanción imponer al delincuente?* Había muchísimos asuntos importantes en su trabajo como para dedicarle demasiada energía emocional al caso. Se relajó y pidió a Helena –cuarentona reciente, de figura esbelta, grandes ojos y sonrisa seductora– que subiera al estrado para exponer su denuncia.

—¿Cómo conoció al señor Benatri? —preguntó el abogado acusador.

—Estaba haciendo mi compra en el supermercado cuando ese ¡ladrón, hijo de puta, pervertido...!

—¡Por favor limítese a describir los hechos! —indicó la jueza.

—Ese hombre me atropelló con su carrito repleto de naranjas —prosiguió Helena, apuntando al acusado con el dedo índice—, golpeándome con tanta fuerza que resbalé y fui a caer sobre una pila de papel sanitario en oferta que se encontraba a medio pasillo.

Al escuchar la declaración de la señora Giménez, la jueza Píker perdió el color de la cara y el pulso cardíaco casi se le duplicó. Sintió que algo se le atoraba en la garganta y tomó un largo trago de agua para reponerse.

—Y el señor, ¿le ofreció alguna disculpa o auxilio? —continuó el abogado, dirigiéndose a la ofendida.

—Sí, se acercó hasta donde yo estaba tumbada y me tendió una mano para levantarme.

—¿Aceptó usted la ayuda que le ofreció el desconocido?

—Sí, desafortunadamente. Ahí comenzó mi desventura, pero... ¿Cómo iba yo a saber que ese ¡ladrón, hijo de puta, pervertido! me iba a...?

—¡Por favor limítese a describir los hechos! —insistió la juez, golpeando tres veces sobre el escritorio con su mazo de madera.

—Hace diez meses que ese hombre me robó los orgasmos. A mi marido ya no lo gozo como antes, mejor dicho, ya no lo gozo nada, por culpa de ese ¡ladrón, hijo de puta, pervertido!

—¡Por favor limítese a describir los hechos o me veré obligada a imponerle una multa! —advirtió con disgusto la jueza.

✳✳✳

Helena estaba tumbada en el piso del pasillo del supermercado, su ajustado minivestido blanco había trepado hasta casi la cintura, descubriendo totalmente sus muslos y un poco de sus nalgas. Un biquini rojo cumplía bien su cometido de tapar las partes pudorosas de la señora. Cuando Facundo Benatri contempló la escena, sintió que su pene despertaba y una leve agitación respiratoria aparecía en su pecho.

Dos masculinos que se encontraban cerca miraban a Helena con intensidad y morbo. Uno imaginaba un depilado brasileño; el otro, un delicado arbusto de diseño italiano. Helena casi desmayaba de vergüenza, se acomodó el vestido y quiso incorporarse por su cuenta, pero la mano derecha de Benatri tomó la suya y –de tremendo jalón– la levantó del suelo.

Por unos instantes Helena quedó bien pegada a Facundo quién, aprovechando la confusión, le sobaba discretamente el trasero.

—¡Qué pena señora!, le ruego me disculpe —se apresuró a balbucear el hombre.

—¡Debería tener más cuidado, fíjese por dónde camina! —contestó Helena, dándole un empujón para separarlo.

—Señora, estaba muy distraído. Por favor acepte que yo pague su compra y cargue las bolsas hasta el lugar al que usted vaya.

—¡No me moleste! —dijo ella, con tono brusco y cortante.

—Permítame insistir —respondió Facundo, tomando a Helena del brazo con firme gentileza y empujando su carrito hasta la caja.

Helena no sabía qué responder ni cómo actuar, solo contemplaba el rostro de aquel hombre, su mentón, sus brazos y pecho de gimnasio... Miraba sin conciencia, como en un trance hipnótico.

✳✳✳

Mientras las partes involucradas rendían sus declaraciones, la magistrada Píker tamborileaba nerviosamente con los dedos en el escritorio y se reacomodaba –con frecuencia– en su sillón negro de respaldo alto.

✳✳✳

Helena y Facundo salieron del supermercado y platicaron simplezas en el trayecto a la estación del metro: «¿a qué se dedica?», «soy ama de casa», «yo soy arquitecto», «no tengo hijos», «yo tampoco», «¿y su marido?», «está de viaje y regresa el viernes…».

Era la hora pico, el vagón estaba repleto de personas sudorosas. La multitud los acomodó uno frente a la otra, pegaditos. Ella no tuvo otra opción, metió una pierna entre las de Facundo que, con una mano se sujetaba del tubo y con la otra cargaba las bolsas.

«¡Qué multitud!», «qué olor», «me pisaron», «¡qué calor…!». Sus palabras se apachurraban entre sí por la cercanía de los rostros. Una cosa dura, a la altura de los bolsillos del pantalón del hombre, rozaba –ocasionalmente– las caderas de Helena, *¿era un teléfono celular? o quizá su cosa elástica que había despertado.* Percibió su propia intimidad humedecida y el pulso agitado…, se avergonzó. *¿Cómo había llegado hasta ahí? Calentándose con un desconocido, con un mete mano, ¿cómo lo aplacaría?* Se le ocurrió que al bajar del tren, le quitaría las bolsas y se iría rápidamente a casa. Y, si el tipo insistía en seguirla, llamaría a un policía o gritaría que aquel individuo la acosaba.

«¿Falta mucho?». «No, tan sólo dos estaciones más». Sus rostros enrojecidos estaban muy cerca. Luego… el beso sorpresa, el reclamo: «¡Oiga!, ¿qué le pasa?». «Le robé un beso seño-ra, perdón, se lo devuelvo…».

El trayecto de la estación del metro al apartamento de Hele-na lo caminaron con prisa –en silencio– evitando palabras que sólo hubieran hecho el recorrido más lento.

※※※

—¡Objeción su señoría! —espetó el abogado acusador ante una intervención de la parte defensora—. ¡Objeción su señoría! —repitió—. Su señoría, ¿se siente usted bien?, ¿me escucha?

—Objeción denegada —contestó la juez, con voz casi inau-dible y la mirada ausente.

※※※

Depositaron las bolsas en el suelo de la cocina, ella se recos-tó en la mesa del comedor. La lengua de Facundo recorrió las pantorrillas y los muslos divinamente depilados… Llegó al bi-quini. Sin quitárselo, tomó entre sus manos el pedazo de tela y –con deliciosa lentitud– lo usó para masajear el sexo de Helena.

—¡Cógeme ya! — bramó ella con desesperación. Él no dijo nada y acomodó la cara entre sus pechos.

Un sentimiento súbito de culpa agobió a Helena.

—¡No! ¡Déjame, vete! —gritó, al mismo tiempo que empu-jaba al hombre.

Facundo no insistió, él no era un violador. Se levantó y que-dó inmóvil, sin saber qué hacer.

—¡Vete! —insistió la mujer, mientras se acomodaba el ves-tido—. ¡Lárgate o llamo a los vecinos!

Facundo se volteó hacia la puerta, confundido, humillado y todavía jadeando. Luego, con la caballerosidad propia de un amigo sincero, se disculpó y se despidió con un beso social, de esos que se dan al aire juntando las mejillas.

Cuando el hombre ya había cruzado la puerta, Helena se lanzó hacia él, lo tomó de la mano y, sin decir nada, lo llevó a su habitación, escenario de los encuentros eróticos con su marido –hombre de creatividad amatoria atolondrada, que se limitaba a la penetración vaginal algunos fines de semana, en posición de misionero y sin jugueteos para comenzar ni abrazos al terminar. Helena vivía satisfecha –o quizá resignada– con un orgasmo microscópico de vez en cuando.

❋❋❋

Un repentino y agudo dolor se manifestó en la boca del estómago de la juez Píker.

❋❋❋

Los dedos de Facundo agasajando al punto G –en perfecta sincronización con su lengua bulliciosa, que tomaba turno para juguetear con el clítoris– provocaron que Helena se contorsionara en el lecho, enloquecida de lujuria.

Antes del momento mágico, Helena sintió muchas ganas de orinar y le pidió al hombre que se detuviera, para ir al sanitario.

—Tranquila —contestó Facundo. Pleno de seguridad y confianza—. No habrá pipí, así se siente —agregó. Su boca volvió a los labios genitales y mordió con delicadeza…

Un cuarto de litro de líquido erótico salpicó la cara de Facundo, para después esparcirse por las sábanas y buscar escondite en los tejidos del colchón. El chorro brotó de las partes íntimas de la mujer como expulsado por un géiser, al mismo tiempo que de su garganta escapaban gemidos incandescentes formados por múltiples *oes*, *as* y *us*. El *squirt,* la eyaculación femenina, ya no era un mito para Helena Giménez.

Cuando se recuperó del colosal espasmo, la invadió un temor difuso, luego experimentó un poco de vergüenza, y después se sintió la amante más amada, la mujer más mujer... Exhausta, satisfecha y sin culpas.

※※※

La magistrada Nelly Píker interrumpió súbitamente la sesión y anunció: «Esta audiencia se pospone hasta nuevo aviso, las partes serán notificadas oportunamente para continuar el juicio».

Salió con prisa del tribunal –casi corriendo– se dirigió a su despacho, pidió a su asistente que nadie la interrumpiera y se encerró.

Con ansiedad, abrió el cajón con llave de su archivero y tomó un enorme consolador de tres puntas, texturizado con imitación casi perfecta de piel masculina, compañero incondicional que le obsequiaba momentos de gozo y relajación después de los pleitos difíciles.

Se desnudó de la cintura para abajo y se recostó en el sofá para visitas, abrió las piernas y se insertó el artefacto. Con su mano izquierda lo sostenía en su lugar y con la derecha manejaba el pequeño aparato de control remoto. Comenzó con vibración a baja velocidad, no sintió ningún placer. Luego intentó los movimientos rotativos de intensidad media, con los que – normalmente– conseguía sus orgasmos después de unos siete a diez minutos de estimulación.

Pasaron veinte minutos, más velocidad, media hora, más potencia, cuarenta minutos, el botón de *extreme pleasure*... Nada. Después de casi una hora desistió, sentía dolor, mucho dolor... Algunas partes de su intimidad se habían irritado tanto que estaban en carne viva.

En el piso de oficinas de magistrados del Palacio de Justicia, se escuchó un grito doloroso y conmovedor: «¡Ladrón, hijo de puta, pervertido!».

Saylí Alba

Cuba

Nací en Cuba, en 1980. Desde muy niña me interesé por la lectura, de manera que he pasado la vida acompañada de algún buen libro. Realicé mis estudios superiores y me gradué en el año 2003 de Licenciada en Filosofía y en el 2006 de Licenciada en Historia; en el 2010, me gradué de Máster de Educación Superior. Trabajo como profesora en la Universidad de Sancti Spíritus. Tengo varios trabajos publicados en revistas, fundamentalmente investigaciones relacionadas con la cultura tradicional cubana. He alcanzado premios nacionales que me han permitido publicar cuentos en revistas y antologías, así como el libro de cuentos *Los ríos de Babilonia* en el año 2006.

... y que Dios os perdone...

Israelito y yo nos hicimos novios en el templo. Él me dio un papel, preguntándome si quería ser su novia, lo acepté, por ser el más lindo de la iglesia, hijo del pastor, y de la maestra, y por parecerse a Ezequiel Peña, el cantante preferido de mi tía. Ahora somos novios de verdad, no como mi tía que dice que es novia del cantante ese y nunca lo he visto por el barrio ni por ningún lugar que no sea el televisor. Israelito y yo nos dimos besos en la boca y pasaron más cosas. Nunca las escribiré, me da pena y tengo miedo, Dios debe estar muy molesto, no va a perdonarnos. Nadie puede decirnos nada por ser novios, todas las personas tienen novios o, maridos y hasta dos juntos. La vieja que dice «amén» cada vez que el pastor habla, lo critica todo y siempre me mira con los ojos torcidos. No sé qué le he hecho para caerle tan mal, pero la verdad, nunca me acuerdo de ella, ni me interesa si me mira o no. La Biblia dice en Corintios: «*El amor todo lo perdona*».

Eso quiere decir que puedes tener muchos novios, pides perdón y tienes las puertas celestiales abiertas. Eso sí me preocupa mucho, aunque no debiera preocuparme. Dios creo a Eva para que Adán no estuviera solo, los creó desnudos, así que no es nada que nosotros seamos novios de verdad y que hagamos cosas malas en el templo. No es en el tiempo del culto, en el culto Israelito se sienta con su mamá y se duerme. La madre lo abraza, le da besos en la frente, él se tambalea, no puede con el sueño. Si dependiera de él, no se dormía, porque sabe lo que le espera. Un día me asomé por la ventana cuando el culto se acabó y el pastor le increpaba muy fuerte: «Ese es el momento de adoración a Dios, de estar en comunión, cómo vas a dormir, el diablo está en espera». «Déjalo», decía la madre, pero los gritos seguían. Para mí, el padre de Israelito es loco. Tiene que ser loco, porque en los cultos levanta las manos apuntando al techo y dice, ahí está Dios y yo soy un enviado y en nombre del Espíritu Santo haré milagros. Pero yo no puedo decir nada malo del pastor, siempre me pregunta cómo estoy, si comí bien y algunas veces me regala cinco o diez pesos, él me mira con los ojos alegres, no como la vieja que dice «amén». Hasta un día me dijo que no dejara de ir a la iglesia. Le dije: «No se preocupe pastor, lo que más me gusta de este pueblo es la iglesia, las clases, el templo, el culto».

✳✳✳

La casa donde vivía antes con mi abuela me gustaba más, pero tuve que irme con mi tía porque mi mamá se puso muy enferma y mi abuela no podía atendernos a las dos. El templo me gusta, si no fuera porque me dicen que me tengo que ir, ahí dormiría y viviría. Es grande, con bancos, ventiladores y muchas luces. En mi casa no hay luces ni ventiladores. La maestra, que es la madre de Israelito, me dice: «Tú tienes el aire de Dios y la luz del Espíritu Santo», pero lo único que sé es que en tiempo de calor el sudor me corre por el cuello y los mosquitos me hinchan la nariz; y en tiempo de frío me congelo, los dientes me rechinan y amanezco con dolor en los pies de tanto encogerme. Cuando mi mamá vuelva de casa de abuela a buscarme voy a tener ventiladores y una cama para mí sola, aunque eso demora, mamá todavía está enferma, no puedo ir a verla porque dice mi abuela que eso le hace daño y se pone a llorar. Yo no lloro, nunca lloro.

Israelito no quiere saber nada de eso. Me dice, me gustas y ya, más que todas. La otra noche, mientras su papá daba el culto, me invitó a ver una película. Desde ese día no voy a la iglesia, porque sé que ahora sí no tengo perdón de Dios. Era tremenda película, a cada momento me acuerdo de las cosas que hacían y de las que hicimos nosotros, me dan unos deseos muy grandes de volverlas a hacer. Si estoy en el aula, voy corriendo para el baño y ahí me hago eso que se hacía la muchacha de la película. Me encanta hacérmelo. Lo mismo con un pomo, con la esquina del lavamanos, con el dedo, es más rico que hacerlo con Israelito, con él no siento el calambre final, tengo que hacérmelo en mi casa, sola, para poder sentirlo. Israelito se cansa enseguida. Siempre lo hace otra vez, pero vuelve a terminar rápido. Quisiera que cada vez que estemos en el templo, él pusiera esa película. Empieza con una muchacha rubia que se pasea en blúmer por una sala y después abre las piernas y el blúmer tiene un hueco y empieza a tocarse, se mete el dedo bien adentro y se lo chupa y vuelve a hacerlo muchas veces y grita y se queja y yo también lo hago, entonces viene un muchacho joven y fuerte y la toca despacio y ya yo no tengo calma, hasta que le enseña su cosa, igual que la de Israelito pero mucho más grande, y la muchacha se la mete en la boca mientras él la toca y yo quiero hacer todo eso, pero Israelito termina y yo me toco sola y grito y luego siento un miedo muy grande de que Dios me esté mirando.

A veces tengo miedo que me toque dejar de ver a Israelito. A la madre de él no le gusta que juegue conmigo, dice que soy una piojosa, ripiosa y al final digna de lástima y que me parezco a mi madre. Eso lo escuché detrás de la ventana mientras esperaba a Israelito. Pensaba que me quería y me dieron ganas de llorar, tampoco sé de dónde conoce a mi madre. Pero no lloré, porque Israelito salió enseguida y nos fuimos para el parque. Desde que nos quedamos solos nos besamos. En el banco del parque no me gusta mucho, porque las personas pasan y si se lo dicen a mi abuela me mata, pero aquí a mi abuela nadie la conoce y mi tía no me regaña por nada. En la iglesia tampoco me gusta hacerlo porque tengo miedo que Dios se canse de que todas las noches le pida perdón y un día no me perdone más. Y cuando venga al Juicio Final, yo no vaya con Israelito, que sí sé que se va con Jesús porque su papá es pastor y su mamá catequista, y no lo van a dejar solo. Esa es la suerte, porque él no soporta nada de la iglesia ni del culto y jamás menciona a Dios. Yo hasta creo que le tiene odio al pastor, su papá, porque lo mira con una cara. A mí, aunque a veces me parece medio loco, me cae muy bien y me dan ganas de abrazarlo. A veces me imagino enferma y lo veo en casa de mi tía pasándome la mano por la cabeza.

Ayer por la tarde Israelito y yo nos fuimos para el río. Nos quedamos hasta muy de noche. Yo me quería ir, pero él no. Le gusta más hacer eso que a mí y mira que a mí me gusta. Le dije que lo hacía cuando me quedaba sola y me dijo, que él también se lo hace. Después nos pusimos bravos porque me preguntó: «¿En quién tú piensas cuando te lo haces?». «En Ezequiel Peña», le dije. Y se puso bravo, pero no sé por qué, porque eso no es de verdad. Él me dijo que pensaba en su mamá; para mí, que también está loco como su papá.

Ese día, cuando llegamos al barrio, todo el mundo estaba en la calle. La madre de Israelito caminaba de un lugar para otro. Hasta que alguien dijo: «Mira, por ahí vienen». No me asusté, otras veces he llegado más tarde, pero esta vez mi tía me dio por la nariz, eché sangre y me caí. Ese día sí lloré, Israelito no me defendió, ni me miró, se fue abrazado de su mamá. Los vecinos dijeron cosas, sobre todo la vieja de la iglesia que me mira mal y dice «amén».

«Te vas para casa de mi mamá mañana mismo, si aquella se está muriendo que se acabe de morir, ella cogió esa enfermedad por desprestigiada y tú vienes por el mismo camino». Me alegré, porque después de todo, tenía tremendos deseos de ver a mi mamá y quería vivir allá, que era una casa grande con portales y balances. Por eso fui corriendo a casa de Israelito a esconderme detrás de la ventana para cuando él se fuera a acostar llamarlo y decirle que me iba para casa de mi mamá, que ella me había mandado a buscar porque ya no soportaba más estar sin mí. Nada más me senté en el suelo y escuché a la madre de él gritando: «No le pegues más, él no tiene culpas, el único culpable fuiste tú, y yo por aguantarte que tuvieras una hija fuera del matrimonio». Me levanté para poder mirar y vi que el pastor le daba golpes por la cara a Israelito sin parar y le preguntaba:

«Dime si la tocaste, dime si le hiciste algo, salvaje». Israelito lloraba y se ponía las manos en la cara. Entonces el pastor se sentó en el piso, se tapó también la cara con las manos, y dijo llorando: «Señor perdóname, eso fue hace mucho tiempo».

No sé más nada porque me fui y ya no veré más a Israelito, cuando me acuerdo que no me defendió cuando mi tía me tumbó, ni se defendió de su papá, se me quitan los deseos de hablarle. Por eso no seguí escuchando y me fui. Lo único que me pregunto es que si en el pueblo de mi mamá también habrá una iglesia, con un pastor y otro Israelito que se parezca a Ezequiel Peña, y quiera ser novio mío de verdad.

Gerardo Bertelli
y Bruno Carvajal

Gerardo Bertelli (Jorge Parodi)
Argentina

Verne, Poe y Borges (en ese orden cronológico) fueron mis primeras lecturas. Luego fueron autores por sugerencias: Núñez de Arce, de mi padre y Bécquer, de mi madre. Luego, todo lo demás. La pereza, el arbitrio, el azar, reemplazaron un mínimo de método, de manera que me tragué el Quijote de un sorbo, pero no pasé más allá de las cuatro primeras páginas de la Iliada.

Cuando di mis primeros pasos de escribidor era moda leer a Sabato (yo nunca lo tragué) y escribir a lo Cortázar. Más que el jazz me gusta el tango, y más que el tango la música clásica. Mi voz propia, si es que la tengo, no es potente pero espero que tampoco desafinada.

Nací, vivo y moriré en Rosario, la Chicago argentina. Estoy casado. Tengo 63 años y una hija recién abogada.

Dicho esto, no pienso plantar ningún árbol; bastante trabajo me da creer en Dios como para también dar crédito a los adagios populares. Además, no tengo espacio en casa ni habilidades de jardinero.

Bruno Carvajal (Emilio Alonso)
España

Nací en Valencia, España, el día de Reyes de 1965, aunque soy madrileño de estirpe y vocación. Estudiante sin provecho de Leyes por la Complutense, toda mi carrera profesional ha transcurrido en el mundo de las nuevas tecnologías, primero como programador y después como ejecutivo, aunque por poco no agarré la ola del "yuppismo", lo cual tuvo y sigue teniendo consecuencias bastante negativas sobre mi cuenta corriente. Estoy casado con la mujer de mi vida y tengo dos hijos, uno adolescente y la otra casi.

Mi relación con los libros la describió, hace ya muchos años, el gran Quevedo: ... si no siempre entendidos, siempre abiertos...

De chico creí que podría ganarme la vida escribiendo, pero a la fecha no he publicado nada, sólo he ganado un par de segundos premios en certámenes menores y, realmente, hace ya muchos años que me hice a la idea de que nunca llegaría a ser un gran escritor, un escritor reconocido y famoso. Llevado de esa convicción, rendí hace años mi único servicio relevante a la Literatura: fundar un foro llamado precisamente así, "Los que quisimos ser escritores", de donde creo que salieron a la luz un par de vocaciones latentes que probablemente lleguen donde yo no voy a llegar.

Ahora escribo rara vez, y por entretenerme.

Luces de Navidad

A los Castell nadie les había visto nunca celebrar las fiestas de fin de año, al menos en su apartamento del 6º A. Como el del 6º B era un anciano viudo, casi ciego y sin familia, y los apartamentos del edificio ocupaban cada uno media planta completa, todos los fines de año la fachada de la torre de once pisos de la Avenida de América se veía, desde la calle, enteramente iluminada con guirnaldas de luces intermitentes colgadas de los balcones, a excepción del sexto piso, que dividía la torre en dos como una faja oscura.

Carlos Castell ni siquiera era catalán, sino apenas hijo de mallorquines, pero su mujer, Ruth, que tocaba el cello en la orquesta de RTVE, era catalana de Sant Boi así que, por comodidad, los vecinos se referían a ellos como "los polacos del 6º". Al viejo del 6º B, antiguo emigrante regresado en los 70, simplemente le llamaban "el viejo de mierda".

El día 27 de diciembre, el viejo de mierda le dijo a la portera que dos sobrinos lejanos, concretamente una sobrina y su marido, que vivían en algún lugar del norte de Europa, estaban de vacaciones en Madrid e iban a pasar la Nochevieja con él. Ya se sabe que lo que se le cuenta a una portera un jueves, el viernes es de dominio público en todo el edificio, así que el día 28 uno de los temas de conversación de ascensor fue si el 6º B tendría por fin una iluminación como Dios manda y si, aunque sólo fuera por vergüenza de ser los únicos, los polacos del 6º A no pondrían en el balcón al menos una de esas tiras de luces multicolores que se venden en los chinos por euro y medio.

—Ah, sí, en el norte de Europa se celebra mucho la Navidad. Y como por ahí tienen dinero a manta, seguro que los sobrinos del viejo de mierda algo ponen.

—A lo mejor los polacos también se animan...

—¡Qué bonito quedaría! ¿Se imagina? ¡Toda la torre iluminada, al fin!

El 31 por la tarde llegaron los dos europeos. Como no hablaban castellano y el viejo, además de medio ciego, era tres cuartos sordo, fueron a pedir ayuda al apartamento de al lado.

No se pudo saber de qué país provenían, ni qué lengua hablaban, pero se entendieron en un inglés monosilábico. Conclusión: a nadie le importaban un carajo las fiestas así que, como los europeos no querían dejar al viejo solo y los Castell no tenían ningún programa previsto, quedaron en cenar todos juntos en el 6º B, qué caramba, que era Nochevieja.

A las diez estaban los cinco en la mesa, con alguna comida provista por el viejo, unos pasteles que los extranjeros llevaron en una bandejita y un par de botellas traídas por los Castell.

—¡Salud, don Porfirio! —empezó Carlos.

—Salud, *salut, congratulations* —siguió Ruth.

—*Lete angre usinedsa!* —exclamó la sobrina nieta del viejo de mierda, con una sonrisa maliciosa dirigida a Carlos.

El marido de la sobrina nieta del viejo Porfirio sonreía también, los ojos fijos en el escote de Ruth.

—*Denietse uns altee...!*

—¡Salud, salud! —decían los Castell, acometiendo el albariño helado.

Porfirio, dándose por descartado de la fiesta, se servía solo y, antes del primer bocado, ya estaba como para abandonar.

—*What is this?*

—Mortadela, *darling*. Come, que es afrodisíaca.

—Ja ja ja.

—Je je je.

—Mmm... *delicious...*

—¡Salud, salud!

Unas medianoches más, dos botellitas más, y los cuatro charlaban (es un decir) acaloradamente. Los extranjeros (tal vez Clas y Selma, o algo así) en su lengua, y algo en inglés; Carlos, en castellano y a veces en francés; Ruth, en castellano y en catalán.

—Ja ja ja.

—Je je je.

—Ji ji ji.

—Ja ja ja jaaaaa (Todos).

Selma y Carlos se habían quitado cada uno un zapato, dejando el pie desnudo para acariciar al del otro por debajo de la mesa. Clas estaba empeñado en encestar miguitas de pan en el escote de Ruth que, para facilitarle la tarea, se lo ahuecaba tirando del elástico de la blusa con el dedo y doblándose hacia delante, enseñando hasta el ombligo en el proceso.

Porfirio se quedó dormido en la silla y empezó a roncar.

—Coño, don Porfirio se ha quedado frito... —observó Carlos.

—*Nase ver deste furbesen ire* —acotó Clas.

Y entre los dos tomaron al viejo por las axilas y lo arrastraron hasta el dormitorio, seguidos por Selma.

—¿Se habrá puesto malo? —preguntó Ruth.

—¡Qué va...! Ha agarrado una pequeña cogorza, nada más —respondió Carlos desde el cuarto del viejo.

—*Porfiri unse mondsen bebitrinten*, ja ja ja —dijo Selma, volviendo al comedor.

—Sí, *ha begut massa el vell de merda*, ja ja ja.

—Ja ja ja ja —asintió Selma.

En seguida apareció Clas, un poco agitado, seguramente por cargar con Porfirio y meterlo en la cama.

—*Groten deserder frust ire, ieste?*

—Sí, sí, aquí hace un frío de cojones. ¿Vamos a nuestra casa, mejor, y ponemos la calefacción a tope? —propuso Ruth.

—*Wonderful!* —gritaron a dúo los extranjeros.

—Ruth, estos no hablan en catalán, ¿cómo te entiendes con ellos?

—Tú también los entiendes, capullo.

Entraron los cuatro en el 6º A. Carlos, pícaramente, subió el termostato a veintiocho grados, encendió la luz del salón poniendo el regulador a un cuarto y fue a la cocina a buscar más cava de la nevera. Buscó también las copas, descorchó hasta la mitad la botella y se quitó la camisa. Después, por hacer la gracia, se quitó también los pantalones. En una mano llevaba la botella y en la otra las cuatro copas.

Al entrar en el salón se sintió un poco ridículo: los otros tres estaban ya en pelotas (Ruth no completamente, porque conservaba el tanga), toqueteándose a diestra y siniestra.

—*Love, love omnibus per tout* —dijo Ruth.

—Ja ja ja ja —respondió el coro.

—Cacho zorra, eso no es castellano ni catalán. Ayúdame con las copas.

—*Nante iede gudermans estaale!* —balbuceó Selma, pasando la mano derecha por las piernas de Carlos hasta llegar al calzoncillo, ya convertido en una carpa.

Ruth terminó de descorchar la botella. "Plop".

—*Glucste, glucste!*

Y Selma tomó de su copa y luego besó primero a Clas y después a Carlos, vertiéndole medio sorbo en la boca a cada uno y dejando que el resto resbalase por su rotundo torso desnudo, donde los dos hombres terminaron de bebérselo a lametones. Mientras, Ruth terminaba de quitarse los últimos vestigios textiles al tiempo que bajaba el regulador de la luz a un octavo.

Las combinaciones fueron así, si llamamos a cada uno con una letra, como en la métrica: AB–CD; AC–BD; ABC; ABD; ACD; BCD; ABCD.

—Toma, puta, trágate eso.

—Dámela toda, hijo de puta; y tú también, por el culo, cabrón.

—*Anerse, sesten, bequerjegueeee!*

—*Aj, aj, led sesten mectaaaa!*

Como en un momento el griterío era infernal, a Carlos se le ocurrió disimular la batahola con algo de música para no alarmar a los vecinos.

—¿Qué pongo? —se preguntó en voz alta, como esperando una sugerencia de Ruth.

—¡Pónmela toda, querubín, que no aguanto más! —la escuchó decir, no supo si dirigiéndose a él mismo o a Clas.

—Querubín, querubín... —cavilaba Carlos, y se decidió por la Misa de Réquiem de Cherubini, que estaba a mano, sobre la cadena estéreo. Colocó el CD en la bandeja y le dio mucho volumen. Por las dudas, ya que no confiaba en la potencia orquestal del Introito, buscó otra pista más avanzada, más ruidosa: tal vez el Dies Irae, no podría haberlo precisado, porque ya estaba volviendo al lugar de los hechos.

El trío era un amasijo confuso, pero el culo de Selma se veía patente, respingado hacia arriba y hacia atrás, como una oferta imposible de rechazar. Se la clavó de un solo golpe, sin dificultad.

—*Liste, liste borguedeeee!*

—Sí, eso, tómala enterita, perra —respondió Carlos, atinadamente. Y terminó apenas al tercer o cuarto empujón.

El réquiem sonaba estruendoso, pero no llegó a apagar la exclamación mística de Selma: «*Mein Gott!*» al recibir la descarga en sus entrañas, y en reconocible alemán.

Al punto:

—*Desinen ajtaaree... eh...* (Clas, en la boca de Ruth).

Y enseguida:

—¡Ah, ah, ah, joder, me corro! ¡Ahhh! (Ruth, atenazando con sus piernas la cabeza de Carlos).

Se desenlazaron los cuatro, cayendo desmadejadamente hacia la periferia, como una flor que se abre, pero a cámara rápida.

Entonces, un estruendo de cohetes y petardos que entre Cherubini y el swing no habían podido escuchar se hicieron presentes, concentrados, desde la calle: era la medianoche.

Después de las duchas compartidas hubo más fiesta. Después, más duchas; por fin, terceros y últimos regocijos. Siempre con Cherubini de fondo, un compositor del siglo XVIII y, a todas luces, un libertino.

A eso de las tres, Clas se puso los pantalones y fue hasta el 6º B. Al volver dijo:

—*Ned ere grenia; Porfiri regue nildenstaa.*

Selma sonrió, asintiendo con la cabeza.

—Parece que el viejo sigue durmiendo, ¿no? —dijo Carlos.

—Así parece —dijo Ruth.

Los extranjeros se vistieron. Selma pidió un papel y un bolígrafo. Seguramente pidió eso (*papre sinde bust stil, lante mur, preete*), porque escribió una nota y la llevó al departamento del tío abuelo. Luego cerró la puerta con cuidado, volvió y se sentó junto a Clas, en el sofá.

Ruth y Carlos ya se habían vestido también.

—¿Y qué hacemos con estos dos, ahora?

—Bueno, mira, parece que están a punto de irse, ¿no? Seguramente estarán alojados en algún hotel, digo yo...

Selma se puso de pie.

—*Smerne guetabna, noste* —afirmó con aplomo. Y luego, tal vez las dos únicas palabras que conocía en castellano—: ¡fiesta, macho!

—Ja ja ja ja ja (Todos).

Clas la tomó del hombro y enfilaron hacia la puerta. Bajaron los cuatro hasta la calle. Apareció un taxi y los extranjeros partieron, no sin antes repartir besos de despedida indiscriminadamente.

Al volver al edificio, el ascensor estaba bajando. Cuando se abrieron las puertas, los Martínez, del 8º A, bajaban, vestidos como para una fiesta, y se pararon a cambiar unas palabras con los Castell.

—Feliz Año —dijo Ruth, con una sonrisa beatífica.

—Feliz Año. ¿Lo han pasado bien?

—Mejor que bien —dijo Carlos, agotado por la gimnasia.

Los Castell subieron. Los Martínez salieron a la calle y se pararon en la acera a esperar un taxi. Ambos levantaron la mirada y vieron la franja negra del sexto que partía el edificio en dos porciones idénticas de pisos iluminados por encima y por debajo.

—Al final, los parientes europeos del viejo de mierda no han puesto ni una miserable bombilla.

—Y los polacos tampoco. ¡Qué gente más sosa! Y encima este año, para remate, nos han atizado música de funeral.

Gerardo Bertelli y Bruno Carvajal

Lourdes Portela

Estados Unidos y España

Nací y me crie en Galicia, España, y creo que de ahí viene el aire gótico y gris de muchos de mis relatos. Estudié en la Universidad Complutense de Madrid y me licencié en Sociología, y después trabajé en televisión durante diez años, como documentalista. Después de casarme con un militar norteamericano, fijé mi residencia en EEUU, donde me dedico a leer, escribir y traducir. He publicado independientemente en Bubok y Amazon dos libros de cuentos: "Pérfidos cuentos infantiles" y "Teologías Heréticas". Mi relato "La niña del balcón" fue seleccionado en el I Premio Internacional de Narrativa Femenina Bovarismos 2014, y publicado en la Antología "Soñando en Vindravan y otras Historias de Ellas", de la Editorial La Pereza. Algunos de mis microrrelatos fueron seleccionados y publicados en las antologías de Pluma, Tinta y Papel II y Letrasconarte, y he publicado historias en revistas *online* como Sopa de Relatos y E Stories.com.

Mis autores favoritos son Gabriel García Márquez, Mújica Láinez, Cortázar, y clásicos como Faulkner o Joyce, casi todo lo que cae en mis manos. Incluso confieso mi inclinación por Stephen King, Joe Hill y Kealan Burke. ¡Gusto ecléctico!

Ménades

—Confieso que he pecado.

—Señora, perdone si le resulto rudo, pero yo no soy su confesor, ni siquiera soy cura.

Válgame Dios, nada más lejos de mi carácter.

—Lo sé, lo sé, pero el viaje va a resultar largo sin ningún entretenimiento, y a este tren, por lo despacio que va, parece que le han administrado somníferos. Así que permítame que me repita: confieso que he pecado.

—No creo que sea adecuado el enzarzarnos en una discusión de carácter personal, señora, no nos conocemos de nada...

Siempre me asaltan las mujeres más extrañas y poco atractivas. Soy un imán que atrae a los polos opuestos de mis preferencias.

—¿Acaso no somos ambos humanos? Pues ya está, punto en común. Vamos, hágame el favor y sígame el juego. Confieso que he pecado.

—De acuerdo, pero cuando termine de contarme su pecado me voy a echar una siesta, y usted no me despertará hasta que lleguemos a la última parada.

¿Y qué pecadillo ridículo, aparte del de la gula, a juzgar por el tamaño gigantesco de sus caderas, puede haber cometido esta pobre infeliz?

—¡Oh, le aseguro que le permitiré dormir, llegará usted a su destino en brazos de Morfeo! Bien, le dije ya que he pecado, ahora déjeme que le cuente la historia... Soy una mujer acabada. Cumplí el otro día setenta años y, al soplar la velita representativa, me di cuenta de que no he hecho nada interesante en toda mi vida.

¡Jesús!, ¿setenta? Pues no parece tener más que cincuenta, ¡lo que avanza la cosmética! Pero sí, si me fijo bien, puedo distinguir las arrugas, el peso de la piel colgando sin fuerza, sin el saludable color de la juventud. Y también un inquietante brillo en su mirada...

—Absolutamente nada. Me dirá usted, como hace todo el mundo, que cuidé un marido, el cual gracias a Dios falleció antes de que su mal carácter se agudizase con la edad, y crie tres hijos, que, egoístas y mal nacidos como todos los hijos, desaparecieron de mi vida en el momento en que dejaron de necesitarme. Pues sí, eso es verdad, pero me reconocerá usted, en la privacidad de este vagón cerrado a cal y canto, que esa no es vida. No señor, eso no es vivir, eso es cumplir con las obligaciones impuestas por una sociedad que idolatra las ideas preconcebidas.

¡Y ya estamos! Me va a caer el gran discurso feminista. ¡Por Dios que descarrile este cacharro! Esa mirada febril es muy desconcertante, y el tono de voz iracundo me incomoda.

—Bueno, da igual, para garantizar la amenidad de mi relato, permítame que le asegure que mi vida fue un desastre vacío de propósito. Créame usted y sigamos adelante. Yo me hice la sorprendida, como todos los malditos años desde que vivo en mi barrio, cuando tres de mis vecinas, mis amigas más íntimas, me organizaron la habitual fiesta sorpresa. Me llevé las manos al rostro haciéndome la asustada, e incluso gorjeé como un jilguero sufriendo una embolia. Era lo que se esperaba de mí, y yo fui educada para no defraudar las expectativas de los demás. Pero fue en ese momento, ese momento estúpido en el que se supone que una tiene que formular un deseo, cuando la realidad del vacío de mi existencia se me reveló con repique de tambores y aplausos de la audiencia, como el premio final de *El precio justo.*

No necesita un confesor, sino un psiquiatra, ¡vaya crisis de identidad! Está claro que me ha tocado una loca como compañera de viaje, una loca furibunda. No hay más que mirarle las manos, temblorosas y agitadas como palomas hambrientas. ¿Y qué son esas manchas rojas que cubren sus uñas? Desde luego que no son de pintura de última moda. ¡Uf, qué agobiante se hace el aire de este vagón!

—No me siento orgullosa de ello, pero admito que me apropié de una botella de champán y me la bebí en un par de tragos, y cuando dejé de eructar, porque mi esófago tiene más agujeros que un campo de golf, empecé con la ginebra.

¡Vaya con la señora! ¿Es alcohol rancio ese olor que emana de sus ropas pasadas de moda? Es un hedor pesado, mareante, como de carne podrida. ¡Qué ahogo siento, se me hace difícil el respirar este aire tan denso! Vaya tontería, pero reconozco que me estoy asustando. Esta señora es extraña...

—Podría mentirle, señor mío, podría escudarme en el alcohol y utilizar mi embriaguez como excusa de mi terrible comportamiento, pero entonces mi relato no serviría como confesión. La verdad es que, desde el momento en que soplé la estúpida velita, la idea se instaló en mi mente, y ya sabe usted cómo somos las mujeres mayores, tercas como mulas.

¡Qué me va a contar usted, la lata que me da mi futura suegra con que decidamos la fecha para la boda! ¡Qué manía, es como un perro con un hueso! Esas manos, esas manchas carmesí, ese olor... esta mujer me pone nervioso...

—El caso es que, con la habilidad para manipular que nos regalan los años de lucha por la supervivencia, conseguí convencer a mis amigas de que era nuestra obligación ineludible el pasar una noche de juerga en la ciudad. Al fin y al cabo, por divertirnos una sola vez no acabaríamos para siempre en el infierno, razoné yo muy justamente. Tras pulverizar con mi entusiasmo las débiles oposiciones de mis amigas, meras formalidades, ya que se podía oler en el aire la excitación de la aventura, nos atusamos bien, con la ropa más *sexy* que pudimos encontrar en mi armario, y nos maquillamos como hetairas griegas.

Voy a padecer de pesadillas el resto de mi vida, ¿ha dicho sexy?

—¿Y qué lugar más apropiado para una memorable noche de desenfreno que un local de *striptease* masculino? ¿Qué mejor manera de divertirnos que contemplando, y tocando lo más posible, las carnes prietas de hombres jóvenes y agraciados?

Mudo. Me quedo mudo de puro espanto.

—Al principio, nos costó un poco el relajarnos, la vergüenza nos pesaba demasiado en las consciencias como para abrir los corazones al disfrute, pero tras varios chupitos de tequila de garrafón, lanzamos la vergüenza bien lejos con un puntapié digno de Maradona. Enseguida nos encontramos las cuatro bailoteando en los asientos, gritando obscenidades que seguro ni mi nieto conoce y agitando los brazos, las manos abanicando ramos de billetes para introducirlos en los mínimos pliegues de los reveladores tangas. ¡Y sí que eran reveladores! Nunca había yo, ni mis amigas, se lo aseguro, visto cuerpos masculinos tan deseables. No panzas de cerveza, no traseros elefantinos, no pelo cubriendo como mantas sofocantes las pieles lustrosas. Los músculos se flexionaban hipnóticamente al ritmo de la música, los hombros se extendían por kilómetros sobre las espaldas, las caderas oscilaban ante nuestros rostros prometiendo una sexualidad animal…

¡Qué sofocón, me arde la cara y me abrasan las orejas!

—Estábamos ya tan embebidas en las sensuales destrezas de tan atractivos jóvenes, que nada podía detenernos. Tras multitud de billetes perdidos en el delicioso océano carnal de los tangas de los bailarines, les propusimos continuar la fiesta en privado, en una de las salas situadas detrás del escenario.

Voy a terminar por perforar el suelo con la mirada, pero soy incapaz de levantar la cabeza. ¡Qué vergüenza, Señor!

—Y ahí nos encontramos, cuatro ancianas embriagadas de alcohol, cada una con un querubín musculoso sentado sobre las rodillas, intentando abarcar con nuestras manos voraces los extensos torsos, comprobando la firmeza de los muslos, tanteando como por descuido los bultos, tan prometedores que parecían volcanes a punto de reventar las telas finas de los tangas. Al poco, el juego se tornó más serio, y la vista de mis fajos de billetes de cien provocó la creciente intensidad de los contactos de las carnes, que comenzaron a calentarse y a cubrirse de un sudor que evocaba la lujuria desenfrenada de los animales de la selva.

¿Y dónde diablos está el revisor? ¿Por qué no cae la temida bomba atómica cuando más se la necesita?

—Entendí por fin la diferencia entre "hacer el amor" y el sexo de verdad. El muchacho cuyo cuerpo tenía entre mis manos era una máquina de proporcionar placer, y la perspectiva de ganar dinero aumentaba la fogosidad de sus manejos. ¡Qué empuje, qué fuerza viril, qué insaciabilidad! Cuando yo creía que había llegado al momento más placentero, el joven se esforzaba aún más y me hacía ascender por montañas orgásmicas empapadas de lava ardiente y lúbrica. Una mirada a mi alrededor y encontré a mis amigas, en un feroz chapoteo de piel contra piel, en nudos prietos de carne caliente y temblorosa. Ahí pudo haber terminado todo. Nos habríamos ido a casa, y la vida continuaría su curso, tan vacía como siempre. Pero no, por suerte el final se encontraba todavía lejos.

Yo me bajo del tren, abro la ventana y me tiro con el tren en marcha. Esta mujer está poseída por algún demonio terrible, ¡esa mirada suya rebosa locura!

—Con mi mano sentí la suavidad de la tela de un tanga. Comencé a tocar la carne joven, dibujé con mis dedos los contornos del magnífico cuerpo masculino, saboreé la sal de la piel sudorosa. El muchacho se excitaba con mi propia fogosidad de hembra cazadora, y se obnubilaba su razón con mis atrevidas caricias. Tomé su sexo y lo hice mío, lo absorbí por completo y me inundé con su placer. Una y otra vez utilicé su boca experta y su sexo enérgico para satisfacer años de carencias pero, aunque sentí un placer intenso y repetido, un hueco infinito permanecía abierto en un rincón oscuro de mi alma. Quería más, necesitaba más. Mi entendimiento, querido señor, estaba perdido para siempre. Una necesidad de poseer, de experimentar un placer cruel, hizo que mis uñas se convirtieran en garras y mis dientes se alargaran como colmillos de tigresa hambrienta. Jugueteando y bromeando, até las manos del joven a su espalda e introduje su ropa interior en su boca tan sabrosa. Con un gruñido que surgió de lo más profundo de mi cuerpo, ahora en llamas, me arrojé sobre él, arañando y mordiendo, desgarrando y bebiendo la sangre que en pocos segundos manaba ya en torrentes. El placer era inmenso, incomparable, perfecto. Mientras me saciaba, escuché los gruñidos de mis amigas acercándose, olfateando la carne y la sangre del cuerpo de mi presa. Sus jóvenes habían huido aterrorizados, y las bestias hambrientas pedían su parte en el festín. La orgía dionisíaca era un terremoto de sensaciones brutales y adictivas.

¡Está loca, completamente loca! ¿Por qué no se abre esta maldita puerta? ¡Sangre, las manchas de sus uñas son sangre, la sangre del pobre joven devorado! ¡Y el olor fétido de sus ropas es el terrible aroma de la carne corrupta! ¡Los dientes, los dientes parecen mucho más largos y afilados! ¿Por qué no se abre esta maldita puerta?

—Cuando nos saciamos de aquel manjar dejamos atrás un campo de batalla sangriento. Huesos pelados, cabellos ensangrentados, trozos de carne desagarrada alfombraban la sala. Nosotras permanecimos abrazadas, sentadas en el suelo y bañadas por mares de sangre aún caliente, balanceándonos al ritmo de la música de nuestros corazones enloquecidos para siempre. Ya nunca más podremos volver a la vida de antes, el hambre y la locura nos posee por completo. Y le confieso, amigo mío, que tal experiencia llenó mi existencia de propósito, y de eso no hay vuelta atrás. Esa es mi confesión, señor, y puede usted dejar de intentar abrir la puerta del vagón. Me he lanzado al mundo, a una vida nueva, y estoy preparada. ¡Queridas, ya podéis entrar!

Como ya le dije, no hay vuelta atrás, para ninguna de nosotras. Le voy a explicar lo que va a ocurrir ahora. Este es un tanga, póngaselo, espero que le sirva. Por favor, comience a cabalgar enseguida, que relatar mis experiencias nos ha revolucionado la sangre. Y nos ha abierto el apetito.

アンチ...

Juan Antonio Abascal Ruiz

España

Doctor en Medicina y Cirugía con el Grado de "Sobresaliente cum Laude", Médico Generalista habilitado para el Ejercicio Profesional en todos los Sistemas Sanitarios Públicos de la Unión Europea, Diplomado en Economía Sanitaria y Especialista en Microbiología y Parasitología y Medicina Preventiva y Salud Pública.

Ha sido profesor de la Universidad de Zaragoza con actividad docente en Pregrado y Postgrado. Ha ejercido la actividad profesional en Atención Primaria y en el Hospital Clínico Universitario de su ciudad, con estancias profesionales en Francia, Bélgica y África Occidental.

Autor de tres libros profesionales, editados por el Centro de Estudios y Desarrollos Sanitarios, la Universidad de Zaragoza y Editorial Planeta, y de cerca de setenta trabajos científicos. Los más de cuarenta años de trayectoria profesional han sido reconocidos con la entrega del premio Área-Corona de Aragón y con el nombramiento de Académico corresponsal de la Real Academia de Medicina de Zaragoza.

Ha sido investigador principal en Investigaciones Sanitarias de la Seguridad Social y Metodología Delphi. En la actualidad, su trabajo profesional está centrado en el tema de las enfermedades crónicas con especial atención a las enfermedades cuya repercusión en la convivencia pueden llegar a ser causa de marginación y pobreza para el enfermo y su familia. Por esa causa colabora de forma activa como Voluntario en Organizaciones Sanitarias de forma altruista.

En el aspecto personal está casado. Es un apasionado de la literatura, la historia, la música, el amor y la amistad. Le encanta contar cuentos, inventar historias, gentes y paisajes. Su objetivo es procurar que siempre surja una sonrisa en quien los lee o escucha.

El palo de la zambomba

Cuentan que el Califa Harum-Al-Rachid salió una noche de incógnito, a pasear por Bagdad con su visir.

Llegó a una plaza en los arrabales del Tigris. De una choza le llegaron tres voces hermosas como las *sunnas* del Corán. Empujó la puerta que daba a un patio muy humilde. Entró en la choza. Azoradas, como palomas frente a un ave de presa, las tres mujeres, dueñas de las voces, se acurrucaron como ovillos de seda.

—¿Quiénes sois, que disipáis la noche y hacéis que los creyentes olviden sus rezos y acudan trasportados al cielo de vuestras canciones? ¿Por qué cuando las oigo, arrebatado de emociones, tan solo quiero consolaros en vuestras aflicciones?

Las mujeres callaban pensando que las palabras provenían de un embajador de las sombras.

—¡Contestad al Califa! —ordenó el visir.

—¡Oh, nuestro amado señor a quien solo el Profeta supera en justicia y sabiduría! Permitid que nos sea concedido el compartir con vos nuestras últimas horas de vida. Tres hojas quedan de té y solo una medida de agua. Nuestras liras iban a servir para mantener el fuego mientras hervían. Íbamos a compartir la taza, mojar nuestros labios en el amor que nunca tuvimos y endulzar con los restos del azúcar de pilón el sabor de la muerte.

—Solo Allah, y yo, en su santo nombre y el del Profeta, podemos disponer de vuestras vidas. Yo seré, en su Nombre, quien juzgue si merecéis beber la última taza.

—Pues sabed que las tres somos hijas del señor de Ormuz, vuestro más leal vasallo. A su muerte vinimos a Bagdad con promesa de matrimonio. En nuestro viaje por mar unos piratas, perros cristianos, nos robaron la dote y con ellas la honra, dejándonos por muertas. Así tendría que haber sido, pero esta vieja criada, ciega a fuerza de ensalmos, nos retornó a la vida. Desde entonces nos cuida, ya que el Omnipotente quiso que nuestros maridos nos negaran y nadie en esta ciudad nos acogiera. Encontramos esta vieja casa destruida y con nuestras manos logramos que esta habitación sirviera al menos para proteger nuestra intimidad. Por el día trabajamos quitando abrojos y trayendo agua de la fuente para regar nuestro pequeño huerto. La criada recoge las verduras que quedan en el zoco cuando cierra. Las cuatro salimos a espigar, cuando el muecín termina la oración de la mañana con el canto de las glorias de Allah ¡Su Bondad protege por igual a los califas, a las viudas y a las huérfanas!

El Califa contestó:

—¡Sobrinas mías: amé a vuestro padre y yo concerté vuestras bodas! Ante el Todo Misericordioso juro que nadie me dijo nada de vuestras desventuras.

Dirigiéndose al visir le dijo:

—Toma nota y que el edicto salga en cada rincón de mi reino: En el nombre de Allah, yo Harum-Al-Rachid, por su Sabiduría, Guía de los creyentes y por Su Justicia, espada del Islam, condeno a los tres jóvenes que no han cumplido su palabra de boda a las hijas del visir de Ormuz, al destierro y a dar su riqueza a sus hijas.

Continuó dirigiéndose a las tres jóvenes:

—Y vosotras no os preocupéis de nada; yo mismo concertaré nuevas bodas con los tres jóvenes más prometedores de mi reino.

Las mujeres, inclinándose y cerrando su velo solo contestaron:

—Escuchamos y obedecemos.

—Y tú —dirigiéndose a la ciega—, por tu lealtad, ¿qué quieres de recompensa?

La vieja le dijo:

—Yo solo quiero poder quedarme en esta casa que conozco y que mis ojos ven, incluso estando vacíos de luz. Mis señoras gracias al Califa van a vivir donde les corresponde y serán felices con sus bellos esposos y los tiernos hijos que engendren. Solo desearía pedir, junto a la casa, el regalo de una zambomba. Así su ruido me dirigirá por las calles al rebotar en las esquinas y no me perderé porque por su eco reconoceré esta casa.

El Guía de los creyentes rió de la simpleza de la criada y dio orden de que le entregaran casa y zambomba.

—¡Allah le proporciona siempre ventura! —dijo y continuó con su costumbre de salir disfrazado para ver con sus propios ojos si existía justicia, riqueza y misericordia entre sus súbditos y si el Corán y las enseñanzas del Profeta eran cumplidas por todos.

✳✳✳

Pasaron tres años y sus pasos le llevaron a la plazoleta donde había conocido a las cuatro mujeres y, ¡oh sorpresa!, donde estaba la casucha se alzaba un palacio frente al cual el del Califa palidecía. Bellos jardines servían de acceso, rosas de Persia cubrían sus paredes y los lirios el agua de los estanques, macizos de camelias blancas embriagaban los paseos perfilados con dorada arena de albero y las datileras dejaban caer sus dulces frutos en recipientes. El jardín estaba abierto y siete esclavos nubios informaban a los pobres de Bagdad que los dátiles, las naranjas de Catay, los limones del Yemen y las almendras, pistachos y alhóndigas de Anatolia eran solo una pequeña muestra de la generosidad del Califa de Bagdad con la habitante de esa casa.

Una fila de antorchas y pebeteros con los más dulces aromas de incienso y mirra sujetos por siete niños de Cipango llevaba hasta siete maravillosos salones. Todos tenían mesas, divanes y alfombras de la más suave lana persa. El perfume de la carne aromatizada de esencias, el humo de los troncos de sándalo hecho brasa, anunciaba a todo hambriento que se podían lavar las manos en fuentes de plata y aguamaniles de oro y comer carne, beber leche de camella con sémola de trigo y semillas de sésamo sobre alfombras de Tbilisi.

Dados de mazapán y pistachos hacían que las bocas se ensalivaran solo al verlos. Todo esto, acompañado de sorbetes de frutas, servía para dar gracias a Dios por ser súbditos de Harum-Al-Rachid.

El Califa no salía de su asombro. Paró y preguntó a un jorobado cojo:

—¿Quién vive aquí y porqué se da esta comida gratis? Ni siquiera el Sultán puede hacerlo a diario.

—Vive una vieja dama ciega que cuenta una historia fantástica sobre la generosidad del Califa con ella. Dice que le abrió la puerta de la fortuna al darle las dos cosas más importantes de su vida: una zambomba y esta casa.

El Califa no acababa de creer lo que había visto. Volvió al palacio y mandó un emisario para comunicar a la vieja que al día siguiente iría a visitarla.

Todo Bagdad estaba en la calle alabando a su Rey y Señor. Había que ver el desfile. Yo, como creyente, cuento lo que me contó un mercader judío pues has de saber que cuando pasa el espejo del Profeta su luz nos deslumbra y podemos perder la vista con lo que, y solo por precaución, ante él caemos de rodillas y nuestra frente toca el suelo. Al frente, brillando con luz propia, Harum vestido humildemente y cubierta su cabeza con la verde seda del peregrino a La Meca.

La anciana mujer le esperaba entre emocionada y aterrada. El Sultán permitió que un guarda la llevara junto a él y le mantuviera el estribo del caballo mientras bajaba.

—Dos veces he tenido el honor que el Señor me visitara. El primero me dio la felicidad y mantuvo mi vida. ¡Que en el segundo halle lo que frente a los ojos de mi Sultán merezca!

—Puede ser que solo merezca que ruede tu cabeza a mis pies. Necesariamente es cosa de brujería lo que ha ocurrido aquí desde la última vez que te vi. Sin duda alguna un diablo hace que veamos cosas que no existen.

—¡Oh gloria de los creyentes! ¿Cómo siquiera pones en juicio los resultados de tu misericordia? Si concedes tan solo el tiempo que tarda el agua en caer al suelo desde un jarrón sin fondo, daré la respuesta a tu pregunta.

—Sea así. Habla vieja —respondió el monarca.

—¿Recuerdas amado Califa que en la visita, loado sea el cielo que te llevó a nosotras, prometiste matrimonios a mis señoras y a mí la propiedad de esta casa?

—Lo recuerdo.

—¿Recuerdas que tu promesa a esta pobre ciega incluía una zambomba vieja?

—¡No me digas lo que ya sé! —interrumpió el Califa—. Continúa o perderás la cabeza.

—Escucho y obedezco. Al día siguiente llegó tu visir y el eunuco jefe de tu harén. Mis señoras fueron tratadas como corresponde a tus sobrinas. Se despidieron de mí llorando y disputando entre ellas quién me llevaría a su casa, cuando la tuvieran. Pasó el tiempo y ninguna lo hizo.

Acudí a la casa de la primera, casada con el Alcalde de Bagdad, según tus deseos.

No pude ni entrar. Un guardia me molió a palos diciéndome de su parte que no conocía a ninguna vieja ama.

Con la segunda no me fue mejor. En lugar de recibirme a palos oí sus lloros por haber perdido su esbelta figura y estar hecha una vaca lechera. Al decirle que si me quedaba con ella haría que su figura turbase incluso a los emasculados del harén me contestó:

—Calla vieja loca. ¿Qué sabes del amor? Mi dueño y señor quiere hundirse en mis carnes, cuando me visita, y yo solo aspiro a ser su mullido cojín de suave y olorosa seda.

Y me echó de su lado diciéndome que si volvía sería su marido quien me echase a patadas por sembrar discordia entre ambos.

Encontré a la tercera como si para ella no hubiera pasado el tiempo. No hizo falta que nadie me acompañara. Seguí su suave voz y la música de su cítara. Me acogió con besos y mil preguntas. Mientras me acariciaba la cara comenzó a preguntar por sus hermanas Le conté mi aventura. Le recordé sus promesas y, antes de terminar... ¡Ya estaba tirada de un empujón a diez pasos de su puerta! Solo escuché el ruido que hacía al cerrarse tras ella.

Llena de barro y excrementos de burro y camella apenas tuve fuerzas para volver a esta casa. Con mi último aliento me senté en la esquina y comencé a cantar mis penas acompañada del ruido que hace el roce de la zambomba. No debía tener gracia ante el Profeta, ¡Bendito sea su nombre!, pues se rompió el mango del instrumento justo cuando llegaba a la mitad de mis lamentos. Una voz de varón, ya entrado en años, me preguntó:

—¿No tienes otro mango para terminar tu canción?

Al decirle que no y ver que era ciega me tendió uno suave, como vara de avellano, blando y flexible.

—Mi señor —dije—, gracias por esta vara pero no es tan rígida que me permita continuar dándole a la zambomba.

—Prueba —me dijo—, a cogerlo y verás que se endurece al son de la música que tocas.

Así lo hice y, ¡oh, maravilla!, La suave y flexible vara pareció coger vida propia en mi mano apenas introduje su punta en el agujero de la piel de la zambomba. Comencé una suave salmodia y el varón que me había prestado su vara, con la voz mudada y sonando como a sofocada, me dijo que incrementase el ritmo de la canción para poder acompañar a la vara y moverse al son.

Pasaron cinco minutos y la madera comenzó a estremecerse y con ella también el hombre que me la dejó. Al final de la canción la vara se tornó en esponja, pequeña, caliente y mojada y el hombre en un ser temblequeante pegado a mí hasta el punto que ni el pétalo de una rosa de Ispahán cabía entre ambos.

—Vuelve mañana y te daré una vara que te permita acabar la canción. Disculpa pero la de hoy no estaba preparada para tanto roce y tanto son.

Mientras hablaba puso en mi mano un dinar de oro. Le agradecí su dádiva pero él se dio cuenta de mi tristeza ya que volvía sola a casa sin ningún mango que me permitiera tocar mi instrumento y gozar con él en la soledad en la que permanecía desde la partida de mis dueñas.

—¿No tienes posibilidad de encontrar otro hasta mañana? —preguntó la voz.

Le respondí:

—Hasta que abran el bazar y mis pasos me lleven hasta el puesto del zoco donde hagan varas para zambombas, ninguna.

El viejo me preguntó:

—¿Te apetecería que te prestase otra para terminar al menos esta canción cuyo son me estremeció hasta hacerme gritar de placer?

—Sí —contesté.

Me trajo primero una vara, luego otra, más tarde probé con otra y así hasta seis veces diez. Justo terminé con sesenta veradas la canción cuando dejaron de ofrecerme varas y llegó clara a mis oídos la voz del muecín.

—No hace falta que busques en el mercado —continuó diciendo—. Ven mañana y probarás todas las maderas del barrio. Seguro que encontrarás la que buscas.

—¿Y qué hago con la savia que derraman cuando merman? —dirigí mi palabra hacia donde sonaba la voz—. ¿No sería mejor que me trajeras solo madera seca?

—¡Ah, infeliz! —me replicó—. Si así lo hiciera, ¿cómo sabrías cuál es la mejor, las más flexible y duradera? En lo que tienes razón es en lo de la savia. No sería justo tirarla en la arena cuando puede hacer que florezca un jardín o servir para hacer goma arábiga y pegar aquello que lo necesite.

—Huele a pescado —murmuré llevando mis manos a la nariz.

—Así huele esta savia. No tengas cuidado —continuó—. Lleva la zambomba a donde te diga y ahí te la comprarán.

—Soy ciega y no sabré encontrarlo —dije.

A lo que el hombre replicó:

—Por ser ciega te envío y, si supieras ser también muda, conmigo y mi vara, hoy habríais encontrado la fortuna tú y la zambomba.

—Escucho y obedezco. Muda seré salvo cuando cante y toque mi instrumento —dije mientras me levantaba. En mi regazo había sesenta monedas de oro.

Apenas a cuarenta pasos de distancia de donde comencé la melodía y hablé con el que creía mercader de cestas (eso debía ser por la cantidad, grosor y tamaño de todas las que había traído a ver si servían como palo de caña sin nudos para mi zambomba en apenas tres horas de tiempo) se hallaba la casa donde el cestero me llevó. Dio tres toques, se abrió la puerta y una voz de mujer preguntó qué vendíamos. Mi acompañante le habló de nuestra resina y de su frescura. Recogió el bote, se cercioró que era ciega y puso en mi mano una bolsa con otras sesenta monedas de la misma calidad y ceca.

Con mi furro ya limpio y seco, pero sin vara de repuesto, me acompañó el mercader a casa. Al preguntar por el origen de mi tristeza y cómo era posible que el oro no arreglase mi humor y continuara mi pena, llorando le dije:

—¡Ah, mercader! ¿Hay en el mundo oro suficiente para poder sustituir el instrumento del Sultán de los Creyentes?

—No, no lo hay.

Le conté la historia del regalo del Califa. Muy interesado en la narración me acompañó hasta la puerta y en el camino compró pistachos y pasteles, frutas frescas y jugosas, y dos cojines de seda. Pidió permiso para entrar en mi casa y, sin quejarse para nada del descuido y de la ruina, se sentó y compartió, como un hermano, conmigo su cena. Al terminar el yantar, me propuso seguir probando varas todos los días durante el tiempo que, en mi soledad, dedicaba a tañer mi zambomba.

Al mes tuve que habilitar tres cuartos y un jardín; poner celosías de madera entre mi presencia y la de todos aquellos que esperaban el tiempo necesario para que probase las muestras que personalmente me traían. No paraban de loar mi tañido ni el ritmo de la melodía que arrancaba a mi zambomba. Decían que sería para ellos un timbre de gloria que sus vergas se mantuvieran duras y tiesas todo el tiempo que tardaba mi mano en mojarse de nuevo en el agua. Alababan continuamente, mientras ululaban de gozo con mi música, el son de la zambomba que me había regalado el Califa, ¡con Él la gloria, el honor y la alabanza!

✳✳✳

A los pocos días, y por consejo del mercader, que ya vivía en casa y compartía todas las noches mi otro instrumento en la cama, apenas dejaba aparcada en la pared de mi cuarto la zambomba, tuve que comprar una esclava y un esclavo. La primera me ayudaba en las pruebas de las maderas y el segundo, mudo por más señas, para transportar cada hora la savia pues, a pesar de mis quejas que no las de la sirvienta, cada vez las varas, en lugar de más secas, eran más suaves y tiernas.

Al poco tiempo tuve que visitar de nuevo el mercado de esclavos y, por consejo de mi compañero, comprar seis mujeres de exótica belleza y gran sentido musical. Por ellas y por el increíble zoco de maderas en las que se había convertido mi casa tuve que ampliar y embellecer las estancias. Así hasta el punto que tú ves y yo palpo. Mientras sigo tocando la zambomba, cada vez menos y de peor gana.

✳✳✳

Harum-Al-Rachid rió al terminar la vieja su historia. Dirigiéndose a ella le dijo:

—Pues sabiendo que ya te cansas, que de tocar no tienes apenas ganas, no solo mantendrás tu cabeza sino que quiero que la zambomba te acompañe hasta mi palacio. En él serás, como aquí, la dueña, pero solo harás que vibre la piel de tu instrumento cuando yo te lleve el mango para que hagas que la zambomba acompañe mi canto en el harén.

Andrés Casanova

Cuba

El escritor Andrés Casanova (Cuba, 1949) es narrador, poeta, autor de guiones radiales dramatizados y escritor de guiones cinematográficos. Es miembro de la Unión de Escritores y Artistas de Cuba. Fue seleccionado al premio artístico-literario Catania Duomo 1995 auspiciado por la Academia Ferdinandea de Ciencias, Letras y Artes (Italia). Textos suyos han sido publicados en revistas literarias de varios países y está antologado en *Poesía Cubana Hoy*, Editorial Grupo Cero, Madrid, 1995; *Cuaderno de poesía*, Editorial Sornabique, Béjar, España, 1996; *A través del tiempo*, Ediciones ALAN, Barcelona, España, 1996; *De Cuba te cuento*, Editorial Plaza Mayor, Puerto Rico, 2002; y *He visto pasar los trenes*, Editorial Letras Cubanas, Cuba, 2012. Libros publicados en el género novela: *Hoy es lunes* (Editorial Letras Cubanas, 1995); *Tormenta tropical de verano* (Editorial Sanlope, Las Tunas, Cuba, 2000; Ediciones Coyoacán, México, 2003; Editorial Emooby, Portugal, 2011); *Las trágicas pasiones de Cándida Moreno* (Editorial Sanlope, 2001; Editorial Emooby, Portugal, 2011); *La jaula de los goces* (Editorial Oriente, Santiago de Cuba, 2001; Editorial Emooby, Portugal, 2011); *La fiebre del atún* (Editorial Oriente, 2005); *Las nubes de algodón* (Editorial Sanlope, 2005); *No somos aquellos niños* (Editorial Sanlope, 2007); *Atrapados por el vicio* (Editorial Emooby, Portugal, 2011); *Fiesta con Havana Club* (Editorial Amarante, Salamanca, España, 2011); *Canción desde la huida* (Editorial Amarante, Salamanca, España, 2012); y *Onán en busca de la mujer perfecta* (Editorial Amarante, Salamanca, España, 2012). Libros publicados en el género cuento: *El reloj, ese asesino* (Editorial Sanlope, 1991); *Pequeñas historias memorables* (Sanlope-Publicigraf, 1994; Editorial Emooby, Portugal, 2011); *Ángel el desalmado y otras historias* (Trazos literarios, España, 1995); *Ficciones de la Cuba Mía* (Editorial Sanlope, 2014). Reside en Las Tunas, Cuba.

Cuando Miraida cumplió treinta

La primera experiencia sexual que tuvo mi sobrina Miraida fue desgarradora. El mismo día que cumplió quince años, dos jovenzuelos se interpusieron en su camino cuando regresaba del Instituto Preuniversitario. Primero la sujetó por un brazo uno que tenía la cara sebosa con granos: «Oye niña, qué bien te queda el uniforme. Tienes unos muslos muy lindos», le dijo. El otro, de mayor estatura y bien parecido, sonreía mientras le acariciaba el rostro y comentaba: «Parece una monjita recatada».

Su madre le había dicho en más de una oportunidad que cuando regresara de clases al atardecer no tomase aquel atajo oscuro cuando el sol comenzaba a echarse porque era un camino lleno de abrojos y con una especie de trillo por el que solo cabía una persona, pero ella desatendió siempre el consejo hasta aquel malhadado día en que, mientras disfrutaba la soledad del sendero escuchando los pajarillos cantar desde las ramas de los arbustos, los dos jóvenes la rodearon, uno frente a ella, el otro por la espalda, y mientras la acariciaban de manera lasciva escuchó que el de atrás ordenaba: «¡Quítate la ropa o te la rompemos nosotros!». Cuando el del frente vio su cara de azoro al escuchar las palabras de su compañero, rió con malignidad advirtiéndole: «No tengas miedo, solo queremos jugar contigo en la hierba, así es que no nos hagas perder el tiempo y acaba de desnudarte». Entretanto cumplía la orden, rogaba una y otra vez: «¡Pero no me maten!».

Los jovenzuelos la llevaron hacia unos matorrales bien tupidos y la poseyeron sin prisa, sin amenazas, diciéndole al oído frases melosas como si en realidad estuvieran enamorados de aquella hermosa rubia que aparentaba tener más de veinte años. De tal manera que, según me confesó años más tarde, le resultó bastante agradable todo lo que hicieron con ella, excepto el final.

Cuando creyó que ya estaban saciados, el más hermoso de los dos jóvenes le dijo con una sonrisa siniestra en el rostro, a la vez que jugueteaba con un cuchillo de afilada hoja: «Ahora ponte como una perra, con las nalguitas bien levantadas». Obedeció, temerosa de que el cuchillo que sentía rozándole el cuello fuese a herirla, y mientras esperaba que la penetraran *contra natura*, lo que sucedió fue algo inaudito para ella. Los violadores le introducían por turnos, una y otra vez, el dedo en el ano, riendo alborozados como dos niños con juguete recién comprado, hasta que aburridos de aquel divertimento el de los granos excesivos en el rostro le ordenó: «¡Ponte la ropa y vete!», y los dos violadores se daban a oler, el uno al otro, en medio de risas exageradas, el dedo medio de la mano derecha.

Mi sobrina llegó al hogar no sólo triste, también ultrajada. Le contó a la madre lo sucedido, ella denunció el caso a la policía y la llevó de inmediato al hospital, donde permaneció ingresada durante una semana. Mientras sufría aquellas curas horribles y el policía investigador la visitaba una y otra vez para formularle preguntas acerca de los violadores, me contaría siendo ya una mujer de más de cuarenta años, fue que se le ocurrió la idea de la venganza.

No tuvo la oportunidad de cumplir sus propósitos hasta algunos años después, cuando ya había terminado los estudios universitarios y, muerta la madre, vivía sola en una casa enorme de nuestra ciudad, que como ven no les estoy diciendo dónde queda ubicada para proteger la identidad de mi sobrina, la que desde luego no se llama Miraida, aunque eso carece de importancia para ustedes.

El mismo día que cumplió treinta, bien temprano por la mañana, lo dispuso todo para una celebración en grande, especie de orgía que había estado soñando durante los últimos quince años.

Se había convertido por entonces en la mujer más hermosa de la ciudad. Se comentaba que fue amante de un policía, el mismo que investigó el caso de su violación, un hombre de edad agotada con una esposa a la que no amaba, que iba a buscar en el cuerpo de Miraida los ardores que dentro del matrimonio ya no hallaba. Supongo, porque jamás mi sobrina me lo confió sino solo sonreía con picardía cuando se lo insinuaba, que aquel hombre cansado de su trabajo con delincuentes y de un hogar en quiebra, le cambió sus favores por el nombre de los violadores con la condición impuesta por ella de que no los entregase a los tribunales. El día antes de llegar a los treinta, curiosamente Miraida le dijo al viejo policía: «No te quiero más en mi cama». Eso, sí me lo confesó ella misma.

✳✳✳

Ahora es el día de su cumpleaños. En horas de la noche. Sabe que Nicolás Ardaín —nombre que invento para ustedes, por favor: comprenderán de inmediato que no puedo arriesgarme a revelar su verdadera identidad—, de los dos el violador más hermoso, ha muerto en un accidente automovilístico, pero que su hermano Pierrot —fue el primer nombre que se me vino a la mente— vive, y se ha convertido en un médico triunfante, cirujano de gran experiencia con ínfulas de político que se ha postulado por el Partido de la Honestidad para un cargo de senador, y ha declarado por varias cadenas de televisión: «Lucharé por el saneamiento de las costumbres en nuestro país; combatiré desde el Congreso todo acto de abuso contra la moral ciudadana, y juro que exigiré al Ministerio de Educación que convierta a cada uno de nuestros jóvenes en un dechado de virtudes».

Miraida es compañera de equipo de trabajo del doctor Pierrot Ardaín, a quien ahora espera en su casa, desnuda, bella, deslumbrante. Desde que se graduó y fue a trabajar a la clínica

Hermanos Ardaín, Pierrot la cortejaba; pero ella una y otra vez se le esquivaba, al punto que él le comentó en una ocasión que si el precio a pagar por el disfrute de sus favores era someterse a una cirugía facial que le extirpara las feas huellas de los granos en la cara estaba dispuesto a pagarlo, a lo que ella le respondió con una sonrisa lasciva y provocadora mientras el médico la ayudaba, rendido de pasión, a quitarse los guantes por haber terminado una intervención quirúrgica: «Sabes que estoy enamorada de ti tanto como tú de mí; pero si no tienes paciencia para esperar el día que cumpla treinta, olvídame».

Nueve de la noche, la hora de la cita. Como han convenido, Pierrot empuja la puerta abierta y se cubre los ojos con un pañuelo. Miraida llega donde está él, lo desviste prenda a prenda diciéndole al oído frases melosas, provocadoras e incluso obscenas, hasta que ya desnudo le permite acariciarla y ella se excita, pero es una excitación que no le llega al clítoris sino al pecho, donde está el fuego del día de su violación por parte de este mismo hombre que ahora la toca apasionado, la besa como si estuviese besando a su primera novia, le ruega que le permita mirarla y ella ríe con su risa de mujer casquivana, de mujer que sin ser prostituta ha aprendido con múltiples hombres que a todos les enloquece el trato con hembras de vida airada, y él grita a todo pulmón ser el más feliz sobre la Tierra. Le promete matrimonio cuando concluya la campaña electoral, ella le llama «loco de atar» y le advierte que espere el final del coito para tomar la decisión entre los dos.

Lo arrastra hacia la ducha, le enjabona cada parte del cuerpo, lo baña de la manera más delicada que ha aprendido con otros hombres, lo besa realmente ilusionada, pero pensando en la venganza, y no le permite quitarse la venda de los ojos. Es para que disfrute el momento de verla desnuda de nuevo, asegura ella.

«¿Cómo de nuevo?», le pregunta extrañado Pierrot. Miraida le prodiga una pícara risa y comenzando a secarlo de una manera voluptuosa, le responde: «¡Ay cariño, es que me vuelves loca, eres el hombre que he estado soñando quince años y ando tan desesperada por ti, que sueño contigo cada noche, me desnudas, me posees de manera salvaje, yo trato de gritar pero tú me lo impides tapándome la boca con unas manos que me parecen garras y cuando despierto, descubro que todo fue un sueño!».

Más excitado que antes con esta larga confesión, Pierrot se deja conducir mansamente hasta el dormitorio, donde ella le pide que se tire bocabajo y continúa acariciándolo. La excitación del cirujano ha llegado a límites insufribles, tanto que sin voltearse le ruega con palabras entrecortadas: «¡No sigas abusando de mí!». A lo que ella replica: «Ahora viene lo bueno, por favor, pon las nalguitas bien levantadas».

Él obedece como un esclavo. Ya Miraida tiene en sus manos una pistola que ha conseguido por mediación de su amante que lo fue hasta el día anterior, el viejo policía, y cuando termina de engrasar el cañón con un lubricante sólido para vehículos del más barato, le dice a Pierrot, quien espera emocionado una nueva sorpresa: «Ahora vas a saber cuánto humilla que nos dejen con ganas».

Los vecinos solo escucharon un disparo.

Harol Gastelú Palomino

Perú

Harol Gastelú Palomino, Perú, 1968. Profesor de Música y Literatura por La Cantuta. Premio Nacional de Educación Horacio 2004 en cuento y 2011 en novela, premio Ciudad de Trujillo 2007 en cuento, premio Sex o no sex de literatura erótica 2008, premio Sexto Continente 2010, tercer lugar en el concurso de cuentos Ten en Cuento a La Victoria 2011, finalista del premio Altazor de novela 2013. Ha publicado el libro de cuentos *Historias urbanas* (edición de la Derrama Magisterial, 2005), las novelas *Cadena perpetua* (editorial Pasacalle, 2010), *La agonía de Juan de Dios* (edición de la Derrama Magisterial, 2012), *Viaje al corazón de la guerra* (Ediciones Altazor, 2013). Integra las antologías *Sexto Continente* (ediciones Irreverentes, España, 2010), *Monsieur Wylie y ocho cuentos en busca de autor* (Bisagra Editores, Huancayo, 2010), *Ten en cuento a La Victoria 2011* (municipalidad de La Victoria, 2011), *Salvemos al Palais Concert* (editorial Vivirsinenterarse, 2013). También integra las antologías digitales *1 navidad, 1 niño, 1 libro* (Escritores Solidarios, España, 2010), *Poética del reflejo* (Letralia, Venezuela, 2011).

El papá de Nayelly

A la que pudo ser mi hija

Sucedió hace unas noches. Estaba durmiendo rico hasta que *toctoctoc* tocaron la puerta. Abrí los ojos. La luz amarilla que irradiaba el foco me lastimó. Parecía un sol enfurecido. *Toctoc*, insistieron. Miré la hora: un cuarto para las once. Me había quedado dormido después del polvo con Valentina. *Toctoctoc.* ¿Quién sería tan tarde? ¿Valentina por otro polvo?

—Voy —dije. Se me puso dura. Todavía tenía energías para un *round* más. Otra mamadita me haría feliz. Valentina es una experta con la boquilla, parece trompetista.

Crucé la sala.

—¿Quién? —pregunté, agarrando mi verga como para dispararle al enemigo.

—Nayelly, profesor —contestó. La verga se me murió.

—Espera, voy por la llave —mentí. Menos mal que no se me ocurrió abrir la puerta en pelotas. Iba a pensar que era un depravado. Fui a vestirme.

¿Nayelly a esta hora? ¿Qué quería? ¿Venía a presentarme sus tareas? Si sigues sin hacer tus deberes, te voy a reprobar el segundo trimestre, le había advertido.

Regresé. Abrí. Ahí estaba la chiquilla, todavía con el uniforme escolar y su mochila en la espalda. Cabellos medio castaños, largos y lacios. Ojos pícaros, labios carnosos. Cara de putita. Tenía un parecido a Jillian Janson: media gordita, unas espectaculares piernas lampiñas y blancas como el semen. La blusa blanca, casi transparente, estaba a punto de reventar por la presión de sus tetas erguidas. Llevaba sostén negro.

—¿Qué pasó?

—Discutí con mi mamá…

—Uy, lo siento. Seguro por no estudiar, ¿no?

—También —me miró como para hacerme sentir culpable por la mala nota que le había puesto en música—. Se iba a ir con sus amigas a un concierto de Corazón Serrano y, como no le quise cuidar a sus hijos, me mandó al diablo…

Sus hijos. No dijo mis hermanitos. Sus medio hermanitos. ¿Y si fue al revés?, pensé. Si quiso ir a la disco con sus amigas para encontrarse allá con los chibolos y su mamá le dijo «primero lava los platos, limpia tu cuarto, recoge tus calzones sucios que están tirados por todas partes, haz tus tareas porque se acaba el trimestre» y, como no obedeció, recién ahí la largó. Las chicas de ahora no quieren hacer nada, se alucinan princesas, reinas, lo único que quieren es estar todo el día en el feis, escuchar a One Direction y Miley Cyrus, ver Glee.

—¿Y ahora qué harás?

—No sé. ¿Puedo pasar…?

¿Decirle no, mejor regresa a tu casa y pídele disculpas a tu mamá? O toma veinte soles para que duermas en un hotelito. O vete donde una de tus amigas. O te acompaño a tu casa y hablo con tu madre…

—Claro —le dije, antes que pasara algún conocido del Pitufo y le chismoseara y me metiera en problemas. Ese hijo de puta me odia. Y viceversa.

Se sentó en el sofá. Montó una pierna sobre la otra, como hace en clase. Sus piernas bruñidas, lampiñas, surcadas por venitas azul-verdosas. La faldita escocesa apenas llegaba a sus rodillas, unas rodillas relucientes y redondas como una luna.

Ahí estaban sus muslos, dos moles de carne blanquísima como para devorarlos. ¿Nayelly también sería putona como Jillian? Esta había perdido la virginidad a los trece años, Nayelly ya tenía quince.

—¿Por qué te llevas mal con tu mamá?

—Porque es una vieja jodida.

—¿Tiene carácter feo?

—Uy, sí, parece un perro con rabia y ya estoy harta de ser su sirvienta —dijo exaltada—. Yo hago casi todos los quehaceres mientras la muy fresca para chismoseando con sus amigas. Hoy se quería ir a bailar al Iguana.

Ella gritando, su madre gritando, las voces chillonas. Su madre queriendo salir, ella diciéndole: «Cuida a tus hijos, que yo no soy tu Cenicienta». «¿Y tú para qué quieres ir a fiestas si estás en exámenes?», le diría su mamá.

—Pucha, debe ser jodido tener una mamá así.

—Ah, si supiera. No tenía a dónde ir y me acordé de usted —dijo. Desmontó las piernas y se puso a abrirlas y cerrarlas como si un ejército de hormigas estuviera intentando tomar por asalto su Secreto. Si bajaba un poquito los ojos, seguro le veía el calzón. Desvié la mirada para que no pensara que soy un pervertido.

Se acordó de mí. «Mi casa no es albergue para señoritas, por si acaso», le diría. ¿Qué pasaría si se enteran en el colegio? Duende me pondría de patitas en la calle. Ese conchasumadre me tiene en la mira porque no soy su chupamedias, porque no salgo a beber con él, porque no voy a las fiestas que organiza en su casa probolsillo, porque he publicado un par de libros, porque enseñar me llega a las pelotas, porque no me he puesto la camiseta del colegio como los otros huevones.

—¿Puede alojarme por esta noche, profesor? —preguntó y volvió a cruzar las piernas.

¿Su madre no estaría celosa de ella? Cruzar y descruzar las piernas de esa manera y con esa faldita delante de su padrastro. El tipo es joven todavía mientras que la mujer está acabada. Un primer compromiso fallido, la recua de hijos, la hija adolescente...

—Si el director se entera, me manda a la cárcel.

—El Enano no tiene por qué saber que estuve aquí —dijo—. No tengo a dónde ir —la angustia en su voz—. Por favor. Solo por esta noche.

—Bueno, si no hay más remedio. ¿Has cenado? —le pregunté. Yo estaba con un hambre feroz. Los polvos con Valentina me abren el apetito tanto que sería capaz de tragarme un chancho entero.

—No. Mi mamá ni cocinó por pensar en el concierto de Corazón Serrano.

—Vamos a comer algo, entonces.

—Primero préesteme su baño. Hace horas que tengo ganas de hacer pis.

Le señalé la puerta del servicio. La seguí con la mirada. Movía el trasero con gracia. Tenía buen culo, mejor que el de la Jennifer López. Dejó entornada la puerta. La imaginé levantándose la escocesa, bajándose el calzoncito, *¿de qué color sería?*, sentándose en el wáter, haciendo pis. Agucé los oídos, escuché un ruido como si soplara una "mi aguda" en la flauta dulce. Ojalá no se le ocurriera mirar el tacho y encontrara los preservativos que usé con Valentina. Imaginé el líquido ambarino y caliente brotando de su Tesoro como un géiser. Imaginé que orinaba en mi boca. Con gusto me emborracharía con su pis.

Salió. Se había mojado los cabellos y el rostro. *¿Preguntarle si se lavó bien las manos después de explorar su cucarachita?*

Buscamos un restaurante. Pidió pollo con papas fritas y yo un caldo de gallina y un arroz chaufa para recuperar energías.

Quizá las necesite esta noche, pensé, mirándola. Para satisfacerla tendría que tener las energías de un semental. Las chiquillas como Nayelly son voraces como las fieras, si no pregúntenle a Jillian y a Jessie. La miraba comer. Se notaba que estaba con hambre. *¿A qué hora habría peleado con su madre? ¿Antes de ir al colegio? ¿No desayunó?* En el recreo me pidió prestado un sol. *¿Viniendo de estudiar? Quizá la tía no había cocinado y le dijo: «Cocínate si quieres comer» y Nayelly se rayó y la mandó al diablo. ¿Qué habrá hecho toda la tarde?* La blusa blanca estaba media sucia. *¿Habrá estado chateando hasta antes de buscarme?*

—¿Siempre discutes con tu mamá?

—Últimamente más seguido —dijo sin dejar de comer—. Ella piensa que mi padrastro tiene otra y para de mal humor nomás.

Otra. ¿Y si la otra es ella? ¿Si su mamá está celosa de ella? Su padrastro comparará la carne ajada de su mujer con la fresca de Nayelly, la chucha floja, por causa de los varios alumbramientos, y la chuchita ajustada con sabor y olor a marisco recién sacado del mar. Comparará las tetas flácidas de su mujer con las tetas tiernas de su entenada. Solo los cursis como Arjona piensan que una vieja de cuarenta años es mejor que una de quince.

—¿Es celosa?

—Súper. Pero ella tiene la culpa. Él se va temprano a trabajar y ni siquiera le prepara su desayuno. Cuando regresa ni le calienta la cena porque para viendo *Combate* o chismoseando con sus amigas. Todo lo tengo que hacer yo.

«Todo lo tengo que hacer yo». Ella es la niña hacendosa, explotada. La mamá es la bruja y ella Cenicienta. Su mamá es Maléfica.

Tenía la blusa hinchada por esas dos montañas que eran sus senos. *¿Serían un Everest para su padrastro?* El tenedor entraba y salía de su boca. Comía, me miraba. El tenedor en su boca, en su mano, sus manos bonitas, finas, los dedos largos, las uñas pintadas de rojo. La imaginé haciéndome una paja. Me sacaría la leche en un par de movimientos. *Tendrá las manos suaves como el algodón, no ásperas como las de su madre.* Se me puso dura otra vez.

—¿Cómo te llevas con tu padrastro?

—Chévere. No es como otros padrastros. Incluso me quiere más que a sus hijos. Siempre me ayuda con mis tareas y me deja salir con mis amigas, y eso a mi mamá no le gusta.

«Me ayuda con mis tareas, me deja salir con mis amigas». Siempre. La mamá mirará eso, sentirá celos, pensará que un día el tipo la cambiará por su hija. Hasta se podrían fugar, o la podría embarazar. Sucede, y no solo en Lolita.

—Si yo fuera su hija, ¿cómo nos llevaríamos?

¿Mi hija? Me llega a la verga tener hijos. Odio a los niños. Ya le he dicho a Valentina que nada de embarazarse. Me daría asco tener que cambiar pañales con caca, romperme el lomo para comprar pañales, leche, no poder dormir por la bulla de un engendro. Sería capaz de ahogarlo, asfixiarlo. De solo pensar en ser padre tuve unas arcadas. Odio a las mujeres embarazadas, tener que aguantar sus antojos. Prefiero tirarme la paja antes que ser papá.

—No sé… No tengo mucha paciencia con la juventud.

—¿Qué tal si probamos qué tal papá es usted?

—¿Cómo es eso?

—Por esta noche usted será el papá de Nayelly —dijo mirándome. Tenía los ojos medio rasgados. También tenía un parecido a Sasha Grey—. ¿Qué dice?

—Acepto, pero, ojo al piojo: seré muy estricto en cuanto a tu crianza.

—Uy —exclamó, con una media sonrisa—. Si me porto mal, ¿me dará tastas?

—Claro, no te voy a engreír como tu padrastro.

Rió. *Ven acá, hija, te has portado mal, así que te castigaré. Bájate el calzón para darte tastas en el popó.* Sus nalgas coloradas, la palma de mis manos estrellándose en ellas. Nayelly llorando, yo dándole besitos para consolarla. *Sana sana, culito de rana.*

Se echó más crema. Parecía semen de colores.

—Te vas a estropear el estómago, Nay... hija.

—Oh, papi, la papa sin su ajicito y sin su mayonesa sabe a mierda, como la comida que prepara mamá —dijo sonriendo.

—¿Qué tal hija eres tú?

—Normal, me hago querer. ¿Puedo pedir una gelatina, papi?

—Claro, hija.

Una gelatina para mi hija. La gelatina se balanceaba en la cuchara como un equilibrista en la cuerda, como sus tetas cuando hace ejercicios en las clases de educación física, como su trasero cuando corre por el patio.

—Guao, me llené —dijo sobándose la barriga—. Me gustaría ser su hija de verdad para comer todos los días así.

—En una semana engordarás como tu mamá.

—Como la chancha esa, ¿di? —contestó riendo.

Salimos. En el Inkafarma de la esquina le compré un cepillo de dientes para que mi verga no quedara con olor a pollo frito si me la chupaba.

—Gracias, papi —dijo—. Eres un amor.

—De nada, hija —le dije, pasándole el brazo por los hombros.

Regresamos abrazados. Sentía el calor de su piel, la curva de sus caderas. Cruzamos el parque. En los bancos, en el pasto, protegidos por las sombras de los árboles, las parejas se besaban, se acariciaban sin pudor alguno como los perros. Mi brazo en su cintura, su piel tibia, mi verga dura a punto de estallar.

—¿Puedo ver una película, papi? —preguntó, ya en la casa.

—Si quieres, hija, pero no te desveles porque mañana tienes clase.

—¿Me acompañas, papi?

—Claro.

Escogió *Pérdida de la inocencia*. Había escenas eróticas. Puso la cabeza en mis muslos como si fuera su almohada. Me aplastaba la verga. *¿Sentiría que estaba dura? «Está así por ti, Nayelly», le diría.*

—Me muero de sueño —dijo a la media hora—. Voy a darme un duchazo antes de meterme a la cama.

—Claro, hija, para que huelas rico.

Le traje una toalla limpia.

Entró a la ducha cargando su mochila. La imaginé desnuda debajo del chorro de agua. Ser las manos que acariciaban su piel, el jabón. Entrar, verla desnuda. *¿Se espantaría? ¿Protestará cuando su padrastro la mira bañarse? ¿Dejará la puerta entreabierta como la había dejado ahora?*

Salió. Olía a jabón y a champú. Su piel despedía un hálito a humedad. Se había puesto un *short* violeta y un *body* rosado. Se notaban sus pezones puntiagudos; la forma de su pubis, un triángulo invertido, hinchado con una raya en el medio partiéndola en dos.

—Lavé mi ropa interior, papi.

—Hasta mañana seca —dije. Pensé: *Está sin sostén ni calzón, como para facilitarme las cosas*—. Ahora sí a dormir.

—¿Dónde vas a dormir tú, papi?

—Tengo una colchoneta.

—Si quieres, yo puedo dormir en la colchoneta para que no te duela la espalda. Es tu cama, ¿no?

—No te preocupes, hija.

—Bueno, papi, como quieras.

Fui a lavarme los dientes. Ahí estaba su ropa interior, chorreando agua. Un calzoncito chiquito que apenas le cubriría el ojo del culo y se perdería en el surco de su chucha. Me dolía la pinga de tan dura que estaba. *¿Y si le decía: «Cuánto me cobras por una mamadita, Nayelly? ¿Por una corrida?».*

Tendí la colchoneta en el suelo, cerca de la cama. Estaba a un paso de ella. O a un kilómetro. Yo estaba en la Tierra, ella en la Luna.

—Tu madre debe estar preocupada.

—Porque se le fue la sirvienta. Que se vaya buscando otra porque yo no pienso volver a casa.

«¿Y a dónde irás?», le diría. «Acá no te puedes quedar porque no quiero meterme en problemas cuando el Duende se entere. Este no es refugio para niñas fugitivas».

—Mañana tienes que ir al colegio.

—¿No puedo faltar un día?

—Tienes que estudiar…

—Me puedo quedar cocinando, lavando, trapeando. ¿Qué dice? Tiene la casa hecha un asco.

—Es que tu mamá pierde el tiempo escuchando a Corazón Serrano y se olvida de hacer los quehaceres.

—Es una floja. ¿Cómo te metiste con ella?

¿Le diría por ti? Te vi, vi a tu mamá, supe que no tenías papá y me dije: «Si enamoro a la gorda Janeth, puedo tener en mis manos a Nayelly. A Nayelly la puedo moldear a mi imagen y semejanza. La puedo convertir en mi putita».

—No sé, ya ni me acuerdo… O de repente lo hice por ti: «Esa pobre huerfanita necesita un papá», me dije.

Reímos.

—Bueno, papi, hasta mañana.

—Hasta mañana, hijita. Que sueñes con los angelitos.

—¿No me das el besito de buenas noches, papi?

—Por supuesto que sí, hijita.

Hinqué las rodillas frente a ella.

—Hasta mañana, hijita —besé sus mejillas. Sentí la suavidad de su piel, aspiré su aliento a Kolynos.

—Hasta mañana, papito —me besó cerquita de los labios. Detuve el impulso de mover la cara y besarle en la boca—. Y gracias por todo.

—De nada, hijita.

Me dio la espalda.

Apagué la luz. No podía dormir. Tenerla tan cerquita y no poder hacer nada. Tenía la pinga dura. La escuché roncar. *Podría taparle la boca, decirle: «Te puedes quedar todo el tiempo que quieras…». Imposible, ¿y Valentina? Podríamos hacer un trío.*

Entré al baño. Ahí estaba su ropa interior. Olía a jabón. *¿Corrérmela con su calzón y su sostén? Es mi hija*, pensé. *No, Nayelly no es mi hija.* Me eché saliva en las manos y me empecé a masturbar imaginando que me metía a su cama, le quitaba el *short*, le abría las piernas, me abría paso entre su follaje y le comía el coño como a Jillian Janson y a Jessie Rogers. Con un oral me sentiría más que satisfecho.

Volví a la colchoneta. La contemplé en la oscuridad, escuché su respiración agitada. Odié a su madre.

Abrí los ojos, salía luz del baño, Nayelly estaba sentada en el wáter, con el *short* abajo, ahí estaban sus piernas blanquísimas, sus rodillas redondas, relucientes, esas dos moles de carne que eran sus muslos, ahí estaba la sombra oscura de su sexo. Orinaba con un ruido agudo como si estuviera soplando la flauta dulce en clase.

Se puso de pie, su pubis estaba cubierto por una mata oscura de vellos. *Desbrozarlo, buscar su Secreto.* Se limpió la chucha, se lo acarició, se olió los dedos, hasta mí llegó el aroma a marisco fresco de su vagina, jaló la cadena, apagó la luz. No se había puesto el *short*.

La escuché venir, sus ojos brillaban en la oscuridad como los faros en una noche de mar agitado.

—¿Despierto, papi?

—Sí. Tu mamá ronca como un tren malogrado.

—Mañana podemos darle un Diazepam para que se duerma como un tronco.

—Es una buena idea.

—Mejor le damos dos pastillas para que quede privada y no nos joda hasta el día siguiente.

—O tres, para que no despierte jamás.

Reímos.

—¿Qué hora será, papi?

—No sé. Una, dos de la madrugada…

—¿No me acompañas, papi?—susurró Nayelly—. Mi mamá se ha quedado dormida.

Es mi hija, pensé. *No, no lo es. Solo es mi entenada, no tiene ni una gota de mi sangre, y está mejor que su mamá, la vieja apesta y tiene las tetas colgadas y el culo caído, y ni siquiera sabe tirar, pone la cara de asco cuando le digo «chúpamela». «Búscate una puta que te haga esas cochinadas», me dice, como si el sueldo de profesor me alcanzara para hacerlo.*

—Claro, hijita.

Sara Martín Cabrera

España

Sara Martín Cabrera nace en Las Palmas de Gran Canaria. A los 17 años se traslada a Madrid donde inicia sus estudios en Ingeniería Industrial, profesión que ejerce actualmente. Sus relatos se han incluido en las antologías "Asentamientos" (2009) y "Vitamina C" (2012). En 2013 fue ganadora del I Certamen de poesía de amor y desamor promovido por la editorial Aguere. Como autora del blog *Mujer en Laberinto*, ha participado en la mesa redonda del Instituto Cervantes sobre literatura digital y nuevos formatos narrativos. Actualmente trabaja en su primera novela.

Castigo

No sé a qué edad me di cuenta de lo mío, pero ya de pequeñito me gustaba. Mi madre, que era gallega y de natural amable, apenas me riñó durante la infancia porque yo siempre fui un niño muy quieto, que rivalizaba en bondad con los querubines y que, a diferencia de mis hermanos que me sacan dos lustros y eran muy movidos, conmigo ni te enterabas de que tenías niño. Fue esta bondad innata de mi persona la que me hizo ser blanco de burlas y vejaciones desde que tengo recuerdo. Yo asumía estos quebrantos con una suerte de resignación, no diré que cristiana porque de Dios nunca he tenido noticia alguna. Siempre me sentí poca cosa y que los demás me humillaran me parecía consecuencia natural de mi condición.

Lo mío lo descubrí con Martita. Cada verano nos juntábamos en el pueblo toda la familia para pasar las vacaciones. Los únicos pequeños éramos Martita y yo, rezagados e inesperados vástagos de nuestra maltrecha estirpe. Yo a Martita le llevaba dos años por lo que en general la consideraba una cosa llorona y ñoña que no hacía más que jugar a las muñecas entre las faldas de las hembras de la casa. De ahí mi sorpresa cuando el verano de mis trece años vi llegar a Martita completamente transformada. Había crecido, tanto que ahora sobrepasaba mi altura. Se le había alargado el rostro y los miembros, que le colgaban un tanto desgarbados. Su pecho era diminuto y aún casi plano, a excepción de los pezones que apuntaban un florecimiento próximo e inquietante. Me sentí atraído por ella de inmediato. Ella parecía ser consciente de su cambio físico. Había abandonado casi por completo el carácter infantil, ya no jugaba, y solía deambular alrededor de los adultos, ahora sé que a sabiendas de la turbación que provocaba en el sexo masculino. Lo cierto es que era hermosa, pero no con esa belleza fácil que tienen las niñas de mejillas sonrosadas y llenas. Su rostro poseía extraños ángulos que le aportaban un aspecto de madurez desconcertante en una niña aún tan pequeña. Yo no sabía más que andar a su zaga. Aquel verano abandoné mis libros y mis juegos por seguir el compás de aquella trenza castaña que azotaba su espalda.

❋❋❋

Como le decía, fue a los trece años que descubrí los placeres secretos de la crueldad femenina. Aquel verano no sólo yo parecía haber despertado del aletargamiento de mi infancia. Mis hermanos y primos, que rondaban la veintena, andaban enzarzados en un tira y afloja constante con las muchachas del pueblo. Pasaban de las burlas a las confidencias de la noche a la mañana. Para luego volver a las críticas feroces y los desplantes, alternados con el asedio. Yo observaba mudo estos vaivenes, sin entender el por qué de sus cambios de humor, de tanto secreto murmurado entre dientes y de tanto sopapo lanzado a mi cogote para divertimento de las mozas. Tampoco me hacía mala sangre con ello, ya que el seso y la voluntad los tenía posados constantemente en mi prima Martita.

A la primera oportunidad que tenía, me liberaba del acicate de mis hermanos y corría a su encuentro. Ella me recibía con frialdad. Aparentaba no reparar en mi presencia, fingiendo un aire absorto y ensimismado. Cuando mi figura ya se hacía evidente, se me quedaba mirando con los ojos ardiendo en cólera y me gritaba: «¿Se puede saber qué miras, imbécil?». Dios, estaba guapísima.

Transcurrido un rato, su enfado se iba suavizando. Poco a poco me iba incluyendo en sus juegos, dándome órdenes y encargos que yo cumplía con prolijidad pero que siempre suscitaban su reprimenda. Bronca que yo juzgaba merecida pues al lado de aquella ninfa me volvía un cretino integral.

Martita comenzó a tener gran afición aquel verano a seguir en secreto las andanzas de mis hermanos. Yo que, reconozcámoslo, siempre he sido un cagón, me horrorizaba ante la aventura y no hacía más que temer el momento en que nos descubriesen. Ella trataba de infundirme ánimo dedicándome insultos con los que yo sé que quería inflamar mi espíritu, pero que por más que se esforzaba caían en saco roto.

Una tarde que andábamos jugando en la habitación de la abuela, sentimos de pronto un golpe en la puerta. El golpe no era como el del que llama sino más bien como si algo hubiese chocado contra la madera. Sobresaltados, corrimos a ocultarnos bajo la cama ya que la abuela nos tenía prohibido andar enredando por ahí. Desde el suelo Martita y yo vislumbramos dos pares de piernas que torpemente avanzaron por la habitación hasta chocar con la cama. Yo reconocí los bajos del pantalón de mi hermano Iñaki, acompañados de unos tobillos desnudos. Estaba aterrado. El corazón me latía tan fuerte que pensaba que en cualquier momento mi hermano me descubriría. Tan nervioso me puse que al principio ni sentí la presencia del cuerpo de Martita próximo al mío. Sobre la cama parecía librarse una azarosa batalla cuyos golpes y reveses se veían reflejados en las flexiones del somier que en ocasiones me rozaba la nariz. Se oían gemidos y gritos sofocados. En un momento me pareció entender alguna de las palabras que mi hermano mascullaba pero el zumbido de mi propia sangre no me permitía escuchar. De repente oí una risa en mi oído y al instante me di cuenta de la presencia de Martita. Al contrario que yo, no parecía tener miedo y más bien luchaba con fuerza por reprimir las carcajadas. Parecía estar muy excitada y se retorcía pegada a mi cuerpo agarrotado por el pánico. Yo sentí un nuevo sobresalto al pensar que si seguía riéndose mi hermano no tardaría en descubrirnos, así que en un gesto instintivo le tapé la boca con la mano. Su cara estaba ardiendo. Con una rapidez pasmosa me dio un mordisco, por lo que retiré la mano al instante. La miré. Parecía furiosa. Sus ojos tenían un brillo casi diabólico y la cólera le curvaba los labios en un gesto de crueldad que no le había visto nunca. Con ferocidad felina comenzó a pellizcarme por todo el cuerpo. Yo sentía sus diminutas uñas clavarse en mi carne y retorcer mi piel dolorida. Quería gritar, hacer algo pero me sentía paralizado por el miedo a que mi hermano nos descubriese y soportaba su tormento quieto, sin apartar la vista de su rostro. Estaba transfigurada, aunque la penumbra de la cama no me dejaba ver bien sus rasgos sentía su respiración agitada y veía sus labios dibujados a contraluz en aquella mueca extraña que era un enigma. La furia de mi prima parecía recrudecerse con mi pasividad y en un arrebato desvió su mano torturadora a mi entrepierna. Instintivamente le di un rodillazo en el estómago que provocó su aullido. «¿Qué ha sido eso?», oí que exclamaba una voz femenina y al unísono sentí los pies de mi hermano sacándome a patadas de debajo de la cama. «¡Te voy a moler a palos, enano pervertido!», gritaba mientras sus cogotazos llovían sobre mi cabeza.

A partir de aquel día Marta y yo no volvimos a hablarnos pero nunca he dejado de buscar aquel gesto maligno de sus labios. Lo busco en todas.

✳✳✳

Lo cierto es que todo cambió el día que conocí a Almudena. Durante años había buscado sin fruto a una mujer que lograse estremecerme como lo hizo mi prima. Mis citas siempre fueron un desastre, y en cuanto repetía con una mujer más de dos veces, ella impepinablemente caía en un romanticismo bobalicón insoportable. Yo no quería eso. Con las chicas de pago no me fue bien. Es cierto que podían ser crueles e incluso llegar a límites despiadados de los que mi lamentable cuerpo era prueba, pero en el fondo, no sé, no disfrutaban. Se les notaba que lo hacían por dinero y no por gusto. Ay, resulta tan difícil encontrar gente genuina, ¿no opina usted? Pero Almudena no es así, no.

La conocí en una calle del centro, yo venía de hacer unas gestiones y había estacionado en la zona de aparcamiento regulado. Cuando volvía a mi coche tras terminar los recados, la vi. Estaba de espaldas junto a mi vehículo. Los pantalones de su uniforme azul marino ciñendo unas nalgas poderosas. El polo azul turquesa se apretaba sobre un torso recio pero bien formado. Llevaba la melena recogida con una pinza. Me acerqué a buen paso a aquella amazona y me di cuenta de que me estaba poniendo una multa. Corrí, recordaba perfectamente que el *ticket* que había puesto me permitía estacionar hasta las 11:02 y tan solo eran las 10:55. Nada más alcanzarla, comencé a hablar imperándole que rectificase en su acción totalmente desproporcionada e injusta. Me miró sin decir palabra. Tenía un rostro raro, más bien tirando a feo. La piel manchada por el sol, sin duda por su peripatético trabajo, unos ojos saltones bastante inexpresivos y una boca en perenne mueca de asco (más tarde descubrí que no era mueca, sino que era así). Pronto mis exigencias se tornaron súplicas ante el carácter impasible de aquella funcionaria. Me miraba inmóvil sin decir nada. Por fin terminé mi perorata, que duró por lo menos cinco minutos, y ella, con un tono de voz que me es imposible describir, me preguntó: «¿Ha terminado?». Sin esperar mi respuesta cortó con gran elegancia la multa y la depositó suavemente bajo mi limpiaparabrisas dedicándome después un helador «Buenos días». Cómo explicarle mi emoción: el corazón me latía con fuerza, me sentía mareado y no cesaba de recordar una y otra vez aquella mirada, espacio que contenía todos los misterios femeninos. Era ella.

Volví todos los días de aquella semana. Estacionaba el coche, no sacaba *ticket* y me iba corriendo al café de enfrente. Ahí esperaba parapetado tras la cristalera hasta verla aparecer, momento en el que pagaba a toda velocidad la cuenta y salía a su encuentro. El segundo día que nos vimos su rostro transparentó algo parecido al desconcierto, pero desapareció de inmediato concentrada en la tarea de multarme. Yo permanecí mudo mientras me sancionaba, arrobado ante su presencia. Luego cogí el coche y me fui directo a casa a rememorar nuestro encuentro. El tercer y cuarto día, la situación fue similar, pero no la actitud de ella, aquel desprecio creciente que yo podía sentir como una certeza y que me hacía estremecer. El quinto día intenté rozar su mano cuando se disponía a ponerme la multa y gritó: «¡No sé qué pretende pero esta tontería le va salir muy cara!». «Nada», musité yo, sintiendo como me ruborizaba. «No vuelva», me espetó. Pero volví. Cómo no hacerlo si desde que la había conocido no podía parar de pensar en ella. No se imagina su altivez, aquel distanciamiento de los otros que le imponía la fuerte repulsión que sentía... ¡Oh, era una diosa! A las dos semanas y tras muchos ruegos e incluso amenazas de "hacer un tontería", logré que tomase un café conmigo. Fue extremadamente seca, pero me dejó hablar. Le declaré mi amor incondicional y absoluto y mi voluntad de plegarme para siempre a sus deseos. Como sabía que la oferta no era muy atractiva, la completé hablándole de mi posición desahogada y poniendo a su disposición mi patrimonio y mis bienes por lo que no tendría necesidad de volver a trabajar si así lo deseaba. Lo cierto es que no sé lo que vio en mí, pero accedió.

No sabe qué feliz he sido, Almudena logró borrar del todo el recuerdo de Martita. Su inquina era tan auténtica y no tenía nada que ver con ese resentimiento natural hacia los demás que suele tener la gente fea o de ambientes más desfavorecidos, circunstancias ambas que a ella le había tocado sufrir y que habrían justificado naturalmente su aversión por la vida. Pero no, lo de Almudena era puro rencor. También resultó irritable, por lo que era fácil que descargase conmigo su violencia, hecho que me sumía en el más profundo de los placeres. Pero si hay una verdad en la vida, es que nada permanece. Últimamente Almudena ha empezado a cambiar. Ya no me chilla como antes, me mira con ojos lánguidos que me recuerdan en todo a las vacas, y hace dos semanas me dijo que tengo un problema, ¡yo un problema!, y que debía verme un médico. Ah, doctor, ayúdeme, yo que le ofrecía a Almudena una relación auténtica, llena de deseos intensos que queman como el fuego, porque, dígame doctor, qué sentimiento hay más fuerte que la repulsión, que el odio. Yo adoraba a una diosa y ahora me encuentro con una pobre mujer que me mira con devoción, como una criada… ¡Si hasta me ha dicho que me ama!

Fernanda Rodríguez Briz

Argentina

Fernanda Rodríguez Briz (Buenos Aires, Argentina, 1969) es egresada de la Escuela de Bellas Artes y Bibliotecaria (Universidad Nacional de Mar del Plata). Actualmente reside en la ciudad de Mendoza, Argentina.

Escribe ficción (cuentos, microrrelatos, poesía) desde que recuerda. Participa en varias antologías y coordina talleres de escritura para adultos y niños. Desde febrero 2013 edita la revista literaria virtual *Literatta*.

T.A.I.
(Tu amiga invisible)

Maldigo ese día. Honestamente maldigo haberlo matado. No por él, no. Realmente no por él, ¡si yo ni siquiera lo conocía! Por ella. Por ella es que lo lamento. Yo tenía que haberme hecho rogar un poco más, negociar... Pero no, me lo pidió, me rogó, y me amenazó con lo que más temía. No me quedó otra, inmediatamente lo hice. Lo hice, lo hice. Claro que lo hice. Y apenas lo hice... no la vi más. Ese es mi verdadero castigo. No importa si algún día me dan otro. No creo, jamás podrían relacionarme con ese tipo. No hay nada, nada, que pueda relacionarnos. Ni sé quién es. Pero bueno, supongamos que me culpan ¿y qué? Cárcel, pena de muerte, ¿qué serían? Lo más amargo, mi verdadero castigo, es que ella ya no me visite más. Esa es mi condena: que ya no puedo ser la que era cuando estábamos juntas.

Ella, mi amiga... mi amiga de la infancia. ¡Qué dulce es el sabor de la palabra amiga! La amiga inseparable volvía ahora, justo cuando más necesitaba yo su compañía, su aliento... Ella, la compañera de juegos, de plaza, mi aliada en las primeras travesuras había vuelto inexplicablemente a mi vida y volvíamos a jugar, como cuando éramos chicas. Bueno, no de la misma forma. No a los mismos juegos sino a otros, menos inocentes.

Me acuerdo que nos conocimos en la escuela cuando se organizó el juego del amigo invisible entre todos los quintos. Nunca nos habíamos fijado una en la otra pero nos tocó juntas, tendríamos diez años. Firmábamos las cartas con un T.A.I. que, creíamos, ningún grande entendería. Todos los sobres que cruzábamos venían con ese T.A.I. dibujado en distintos colores. Los dejábamos en la palmera que estaba en el patio y siempre había uno que lo encontraba y gritaba como un cartero: *¡¡¡¡Carta de TAI para Fulanita!!!* Y la tal Fulanita corría enloquecida hacia su carta, mientras todos los demás la envidiaban un poco, disimulando. Desde ese momento nos volvimos inseparables. Quién diría que de grandes volveríamos a juntarnos, que unos cuarenta años más tarde volveríamos a jugar juntas. Dos cincuentonas hablando a los gritos por la calle, riéndonos de alguien, haciendo travesuras, como si volanteáramos hacia atrás y escapáramos a toda velocidad del precipicio de la realidad. A mil por hora. Riéndonos en plena noche, en plena calle. Dos pendejas borrachas, a los tumbos, rebotando contra las paredes y resbalando en nuestro propio vómito.

No es fácil para una mujer de cincuenta, digan lo que digan. No exagero, desde que los cumplí me convertí en un lamentable cliché: el marido de toda la vida que te deja por otra, las hijas que ya no quieren verte, la pérdida del trabajo ante tus reiteradas inasistencias y tu improductividad, justo cuando te quedaba tan poco para jubilarte. Los insoportables "calores" de los que nadie te cuenta la verdadera dimensión, los ataques de ira y los de pánico... la depresión... Todo cayendo sobre tu espalda al mismo tiempo. Implacable.

Mis tres amigas, las de toda la vida, se apartaban de mí y literalmente no tenía a nadie en quien confiar. Y así, después de meses de sufrir catástrofe tras catástrofe, y de revolcarme en la cama llorando de frustración y soledad me hundí en un pozo depresivo realmente profundo del que nadie se enteró. Y ya no protesté más, no me rebelé más... pero tampoco me levanté más. Pensé en lo inevitable: la muerte, la única salida posible. Pero más allá de jugar con la idea —ocupaba la totalidad de mis pensamientos de la mañana a la noche— nunca reuní el valor, lo reconozco. No pasaba de mirar la navaja, de clavarle los ojos y de obligarla a acariciar la piel de mis muñecas durante horas. La hacía dibujar sobre mí una y otra vez figuras geométricas sintiendo el inmenso poder de la muerte –el alivio de la muerte, sí– sin atreverme nunca a hundirla en la carne.

Y mientras todo eso pasa y cuando ya creés que llegaste al fondo, absurdamente y sin lógica alguna, reaparece de la nada tu mejor amiga de la infancia y te ofrece su mano y tira para arriba con fuerza. Y te hace doler el hombro y el codo y la mano de tan fuerte que tira, pero gracias a Dios que tira. Y cuando lográs respirar sentís que le debés tu vida entera y que se la darías con gusto, en agradecimiento.

Nos habíamos dejado de ver en la adolescencia y ahora –así como así– ella volvía a mi vida para salvarme. ¿De dónde venía? Nunca supo explicarlo y era lo que menos me interesaba saber. Pero ahí estaba. ¡Se la veía igual, incluso mejor! Se apareció sentada en el borde de la cama, acariciándome el pelo en plena noche. Creo que hacía meses que no me movía tan rápido. De dónde saqué las fuerzas no lo sé, pero el abrazo que le di pudo haberla asfixiado. Que se apareciera así fue un regalo, un verdadero regalo del destino. No explicó cómo había entrado a mi departamento, pero yo estaba tan conmovida y agradecida de que volviera, mi querida, mi amada amiga de mis días de escuela, que tampoco seguí preguntando. «Volví porque me necesitabas», decía, sólo eso, una y otra vez. Y agregaba: «Y porque yo también te necesitaba».

Se había vuelto desenfadada, o más bien, desenfrenada. Según recuerdo ella no era así antes, pero claro, habían pasado muchos años. Se había vuelto algo misteriosa también: escondiéndose cuando intento presentarle a alguien con quien me cruzo por la calle. Simplemente se niega y en un segundo se esfuma. Cuando vuelvo la cabeza ya no la encuentro y tengo que disculparme. Me miran raro, se lo he reprochado a ella una o dos veces: «Me estás haciendo quedar mal». Pero la entiendo, seguramente algo de la timidez que le recuerdo de la infancia todavía le afecta y prefiere esconderse de los demás.

Mi amiga me pide que recordemos aquellos juegos. Y me propone desafíos que asegura me van a divertir mucho. No, a mí no me divierten y me niego rotundamente a cumplirlos. Pero ella es tan hábil que termino aceptándolos uno tras otro. Me muero de miedo segundos antes, pero la busco con la mirada y la encuentro observándome desde detrás de alguna columna o algún árbol, dándome fuerza y entonces tomo confianza en mí misma y lo hago. No quiero defraudarla, juro que lo último que haría sería defraudarla.

∗∗∗

Gracias amiga, me devolviste eso: la confianza, ni más ni menos. Lo más valioso que puede tener una mujer de mi edad, la llave que permite abrir todas las puertas que una quiera. Nunca podré reunir las palabras justas para agradecértelo, amiga, amiga querida... ahora que te fuiste.

Recuerdo uno de los primeros desafíos que me pusiste, querida amiga. Recuerdo que me negué a cumplirlo y amenazaste con abandonarme para siempre. Fuiste terminante, dijiste que sería importante para mí, y para vos también. Y punto. Que ya te daría las gracias cuando me diera cuenta de lo bien que me sentiría. Claro que me di cuenta, apenas logré concretar el primer desafío lo sentí. ¡La vida volvía a correr por mis venas, volvía a ser dueña de mí, de mi cuerpo! Me daba cuenta sí, y me doy cuenta ahora el bien que me causabas con cada desafío, me hacías sentir viva. ¡Claro que te di las gracias! Lo hacías para que me superara a mí misma, para que lograra ser valiente, y paso a paso, reto a reto lo fui logrando. A último momento dudé, pero me planteaste lo que ocurriría si no lo hacía y sentí que lo decías en serio. Aterrorizada de pensar que de verdad me abandonarías, me acerqué al tipo con muletas que me señalaste por la Avenida 9 de Julio. Creo que tenía una pierna cortada, algo así. La cosa es que me le acerqué desde atrás a aquel engendro y le pateé una de las muletas con furia, mandándolo al diablo a él y a sus inmundos palos que volaron como condenados por el aire. Qué risa nos dio sentir los gritos de la gente y unos vidrios que no sé dónde se rompieron. Fue un momento memorable. Como dos salvajes corrimos hacia el lado contrario, mientras el tipo puteaba tirado en plena calle y otro apenas más joven nos perseguía unas cuadras gritando: «Hija de puuuuta!» (al parecer solo me vio a mí) hasta que nos perdió por el tránsito. Cuando al fin nos vimos fuera de peligro y logramos recuperar un poco el aire no dejamos de abrazarnos girando a carcajadas como un trompo, dobladas del cansancio y de la risa, en éxtasis, ante la mirada de la gente. Ahora que me acuerdo, juramos que lo haríamos mil veces más, pero según creo no fue así. ¿O sí? ¿Ves, ves cómo te necesito? Sola no sirvo ni para recordar esas cosas.

Robarle al viejo choto fue algo fantástico, también. Se quedó duro, mirándose la mano vacía de la que le arrancamos el maletín en menos de un segundo, sin reaccionar. Nos recuerdo corriendo, yo con la maldita cosa incómoda contra el pecho, doblando la esquina, llegando al parque, riendo. Lo vaciamos bajo un árbol, estaba lleno de papeles inútiles. El fajo de billetes nos lo gastamos en alcohol, que bebimos muertas de risa en mi departamento, juntas durante toda una semana entera, qué delicia. Recuerdo que cuando me levanté y fui al baño todo estaba salpicado de vómito y vos ya no estabas. Temí haber dicho algo malo mientras estábamos ebrias, temí no verte más y temblé ante la sola idea. Pero al rato reapareciste como si nada, fresca y con ganas de más. Era absolutamente maravilloso volverte a ver, parecía que te invocaba con mi mente y te aparecías.

Veíamos películas juntas, tiradas en la cama como dos adolescentes, burlándonos de los personajes, imitándolos mientras comíamos maní con chocolate. Cuando alguno hacía algo que no te gustaba o decía algo muy cursi le tirabas maní a la pantalla y gritabas: «¡Piquete de ojo!». ¡Me resultaba tan gracioso! El televisor y la pared quedaron cubiertos de manchitas marrones; después te levantaste y chupaste la pantalla. ¡Puerca! ¡Qué risa, por favor! Esa era mi recompensa por hacer todo lo que me pedías: tu compañía, tus charlas... las risas... esa era la mejor paga.

Así fueron pasando los desafíos. Algunos eran muy tontos, pero encerraban también su riesgo. Me parecían humillantes, como cuando me pediste que cagara en público, en plena calle. O cuando nos robamos el bebito… ¿Te acordás de la cara de la madre? Se lo dejamos ahí cerca, tirado, ni un rasguño, ¡tanto escándalo!

Y con cada desafío que superaba vos me decías: «¿Viste? ¡Tanto miedo, tanto miedo… y no pasó nada, pendeja!». Era verdad, nunca pasaba nada. Y también era verdad que éramos dos pendejas. Sentíamos que nada nos detendría. Y nada nos detuvo, amiga.

Eso sí, lo sabés bien: pensé que no podría cumplir el último reto que me propusiste. Ya parecía demasiado. Pero me convenciste una vez más, amiga. Y qué bueno que me convenciste. Fue una experiencia única, me sentí viva. Dijiste que así sería y así fue. Fui poderosa, poderosa de verdad, ¿entendés? La experiencia de ser Dios, y ser la Muerte al mismo tiempo… ¡uff! De verdad que fue fantástico. Sentir que la vida de un tipo te pertenece y en un instante… *¡fuuuff!*… ¡se la soplaste… se le fue! Y sí, se la quité yo, nada menos. ¡Yo! Y se la quité porque sí. Así. Listo. Fácil. La navaja esa al fin sirvió de algo. Me explicaste veinte veces que sería así y una vez más no te equivocabas. El tipo no era nadie para mí, qué importaba. Yo no elegí al tipo. Como a todos los demás, eras vos quien me los señalaba. Decías: «A ese», levantando el mentón. Y sobre ese caíamos. Y yo, que como siempre me resistía al principio, después lo encontraba inexplicablemente delicioso.

Esa vez no supe quién era hasta no estar ahí. Te pregunté por qué viajábamos en colectivo tantas horas para dar con él y no a algún otro que nos quedara más cerca. Me dijiste que te había hecho algo malo. Usaste esas palabras infantiles: «algo malo». Quise saber más, saber qué te había hecho y te negaste a decírmelo. Quise cambiar de tema, te recordé que poco antes de los diecisiete nos habíamos dejado de frecuentar. «¿Te acordás que nos radicamos en Córdoba por el trabajo de mi viejo, en esa época? Y ya no volví a saber de vos». No quisiste responder. Te quedaste callada mientras mirabas por la ventana y en el vidrio empañado trazaste ese número, el 17. Me culpé por haber causado tu silencio con mis estúpidas preguntas. Tu humor había cambiado de pronto.

Bajamos del colectivo y nos pusimos a caminar. Yo te miraba de reojo, sin hablar, pero seguías en tu mundo. Ya estábamos ahí y todavía tuviste que volver a convencerme porque yo no quería hacerlo. ¡Te costó más que las veces anteriores, sí, ya sé! Sé que me resistí hasta último momento y que casi te fallé. Pero no pude aguantar la angustia de sentir que no volvería a verte. No pude decirte que no, amiga. Una vez más no pude. Y finalmente se hizo tu voluntad. Y soplé: *¡fuuuufff!* y... se fue. El tipo se fue.

Y ya no te vi más, eso es lo que lamento de verdad. Una y otra vez me castigo por haberte perdido. Ese es mi remordimiento. No sabés cuánto, cuánto me arrepiento.

Me habías dicho que seguías viviendo en la misma casa de la infancia y como pasaban los días y no volvías –pasé toda una semana infernal de ansiedad, subsistiendo gracias a las pastillas y al alcohol– ahí fui. A tu casa, sí. Fui por desesperación.

Tomé dos colectivos y viajé más de dos horas. Claro, la vida había separado mucho nuestras casas. Ir a buscarte hizo que apreciara mucho más tu sacrificio de venir a verme a horas insólitas, viviendo tan lejos. Cómo te lo agradezco, amiga.

Toqué el timbre y me abrieron. Pregunté por vos, di tu apellido. Vivía ahí otra gente ahora, otra familia. Me atendió un tipo gordo; unos perros ladraban sin dejarnos hablar y hasta que no los pateó no pararon. El tipo negaba conocerlos a ustedes y sacudía la cabeza ante cada dato que yo le daba. Me dijo que ellos se habían mudado ahí hacía años, como unos veinte años o más, ya no se acordaba cuántos. Cuando di el nombre completo de tu mamá dijo que sí, que algunos impuestos de tanto en tanto todavía venían dirigidos a ese nombre, Longoni, sí, que le sonaba, pero que él no los conoció a ustedes. Que lo único que podía decirme era algo que le habían contado los vecinos: que ahí vivía una familia a la que se les había muerto la hija. Que se comentaba que un tipo de acá cerca, el novio, la había matado... a los dieciséis, diecisiete años, no se acordaba. «Ahí fue cuando se fueron», dijo. «Vendieron». Y el tipo ese –el novio de esa chica– seguía viviendo ahí cerca, eso me dijo. Pero, y mirá qué curioso: lo habían acuchillado en esos días. Justo.

Se ve que estaba confundido el hombre. Que hablaba de otra familia, amiga.

Nada que ver. Nada que ver.

Fernanda Rodríguez Briz

Jorge Hernán Arce González

Colombia

Jorge Hernán Arce González nació en la ciudad de Tulua, Valle del Cauca, en Colombia. Es actor, artista y escritor. En la actualidad dirige el Cabaret Transgermania, un laboratorio de exploración transgénero con el cual interviene en diferentes espacios de la ciudad a través del performance y del teatro, organiza "100 mil poetas por el cambio Bogotá", un evento global que sucede en ciento diez países simultáneamente y que reúne más de treinta artistas de diversas disciplinas en torno a la reflexión sobre el cambio mundial en diferentes aspectos. Produce y presenta el programa Radíal "Transtornadas" en la emisora LGTBI Radio Diversia. En 2014 participó en el proyecto documental "Imaginarios Indomptables" coproducción Colombo-Suiza.

El Mal Delvaux

Nadie sabe con certeza qué lo provocó, tampoco cómo, ni por qué se terminó, simplemente un día una de las putas del burdel apareció con los ojos amarillos, un malestar como de gripe y la temperatura tan alta que deliraba; al poco tiempo, en cuestión de dos o tres días, todas las demás chicas estaban igual. La primera fue la Ángela, la más cotizada de El Asilo, así se llamaba el putiadero para el que trabajábamos todos. Los médicos no pudieron dar explicación a la extraña condición, se lo achacaron a un virus sexual traído por algún extranjero, de esos que han recorrido el mundo y sus luparares; sin embargo, y a pesar de que las chicas de El Asilo fueron las primeras que dieron síntomas, no fueron las únicas.

Que la primera hubiera sido Ángela no fue una sorpresa. En una noche ella se podía hacer unos cien turnos. Se había ganado una reputación envidiable, tanto, que los hombres venían desde muy lejos para estar con ella y a veces les tocaba irse con las ganas porque no daba abasto. Tenía algo, un no sé qué en la cama, que los volvía locos. Una especie de corrientazo que provenía de su vulva y devenía en un orgasmo eléctrico. Le decían La Anguila, y no era para menos.

Por esos días yo estaba de novio con una de las Dianas, o mejor dicho, estaba de novio de las dos porque ellas lo compartían todo. Eran un par de gemelas idénticas, de personalidades magnéticas y enigmáticas, sensuales e insaciables. Se hicieron putas profesionales desde los quince años, cuando descubrieron que esa era su vocación y no servirían para nada más en la vida. Ellas, junto a La Anguila, eran las principales atracciones de El Asilo. Nunca trabajaban por separado y por eso no todos se podían dar el lujo de pagar dos putas de su factura, la mayoría de las veces lo hacían por encargo, eran solicitadas por políticos y traqueteos y a veces por gente de la farándula o importantes ejecutivos de multinacionales. Yo era el encargado de su seguridad y de que les pagaran lo que estaba convenido; y aparte de eso, estaba perdidamente enamorado de una de ellas, aunque no podría decir a ciencia cierta de cuál.

En total eran veinte chicas y media, y digo media para referirme a Jafitsa, la tercera atracción del prostíbulo, una puta santandereana de un metro de estatura pero tan perfectamente moldeada que parecía una niña de diez años. Jafitsa solo lo daba en ocasiones muy especiales y su tarifa tenía seis cifras, su especialidad era bailar y cuando lo hacía solo había una mujer en el mundo: ella.

El Asilo ya no era un putiadero convencional antes que pasara lo del trastorno, cada una de las chicas tenía un talento especial que ponía al servicio de su profesión. Además de consagradas meretrices las asiladas eran bailarinas, cantantes, actrices, diseñadoras, artistas, videntes y hasta doña Fanny, la antigua dueña del lugar que había muerto unos meses atrás, se aparecía una que otra noche para acompañar a sus pupilas. Antes que ella muriera, el burdel se llamaba La teta de Fanny, pero la nueva administración, precedida por su hijo, decidió cambiarle el nombre y hacer una gran reinauguración. Le pusieron El Asilo por obvias razones, en ese sitio no había una sola mujer cuerda.

Yo estaba en tercer semestre de Filosofía en la Universidad de los Andes cuando lo inauguraron. Fue amor a primera vista, una vez entré y la vi, no pude volver a salir. Abandoné la universidad, dejé mi trabajo en el colegio y le rogué al dueño que me dejara estar ahí haciendo lo que fuera, que a mí no me importaba; con tal de estar al lado de Diana yo lavaba los baños o le sacudía la verga a los clientes a cambio de cualquier suma de dinero y una habitación en el burdel. A la semana siguiente estaba trabajando y viviendo ahí. Todo lo que pasaba al interior de El Asilo era surreal y yo de alguna manera me sentía como Toluose Lautrec: los corrientazos de La Anguila, la magia de Jafitsa al bailar, la telepatía de las Dianas, la narcolepsia de la Bibi, el espíritu de doña Fanny, la esquizofrenia de Tormenta, los espectáculos de la Foxxy, y esa extraña perturbación que vino después, hicieron del lugar una dimensión paralela.

"La maldición de las putas", así lo llamaron algunos fundamentalistas cristianos a lo que pasó. El grupo estaba compuesto en su mayoría por hombres, quienes aprovecharon la oportunidad para hacer una campaña para acabar con todos los sitios de sexo lúdico en la ciudad. Efectivamente, una gran cantidad fueron clausurados y puestos en cuarentena, y como era de esperarse, los hombres volvieron a las iglesias y recordaron el temor a Dios. No obstante, la mal llamada "maldición" no era un castigo divino exclusivo de las mujeres que se dedicaban a la profesión más antigua del mundo. Actrices, enfermeras, ingenieras, amas de casa, esposas de pastores y demás profesionales también fueron encontradas en las calles a altas horas de la noche, descalzas, caminando como si levitaran, con la mirada perdida, imperturbables y desnudas, con la luna reflejándose en sus montes de venus, como si una suerte de sonambulismo exhibicionista se hubiera apoderado de ellas. Al día siguiente no recordaban nada y los síntomas iniciales habían desaparecido. Era un espectáculo maravilloso ver tantas mujeres desnudas pasearse por la ciudad, había de todos los tipos, edades y tallas, y todas tenían el ombligo diferente.

Yo salí todas las noches que duró el trastorno a cuidar de las chicas de El Asilo, decidimos no amarrarlas como hicieron muchos en sus casas con sus esposas, hijas, hermanas y amigas; las mujeres del Asilo fueron libres para vivir su locura a pesar de que al día siguiente no recordaran nada y sus pies estuvieran un poco maltratados. Ser encontrada en la calle, bajo los efectos de la perturbación, o despertarse antes del amanecer desnuda en una calle desconocida, era una situación inquietante para ellas, pero en especial para sus esposos y compañeros. El extraño trastorno fue inevitablemente relacionado con la condición de puta, por haber sido El Asilo el primer sitio que registró una trastornada, pero al parecer ninguna mujer se salvó, bajo esa luz todas las habitantes de la ciudad sufrieron "la maldición de la puta" y a pesar de las campañas de los devotos de la santísima virgen y las maratones de rosarios, hasta las estatuas en las iglesias amanecían sin trajes. La ciudad entera se paralizó durante esos quince días, cada hombre de la ciudad iba detrás de su puta cuidándola de que no se hiciera o le hicieran daño. La fuerza de la extraña alteración fue tal que algunas noches nos encontramos con sonámbulas en tránsito de género con sus miembros orgullosamente erectos tal vez porque se sentían o muy mujeres o muy putas.

Y tal como apareció se fue. El día quince, después de que la Ángela fuera encontrada en las calles de la ciudad totalmente desnuda y sin recordar nada, el inusitado trastorno desapareció como si nada. Ninguna otra ciudad reportó casos y por más exámenes médicos y especulaciones religiosas que se realizaron, nadie nunca pudo comprobar nada. Sin embargo, hubo un solo detalle que si bien no podrá aclarar científicamente qué fue lo que verdaderamente pasó, al menos nos dio una luz. Unos días antes de que todo empezara, llegó a El Asilo un hombre muy acaudalado al que le decían El Belga. El individuo era rubio, alto y de ojos azules. En menos de una semana estuvo con casi todas las chicas del lugar, incluso con las gemelas y también la Jafitsa. Era amable y amplio, y su trato para con las mujeres era el de un caballero. Me acompañó varias veces a cuidar de ellas durante las jornadas sonámbulas, pero no parecía especialmente sorprendido con lo que pasaba. Una noche me preguntó si alguna vez había visitado el Museo del Banco de la Republica. Yo le respondí que «sí», que en muchas ocasiones. Entonces me preguntó si no encontraba una relación entre la maldición de las putas y el dichoso museo. Obviamente le dije que «no» y la relación me pareció más que extraña un poco improbable. Noches después me lo volví a encontrar en las calles y me preguntó si ya había ido al museo. Le respondí que «no» y seguí detrás de las Dianas, que esa noche estaban muy inquietas. Sin embargo, a la mañana siguiente su pregunta retumbaba en mi cabeza. Me vestí sin bañarme siquiera, trasnochado como estaba, y salí directo al museo. La colección del Banco de la Republica no era pequeña, y darle una revisión minuciosa podía tomarme todo el día. Me sentía confundido, había muchas pinturas que tenían mujeres desnudas: "Leda y el cisne" de Botero, "Mujer reclinada" de Picasso, "Estudio para una lección de guitarra" de Balthus, y algunas más, pero ninguna que me diera una luz sobre lo que estaba pasando con las mujeres en las noches. Pero cuando me paré enfrente de "Las mujeres de la vida galante" de Paul Delvaux, un pintor belga, supe que esa era la clave. Se trataba de un lienzo de ciento cuarenta por ciento veintidós centímetros pintado en el año 1962, lo que mostraba era tan irreal como lo que estábamos viviendo en carne propia.

Esa noche le pedí al dueño de El Asilo que me reemplazara en el cuidado de las Dianas y salí a buscar al Belga por toda la ciudad, encontrarlo me tomó más tiempo que descubrir el cuadro de Delvaux. Nos topamos cuando ya casi terminaba la noche y las mujeres salían del trance. Yo lo estaba buscando y él esperaba que lo encontrara. Me dijo que en ese cuadro estaba el secreto de la maldición. Pero a pesar de que lo que les sucedía a las mujeres en la pintura era lo que sufrían las putas de El Asilo, yo seguía sin comprender cuál era la verdadera conexión.

Ambos estábamos cansados de una noche más de vigilia y él no quiso agregar nada. Yo me fui para el putiadero, a comprobar que las Dianas estuvieran bien y a dormir, pero no pude hacerlo, no podía sacar el maldito cuadro de mi mente. Me levanté, me vestí de nuevo y salí directo al museo. Una vez ahí, pedí toda la información que tuvieran sobre el cuadro. Descubrí que llegó a la colección del Banco en el año 1998, y que estuvo perdido durante treinta años antes que un coleccionista belga lo rescatara después de la muerte del pintor. Pasé todo el día en una sala de consulta del museo averiguando todo lo que pudiera sobre el cuadro y sobre su autor. Una cosa me fue llevando a la otra y por azares de la red terminé en una página psiquiátrica de dudosa confiabilidad, en la que en menos de tres renglones describía un extraño trastorno denominado por el creador del sitio como "El mal Delvaux". La enfermedad descrita se había presentado en tres ocasiones en Europa y se caracterizaba por la presencia de sonambulismo y desnudez en las mujeres que lo padecían. Se le atribuía únicamente a mujeres con prácticas sexuales desordenadas o prostitutas, aunque no existía evidencia científica de ello, y su primera aparición databa del año 1962.

Cuando salí de la sala del museo, El Belga estaba afuera fumándose un cigarrillo. Venía a despedirse porque debía abandonar la ciudad esa misma noche, no me dejó decir nada al respecto, solo me pidió que escribiera lo que había pasado, y que no le contara a nadie, porque nadie me iba a creer. Me tendió la mano y me dijo: *«Au revoir, je m'appelle Paul»*. A partir de esa noche todo volvió a la normalidad y las personas de la ciudad se encargaron de no volver a recordar el extraño incidente. Poco a poco El Asilo recuperó su éxito de asistencia pues al parecer los hombres sufren de amnesia selectiva y olvidan lo que interfiere con su placer. Las Dianas siguen trabajando juntas, yo me mudé a su alcoba, La Anguila sigue igual de eléctrica y el espíritu de doña Fanny a veces aparece para cerciorarse que su negocio sigue en pie. Por cierto, el cuadro de "Las mujeres de la vida galante" fue retirado de la exposición permanente del Museo del Banco de la Republica.

Jorge Hernán Arce González

Héctor Daniel Olivera Campos

España

Héctor Daniel Olivera Campos (Barcelona, 1965) es autor del libro de relatos *Mis letras me seguirán hasta los infiernos* (Editorial Vampiro de Libros). Ha sido galardonado con el primer premio en dos concursos literarios: Primer Concurso de Microrrelatos del Encuentro Literario de Autores de Cartagena, con el relato *Susceptibilidades* (2013) y V Cibercertámen literario Hipatia de Alejandría de Literatura Breve, con el relato *Instituto Casandra* (2013). Asimismo, ha sido semifinalista en el Concurso Micro-Jareño-Relatos organizado por el Museo de la Biblioteca Nacional de España, con el relato *Estremecimiento* (2013).

El intercambio

Antes, cuando era inocente, trataba de averiguar qué clase de persona se escondía detrás de cada uno. Cada fulanito o fulanita que me presentaban podía ser una isla por descubrir, una aventura personal o, sencillamente, alguien de quien aprender. Con el tiempo uno llega a la amarga conclusión –aupada sobre tantas decepciones– de que las apariencias no engañan y que la gente es tan banal, estúpida y a la vez extraña como te pareció con sólo ponerle la vista encima, con anterioridad incluso a que abrieran la bocaza. Por una persona interesante que encuentras, y que te excita intelectual o vivencialmente, uno se topa con un millar de sujetos adocenados y previsibles, abundantes y molestos como las malas hierbas, individuos que provocan el secular cansancio de saber de antemano todo lo que ha de venir millones de momentos previos a que suceda. Mi jefe, el señor Antonio, es un "Jefe" con J mayúscula y con eso debería estar todo dicho: engreído, prepotente, áspero, pródigo en embroncar a sus subordinados. Un capullo. Nunca me pregunté si tenía alguna afición secreta; si era filatélico o sifilítico, si cocinaba paellas los fines de semana o si consumía películas pornográficas uruguayas los viernes por la tarde. El señor Antonio no tenía otra dimensión que la laboral y así había sido hasta aquella noche en el hotel.

***

Estábamos sentados, mi jefe y yo, frente a la barra del bar del hotel. Era ya pasada la medianoche y nos íbamos por el tercer cuba libre (tragos que se cargaban en la cuenta de gastos de la oficina). Mi jefe, que exhibía signos claros del síndrome de lengua estropajosa, suelta y absuelta, todavía seguía con su perorata acerca de lo acontecido en la feria de accesorios de baño a la que acudimos en representación de nuestra firma; él, en calidad de director de ventas, y yo, como delegado comercial. Continuaba mi jefe hablando, hablando y hablando de las ventas, de los estimados, de las ventas, de las primas, de las promociones, de las ventas, de las devoluciones, de los proveedores, de las ventas, de los putos chinos que no hacen nada bien pues no fabrican nada homologado, de las facturas pendientes, de las ventas, del nuevo catálogo, de lo imbécil que era Rodríguez de contabilidad, y de aquel otro viajante de la competencia, que él sabe que es un cornudo, tanto que fanfarronea y el jamón con chorreras que vamos a regalar por Navidad si el pedido sube más de seis mil euros, y yo con ganas de gritarle «¿por qué no te callas?»; cuando interrumpiéndose, como si de repente se acordara de algo importante, me soltó:

—¿Te puedo hacer una pregunta personal? —no esperó a que le diera permiso—: ¿Tú vas de putas?

—Bueno... esto.

—Vamos, vamos, me lo puedes decir que tu mujer no te oye en estos momentos, ja, ja, ja.

Era la primera vez que mi jefe abordaba un tema que no tenía nada que ver con el trabajo. Yo no sabía qué responder, lo cierto es que no iba de putas pese a ser viajante (supongo que hay camioneros que tampoco las frecuentan, aunque me cuesta creerlo). Y si no mantenía relaciones prostibularias, no era por mojigatería; sencillamente las putas no me ponían, me resultaba todo demasiado frío, mercantilista y un punto sórdido. ¿Qué debía decirle? Si decía que sí, era un putero; si decía que no, un papa frita, un timorato carente de mundo. No es que me importara un bledo lo que mi jefe pensase de mí al respecto, lo que me fastidiaba era el comentario que vendría después. Es lo que tienen los jefes, desde el más tirano al más benévolo, jamás se guardan los comentarios que afectan a sus subordinados:

—A veces, no mucho.

—Yo aprovecho estas ferias para ponerme las botas. Sé de un club a diez minutos de aquí que tiene unas jamelgas que te caes de espaldas. Las hay de todos los colores: rusas, dominicanas...

Una hora más tarde estaba frente a otra barra, admirando una fila de botellas colocadas sobre una repisa en una desordenada disposición de sabores y tinturas cromáticas, maravillado de descubrir entre el ron añejo y el Chivas falsificado, una botella de grosella. ¿Por qué mantener aquella ficción, aquella parafernalia botelleril, como si se tratara de pretender que aquel era un bar normal? La paraguaya que me servía el güisqui llevaba las tetas al aire. Miré sus tetas exhibicionistas; eran como ensaimadas, chafadas y descolgadas, desprendían un aroma de lujuriosidad forzada, como de reglamento. *La tía va laboralmente desuniformada*, pensé. *Yo llevo corbata y ella las tetas al aire*. Volví a fijarme en su triste pechuga que más que calentarme me producía una sensación de esperpento, de actriz *amateur* de una obra de teatro de retorcida vanguardia; y aunque trataba de comparar el estampado de mi corbata con la oscuridad de sus pezones había algo que no encajaba, no era un símil simétrico. «¿Quién coño quiere beber grosella?», exclamé. El señor Antonio se echó a reír: «¡Macho, qué borrachera llevas!», su mano derecha –la misma con la que firmaba las hojas de gastos– se hallaba enterrada en el escote abisal de Débora, la panameña (o eso dijo), y por un momento creí que se había quedado manco y que los pechos dentados de Débora le habían amputado la extremidad manual.

—Yo quiero grosella —se dirigió a mí, desde su menudencia, una chiquita joven, colombiana, según me contó más tarde. Era morena, veinteañera, encaramada en dos zapatitos de tacón que le proporcionaban un aspecto de niña que juega a disfrazarse con la ropa de su madre. Se llamaba Jimena (o eso dijo), y era la que menos cara de puta tenía de todas las presentes. En el *juke box* sonaba pop, sentí el anhelo de un bolero, pero un pop de Radio Fórmula corrompía la atmósfera de manera imperdonable.

—Deja que te invite a un güisqui —le respondí. Cuando me quise dar cuenta, ella me tomaba de la mano y, taconeando, me conducía hacia un lecho de sábanas apátridas.

Para mi jefe, la visita al club nos hizo poco menos que hermanos de sangre, sólo nos faltaba hacernos un tajo en un dedo y mezclar nuestros plasmas. Se volvió menos rudo conmigo, me trataba con más amabilidad e incluso deferencia, buscando una complicidad soñada, buscando –había que admitirlo– una amistad. Entonces me di cuenta que el señor Antonio no tenía amigos y que incluso seres como él necesitan de la aceptación y el apoyo que sólo la amistad es capaz de saciar. En lo que a mí respecta, seguía siendo mi jefe y me era tan distante como antes. Quizás Antonio pensaba que cruzamos una línea juntos, que nos habíamos iniciado en ritos que nos volvían semejantes entre nosotros y distintos a los demás; pero, en mi caso, lo único que saqué en claro de nuestra aventura es que el tipo era un putero. Quisiese o no quisiese, a partir de la noche en el club, tuve que aguantar sus crecientes revelaciones cada vez más íntimas y pegajosas; era como si me abriera la puerta del cuarto de baño cuando hacía sus necesidades y me invitara a pasar. ¿Qué necesidad tenía yo de saber todos aquellos sórdidos detalles? No sabía qué era peor, si el sátrapa que conocía antes, o este nuevo Antonio desvergonzado. Una urgencia por pedir la cuenta y largarme de aquella empresa me agitaba. Algunas noches soñaba que me mudaba a vivir a otra ciudad y el vecino del rellano resultaba ser ¡el señor Antonio! Una tarde, mi jefe, que ya me había explicado con tantos pelos y señales su vida sexual marital que hasta sabía los colores de las franjas de su albornoz, se descolgó con una proposición camuflada de pregunta:

—¿Has practicado alguna vez el intercambio de parejas? —recuerdo que me produjo asco imaginarme que aquel mierda pudiera tocar un solo cabello de mi mujer.

—No, ni quiero.

—Macho, no sabes lo que te pierdes.

El rechazo a su proposición parece que erosionó la opinión que tenía de mí. De nuevo soporté al borde, aunque ahora con un retorcido toque sarcástico. No volvió a aludir directamente al intercambio, pero de alguna forma siempre se refería al mismo. Cuando le entregaba los pedidos me decía: «A ver nenaza, ¿qué me traes hoy?», o me recordaba que «a la venta hay que echarle cojones, muchos cojones, como en la vida». Incapaz de soportarlo por más tiempo, me encontraba en conversaciones con otras firmas para cambiarme de empresa cuando la visión de una botella de grosella en un bar me trajo el recuerdo de Jimena y de paso me proporcionó una ocurrencia, un ingenioso plan para vengarme de mi jefe antes de solicitar el finiquito.

Por segunda vez visitaba el club. Jimena brotó de un reservado junto a un cliente transfigurado con la máscara del placer, el tipo le doblaba en años, envergadura y altura; mi amiga transportaba un pañuelo de papel en la mano, lo sujetaba con dos dedos, con precaución de artificiero, como si emitiera radioactividad. Se alegró de verme, contra todo pronóstico se acordaba de mí. La invité a una copa. También se acordaba de mi jefe, aunque de manera vaga, no lo habría reconocido si en aquel momento hubiese aparecido en el club. «Creo que era un capullo, de eso estoy segura. Una acaba tratando con tantos hombres, que al final los radiografías con sólo ponerles la vista encima. Tú eres diferente». Le expliqué mi proyecto, le dije que necesitaba a una amiga suya, española, que pagaría bien. Cuando terminé mi charla, Jimena, con semblante pícaro, me contó un chiste: «¿Sabes por qué los curas y las monjas se ponen tan contentos al levantarse por las mañanas? ¿No? Porque lo primero que ven es a su jefe crucificado». Me reí con ganas, la muchacha atrajo mis manos hasta colocarlas en la frontera de sus muslos, me propuso que hiciéramos el amor, le dije que esa noche no venía a eso. Jimena cuchicheó algo con su encargada que puso cara de contrariedad pero asintió: «Ven, no te voy a cobrar, me caes bien».

❋❋❋

Era española como me prometió Jimena, de la edad que le solicité, no llevaba excesivo maquillaje ni era rubia dudosa, se llamaba Paola (o eso dijo). La noche del intercambio se la presenté al señor Antonio como mi esposa. Recuerdo que mientras me follaba a la mujer de mi jefe en el salón comedor de su casa, al estilo perro, miré a Paola que soportaba todo el peso del señor Antonio, jadeándole encima como un buey, manchándole los pechos con una saliva no muy cristalina. Ella me guiñó un ojo y entornó la mirada como queriéndome decir: «A ver cuándo se acaba esto». Excitado, aumenté el ritmo y la mujer de mi jefe relinchó de placer. La venganza es el manjar de los dioses y yo lo saboreaba sobre la alfombra turca de mi jefe, el señor Antonio.

Héctor Daniel Olivera Campos

Roberto Migoya Ramos

España

Roberto Migoya Ramos nace el 13 de julio de 1976 en la localidad berciana de Ponferrada (León), donde lleva residiendo treinta y ocho años, y donde ha desempeñado una polifacética vida laboral tan variopinta que va desde la fontanería hasta la conducción de maquinaria industrial, pasando por el reciclaje, el mantenimiento de piscinas y la hostelería. Oficios todos ellos que ha intentado combinar, en la medida de lo posible y hasta donde daban las fuerzas, con un intenso amor por la literatura, el cine y cualquier tipo de arte que mereciese la pena considerarlo como tal bajo su punto de vista. En cuanto a los estudios oficialmente validados se basan en una Licenciatura en Historia del Arte, cursada y superada (con la mediocridad propia de un estudiante más pendiente en devorar la inmediatez de la vida) en la Facultad de Filosofía y Letras de la Universidad de León. Desde hace dos años, y debido al paro, ha recuperado una de sus mayores pasiones de juventud, la escritura. Por suerte o por desgracia, esa falta de empleo y la consiguiente liberación de su tiempo libre lo han llevado a crear y posteriormente a publicar (con perpleja satisfacción) algunas «cosillas» en los últimos dos años y que enumera a continuación:

- *"Adicción"*: Antología "150 autores, 150 vivencias" (2013) de Ediciones Orola.
- *"Náufragos"*: Libro de relatos solidarios "Lo vives, lo cuentas" (2013) de la Fundación Juan Bonal.
- *"La juventud sufrida"*: Libro de relatos históricos "La voluntad de poder y otros relatos" (2014) de Ediciones Evohé.
- *El sutil filamento"*: II Certamen de microrrelatos "Microrrock" (2014).

Juguetes rotos

Suena el despertador. No doy un salto ni mucho menos. Golpeo errático, todavía adormilado, el infernal campanilleo. Me siento en el borde de la cama. No hay sábanas, el contacto de mis pies sobre el gélido terrazo me produce un escalofrío. Noto las nalgas mojadas, el colchón está húmedo. Recuerdo: sexo ebrio, sudor y olvido, lo de siempre. Me giro, intento poner cara a mi cópula, pero en lugar de eso lo que encuentro es un hueco en mitad de la almohada, ya no hay nadie. Miro la hora en el despertador: demasiado tarde para el curro, una vez más otro desatino al ajustar la alarma. El paquete de tabaco yace encima de la mesita, arrugado por los excesos nocturnos más parece un trozo de cartón artrítico. Saco un cigarro doblado, me lo llevo a la boca con la curvatura hacia abajo, me señala con ironía mi propia flacidez. Estoy en pelotas y aún llevo el condón puesto, está dado de sí como un pijama viejo, con lo ajustadito que debió quedar anoche. Al menos solo es látex reseco, sin rastro de éxtasis. Me lo quito y doy lumbre al paupérrimo pitillo. Exhalo una profunda calada y, tras toser por el insano desayuno, ya recuerdo: morena, veintiséis, quizá Carla, Sara o cualquier otro nombre corto con la A como única vocal. Tengo que dejar esta vida.

Busco algo de cordura en el rostro que se refleja en el espejo del baño. Estoy pálido, ojeroso; la barba de una semana acentúa mi ruindad, aunque sea un hirsuto grupo de hormigas estáticas. Mis ojos lucen sin brillo, como si alguien se los hubiera arrebatado a una muñeca y los hubiera colocado ahí, en mis cuencas, por despecho. Huesos donde debería haber carne; piel hundida donde deberían estar los saludables y rollizos mofletes. El pelo, va a su aire, apelmazado de un lado y disparado en su contrario, parece pedir a gritos que lo encierren en un psiquiátrico. ¿Cuántas veces me han dicho ayer lo atractivo que se me ve?, ¿cuatro?, ¿seis?, ojalá pudiera acordarme. A esto nos ha llevado la evolución: del macho alfa pasamos al enfermizo. Algo que agradezco, pero lo que ven ellas en mí yo no lo encuentro.

Suena el timbre. Suele pasar: volverá por su billetera, por su chaqueta, las llaves del coche o el anillo de compromiso. Coloco una toalla donde debería haber unos pantalones y abro la puerta.

—Buenas, ¿es usted Mario Costa? —Es la cartera—. Traigo una notificación certificada, si es tan amable de firmar aquí.

—Uf, me ha pillado por sorpresa. No hace falta decir que esperaba a otra persona.

La empleada de correos empieza a examinar, tímidamente, mi escuálido torso desnudo con los tatuajes de chico malo, pasa por los demacrados rasgos del semblante que sujetan a duras penas mi estampa y termina, con un visaje divertido, en el cabello sin la camisa de fuerza.

—¿Una mala noche? —pregunta.

—No tan mala como la mañana… Esto es una multa, ¿verdad?

—Eso parece.

Los uniformes siempre me han resultado muy morbosos, incluso cuando me traen multas a casa. La cartera tiene el cabello rubio. Lleva los rebeldes rizos atados en una cómoda coleta, no debe ser adecuado patear las calles de la ciudad con la melena golpeando la cara. Los ojos son glaucos, enormes; nariz arqueada en juguetón respingo, fina y bien acabada; los carnosos labios rosados completan un rostro dulce, bastante atractivo. Bajo el vasto uniforme azul marino, destinado a los encargados de envíos postales, se intuyen formas sensuales, curvas muy sugerentes. El traje le va pequeño de talla, lo que acentúa la presión de sus pechos contra los horrorosos bolsillos y de las caderas contra el tejido del simple pantalón, estirando la tela hasta convertirla en tersa piel de algodón. Por un momento siento que debo acariciar esas femeninas caderas, poseer ese cuerpo uniformado. Desvío la mirada hasta el segundo botón de la blusa, desabrochado inocentemente por la presión. Ella se da cuenta. No consigo descifrar la expresión de su faz al descubrir mi voyerismo incontrolable. Rubrico el acuso municipal y tiendo el bolígrafo con la mejor de mis sonrisas. Ella devuelve la sonrisa. Es algo mecánico, producto del hollar diario de los felpudos de todo el vecindario, pero al hacerlo muestra unos dientes blancos, diminutos y bien formados, que estaban ocultos por la fresa de su boca. Considero que ya he ido demasiado lejos en nuestra obligada primera cita y, pese a no poder apartar la mirada de esos labios, corto el progreso de mi lúbrica imaginación.

—Gracias por la sanción, espero que la próxima vez sea algo menos doloroso para el bolsillo.

Ella se ríe abiertamente. No es ya una risa laboral, más bien un mohín afectuoso y sincero.

—Espero portarme mejor en adelante —dice—, si usted pone de su parte —añade, señalando la notificación.

—Claro… Bueno, hasta la vista —digo esperanzado.

—Hasta pronto —replica. El corazón que forman sus labios promete mucho más de lo que esperaba.

Cierro la puerta y espío con sigilo a través de la mirilla. Está de espaldas, esperando la llegada del ascensor. Aunque el ojo de pez deforma grotescamente la figura de la hembra, puedo distinguir unos firmes glúteos desde los que arrancan las piernas en su vertical descenso hacia el terrazo. Piernas largas, que se insinúan atléticas dentro del robusto paño azul. La mujer examina la carpeta con todos los nombres de los certificados, se gira y verifica la letra que identifica la puerta de mi apartamento, lo hace con una mirada tierna, soñadora. A mí también me has gustado. Las puertas del ascensor se deslizan sobre sus carrileras y esa preciosidad desaparece de mi vista.

Casi inconsciente, perdido en carnales ensueños, abro el recibo de tráfico con mis datos: ¡doscientos euros por aparcamiento indebido!, las autoridades estatales me devuelven a la realidad de un guantazo.

Esa noche no puedo pensar en otra cosa. La cartera no sale de mi mente. Creo que es un mecanismo defensivo del subconsciente ante la enquistada relación que tengo con el mundo. Le doy un buen lingotazo a la tercera copa y la dejo, mediada, encima de la barra. No tengo prisa, mi jefa llamó esta tarde para decirme que no volviera. Pero me apetece ir a casa, ver una mañana en todo su esplendor después de tantos días, quizá se deba al espíritu de la contradicción que siempre se apodera de mí. Me acodo contra el mostrador, dando la espalda a mi colega Luis, el atareado barman que desliza sus rápidos pies, acompasados por la sinfonía fugaz del flirteo y el estruendo de cubitos. Observo distraído, con los pensamientos en otro lado, la pista de baile. Decenas de cuerpos descoyuntándose por la música tecno, por las drogas y por el hambre de experiencias que parecen nuevas, pero que en realidad son tan viejas como el hambre que las despierta; seres nacidos de la privación de alimento, de la abstinencia obligada, como yo.

En el centro de la turba de danzarines, Sonia, una habitual del local, menea sus joviales caderas. Tiene veintiuno, doce menos que un servidor, al que no quita ojo mientras se alza sobre su trono de agujas, ese que yergue su moldeado trasero y endurece los gemelos; la fémina se mueve sensual, eléctrica, como el azul de su ceñido vestido de una sola pieza. Con cada bote, con cada contoneo rabioso, los túrgidos pechos parecen huir de su prisión escotada, pero para desgracia de los rostros masculinos que babean a su alrededor el apretado tejido aguanta las embestidas. Incluso dos bolleras, que baten sus lenguas lésbicas en húmedos besos a pocos centímetros de la ninfa, no quitan el ojo a la uve de su busto. La sala se rinde al resplandor de la juventud. El calor comienza a llegarme desde la distancia; una estrella frágil explotando de efímero fulgor, un bello espejismo de satisfacción. La muchacha me mira con deseo, desea que la mire, se desea a sí misma. Afronto los oscuros ojos de escualo, tan negros como el futuro de un condenado, con la única vida que otorga la consecución del placer instantáneo. Levanta su índice y me indica que me acerque, ¿quién puede negar la vida? Apuro la copa de un trago y acudo a la llamada de la sirena.

Cuando llego a su altura varios hombres me apuñalan con miradas de envidia. Las retinas brillan enrojecidas por el vicio lascivo y por las drogas, que brotan su obsesión reprimida al exterior. Las dos lesbianas acarician sus cuerpos trémulos, rozan las entrepiernas vestidas con fina seda; coños férvidos cubiertos de ropa, que se agitan convulsos como si la tela fuese invisible para ellos. Agarro a Sonia por la cintura. Solo un leve balanceo a su espalda, no pienso bailar, lo único que necesito es su calor, compartir algo de la energía que desprende. Aparto la negrura de su melena con suavidad, revelo una nuca de marfil y el apetitoso cuello, tenso por las manos invasoras. Al poco, se relaja. Recorro toda la lisura de su piel con mis armas bucales: mordisqueo, lamo y beso de manera aleatoria. Ella frota las rígidas nalgas contra el tiro de mi pantalón, puedo notar las costuras del tejano a través del slip, puedo notar que no hay ropa interior bajo esa falda. Mientras dedico mis labios a su espalda desnuda, las manos suben despacio por su vientre, hasta llegar a los cálidos pechos. Los mimo como si fuesen bebés de porcelana. Permanecemos ligados en esa postura durante unos segundos, el tiempo que tarda el delirante público en acostumbrarse a nuestra pulposa danza. Los destellos de los *flashes* iluminan la sala; intermitentes fotogramas de efigies desencajadas, como en una fantasía de Blake. Apenas se distingue nada más, el humo ochentero invade la atmosfera. La música está tan alta que vibra mis prendas, mis órganos, y yo estoy tan excitado como un novicio en un burdel. Sonia se gira a medias y da su aprobación separando ligeramente las piernas. Yo bajo la cremallera de mi pantalón y la verga se abre paso al igual que una rata precedida por el fuego. La vagina está seca, el cerebro está colapsado por los narcóticos y los estímulos nerviosos le llegan confusos, lo que debería ser jugoso goce se convierte en brusco escozor. Su sexo comienza a mojarse poco a poco por la fricción, ella arremete al ritmo de la música y yo empiezo a disfrutar de veras. Cierro los ojos y me abandono a la carne.

Demasiado abandono. Cuando vuelvo a ver estoy en el suelo; una ceja mana, desecha, un abundante chorro de sangre. Vladimir, el portero, grita algo que no puedo distinguir por su acento y porque me zumban los oídos debido al directo que me acaba de soltar. La gente ha hecho un corro en derredor. Me guardo mis vergüenzas antes de reconocer las palabras del mostrenco que escupe saliva al bramar:

—¡Joder, Mario! ¡No somos perros! ¡Esto es un puto bar!

Extiendo una mano desde el suelo, él me levanta como si fuese un pelele. Ni rastro de Sonia. Solo Luis, tranquilizando al gigantesco machaca; me tiende un trapo para frenar la hemorragia y me escolta a la calle.

—Mario, hoy te has pasado… Eres un buen tío, pero deberías controlar esa lujuria: ¡un día te va a matar, tronco! ¿Qué pensabas, que nadie estaba mirando?

Asiento agradecido y enciendo un cigarrillo, pero no digo nada.

—Bueno, tengo que volver, ¿estarás bien?

Asiento de nuevo, en silencio.

En cuanto me quedo solo, me arrellano un momento contra el frío muro del local. Y la soledad me dice que estoy hecho un asco. Puede ser que Luis tenga razón y esta maldita adicción acabe conmigo. Un trote de metal en el pavimento me hace volver la cabeza: es Sonia, sublime sobre su trono de agujas… Mientras tanto, haremos un esfuerzo por seguir vivos.

—Joder, joder. Ha sido fabuloso. ¡Todavía me está chorreando! —Sonia se levanta la falda sin ningún pudor, me muestra su rasurada vulva, tan mojada que unas gotas resbalan por el interior de sus muslos—. ¡Dios! Me has puesto supercachonda, ¡y rodeados de toda esa gente!

—Me alegro.

—Hay que repetirlo —dice, emocionada como la niña que es.

Descubro mi ceja y se la enseño.

—Quizá otro día.

—¿Qué tal estás? —pregunta, más con desilusión que con interés.

Sonrío socarrón.

—He estado mejor, ¿quieres tomar algo?

—Todavía no, tengo que volver un par de horas.

—Pensé que te habían echado a ti también.

—¿Echarme? La mitad de los pringaos que dejan la pasta en la barra vienen para verme bailar a mí. He tenido que follarme a ese asqueroso de Vladimir, a Luis y al puto pervertido del dueño, con su diminuto pene de negrero. ¿Y para qué?, por unos cientos sin asegurar y unas cuantas copas al final de la noche…

Es posible que espere de mí unas palabras de consuelo, algún consejo o una reprimenda paternal, en vez de eso permanezco callado. Tiene toda la razón y es importante no quitársela con vanas lecciones.

—¿Te volveré a ver? —añade con una expresión melancólica—. Eres un tío especial.

‹‹Un tío especial››, y eso ¿qué significa? ¿Significa qué soy más especial que Vladimir, que Luis o el propio gilipollas del dueño?, no lo creo. Significa que la niña perdida ha encontrado un juguete que romper, pero este juguete ya está roto. No, gracias, no quiero ejercer de padre con derecho a roce. Ni quiero ni sabría.

Puede ser que el porrazo me haya hecho más cuerdo y deje de ser una bestia al fin. Me incorporo sobre mis temblorosas piernas y hablo, algo mareado aún:

—Lo veo difícil, me gustaría pasar una temporada tranquila. Pero ya sabes donde vivo, pásate algún día.

—De acuerdo, ya nos veremos por ahí…

No dejo que termine la frase y la atraigo hacia mí. Sujeto con una mano el apósito y con la otra asgo la esbelta cintura. Los puntiagudos senos se aplastan contra mi pecho, el cabello azabache golpea mis hombros por el rudo movimiento, sus labios de mujer se abren como un oráculo que no puedo respetar. Alzo con delicadeza su mentón y la beso con desenfreno, no hay mañana para nosotros. Coloco la palma de la mano con fuerza en su culo, como si quisiera que la nalga quedara impresa en las líneas de quiromancia, grabada a fuego para siempre. Los pocos transeúntes que pasan, ebrios y festivos, nos miran entreverados por los celos y su cínica moralidad. Imbéciles. Ojalá que lo peor que hiciéramos los hombres fuese besar a una mujer.

Aparta los labios; todavía puedo saborear esa latente juventud.

—Bueno, me tengo que ir… —dice.

Yo asiento y la libero, consecuente.

Me trago el orgullo y no pierdo detalle de su acelerada huida hacia la perdición. La belleza se aleja de mí a golpe de cadera. Por mucho que nos empeñemos en negarlo, no es la rotación de la Tierra sino ese contoneo el que hace girar el mundo. Retiro el trapo ensangrentado, un hilillo rojo resbala por mi mejilla. Mierda, creo que necesitaré unos puntos. La cabeza me duele horrores y para colmo, cuando alcanzo el lugar donde estaba aparcado mi coche, hay otro en su sitio. Pegada en el bordillo descansa una tarjeta que anuncia: «Grúa Municipal». Se me escapa una sonrisa, por lo menos, volveré a ver a la sugerente cartera.

Patricia Gabela

Estados Unidos y México

Nacida en México, D.F., ingeniera química industrial con postgrado en administración de empresas. Coautora de *Pagando el Precio* (Pukiyari Editores, 2013). Coautora de *De una a siete* (Pukiyari Editores, 2013). Ganadora del primer lugar nacional en la categoría de Cuento Corto en el XXVIII Concurso de Creación Literaria del Instituto Tecnológico y de Estudios Superiores de Monterrey (ITESM). Ganadora del segundo lugar a nivel nacional en el Concurso Cuéntale tu Cuento a La Nota patrocinado por *La Nota Latina*. Semifinalista en el Primer Concurso Internacional de Relatos Pecaminosos Contacto Latino 2013. Su obra en poesía y prosa se ha presentado en el II y III Encuentro de Escritores en Español de Columbus, Ohio, en el Día Internacional de la Mujer patrocinado por Purpose for Women International Org. y en el I Recital de Poesía y Prosa en Ohio State University. Conferencista en la conferencia anual 2013 de MALCS (Mujeres Activas en Letras y Cambio Social). Participó como invitada para compartir su experiencia como escritora en talleres de escritura de la Universidad Católica de Lima.

Instrucciones precisas

El caballero de traje negro y corbata de moño caminó hacia mí en cuanto crucé la puerta giratoria de cristal. Me entregó un sobre blanco con filo dorado y lacrado. En el frente, una sola palabra: Selene, mi nombre.

Abrí con cuidado el sobre. Las instrucciones eran precisas. Me dirigí al elevador. Llegué al piso indicado.

Entré en la lujosa habitación y leí la siguiente orden: «Tomar un baño». Todo estaba listo. El agua circulaba en la tina a la temperatura exacta. El aroma a sales italianas y pétalos de rosa invadía el cuarto. Una enorme esponja blanca y un líquido con esencia de jazmines me aguardaban para acariciar mi piel. Me quité la ropa despacio. Quería dejarme emborrachar por aquel misticismo. Me metí al agua y me sumergí por completo. La sensación era relajante, deliciosa. Por un instante olvidé dónde estaba. Llené la esponja de jabón y produje buena cantidad de espuma que dejé caer por mi espalda. Decidí quedarme unos minutos disfrutando de las blancas y olorosas burbujas que se amontonaban alrededor de mi cuerpo. Salí de la tina. Me envolví en la abullonada bata que estaba colgada en la pared de mosaicos azul oscuro. Con una de las toallas blancas del estante de cristal me hice un turbante.

Acatando la instrucción en turno, rocié mi cabello con el perfume francés que estaba sobre la mesa de noche. Dejé caer por mi espalda mi rubia y lacia cabellera. Unté mi piel con un gel rosado claro, transparente, muy ligero, sin aroma, que me dejó cubierta de chispas cristalinas y brillantes casi imperceptibles. Decidí disfrutar ese momento al máximo, después de todo era la primera vez en mi vida que me tomaba el tiempo para consentirme y hacer algo por mí misma.

«Sin maquillaje. Sin alhajas», decía claramente el papel. Continué con el siguiente paso, me puse el microscópico *negli-llé* negro de tela transparente. Calcé las sandalias rojas de tacón muy alto que me aguardaban junto al sillón reclinable.

Caminé hacia el gran espejo que se encontraba en el rincón de la habitación. Quería verme de cuerpo entero. Me impresioné con la imagen. No vi a la muchacha universitaria que siempre vestía en pantalones vaqueros con camisetas de punto, huaraches y el cabello atado arriba de la cabeza. No. Ahora, del otro lado del plateado cristal estaba una mujer glamorosa, atrevida, con un cuerpo de ensueño, que mostraba con orgullo la voluptuosidad de su figura. Era la primera vez, en mis veintiún años, que usaba ropa provocativa.

Las once con cincuenta minutos. La impaciencia mezclada con nerviosismo se apoderó de mí. Me puse mi camiseta y mis vaqueros y traté de salir del lugar. No pude abrir la puerta, se necesitaba una tarjeta especial que yo no poseía. Busqué en la habitación y en el recibidor, pero no encontré ninguna. Estaba atrapada en esa cárcel de oro. No tuve más alternativa que esperar. Volví a quedarme vestida con las prendas indicadas. Me recosté en la cama, cerré los ojos y comencé con los ejercicios de relajación que aprendí en las clases de yoga. Por mi mente pasó la imagen de Graciela, mi compañera de dormitorio, quien me había propuesto hacer este trabajo para El Extranjero. Ella supo que necesitaba dinero y me presentó la oportunidad. Me aseguró que no correría ningún peligro, que no se repetiría, que sería confidencial y que por entregar mi virginidad, me pagarían generosamente. El anticipo que recibí terminó de convencerme.

A las doce en punto, justo a la medianoche, como estaba estipulado, se abrió la puerta del ascensor. A pesar de que la curiosidad me atormentaba, no quise asomarme. Todo llegaría a su debido tiempo. El profundo silencio de la habitación fue interrumpido por el sonido de unos pasos. Silencio. Pasos. Silencio.

El ruido del corcho de una botella y el fluir del líquido. Me pareció percibir el suave romper de las burbujas. Permanecí con los ojos cerrados, respirando profundo. El andar se inició nuevamente. No abrí los ojos, no quería ver. Las copas tintinearon en señal de que había llegado la hora.

—Buenas noches, querida.

—Buenas noches —respondí con voz titubeante y sin levantar los párpados.

—Preciosa, abre los ojos —dijo esa voz aguda, chillona y poco varonil—, tengo algo para ti.

Frente a mí estaba un hombre maduro, de baja estatura, de ojos saltones y con la cabeza completamente calva y brillosa como si se hubiera untado manteca. De la bolsa de su saco extrajo un estuche de terciopelo negro, lo abrió, y esbozando una sonrisa sacó una gargantilla de cristales rojos y blancos, más brillantes que la luz del sol. Con delicadeza la colocó en mi cuello.

—La mandé a hacer especialmente para ti, para que la luzcas esta noche. Los rubíes los conseguí en las minas de mi país y los diamantes los pedí directamente de África. Su brillo y pureza serán el marco perfecto para tu belleza.

—Gracias —fue todo lo que pude decir.

—Brindemos por este encuentro que, te garantizo, será inolvidable —dijo haciendo sonar las copas que había dejado en el buró.

—No bebo —respondí con voz temblorosa.

—Pues hoy lo harás, beberás todo lo que yo decida —ordenó mientras me ofrecía una copa.

Su tono de voz se tornó golpeado. Quise tomar la copa, pero estaba tan nerviosa que la testereé derramando el contenido en el piso. Su cara regordeta y ojerosa se tornó púrpura, la prominente papada comenzó a temblar, los ojos fulminaban con mirada encolerizada, su expresión dura me infundió temor. Se acercó a mí tratando de obligarme a beber de la otra copa. Volteé la cabeza. Le empujé la mano. En el forcejeo se derramó el contenido salpicándonos a los dos.

Se quitó el saco. Su arrugada camisa, que suponía ser blanca, estaba manchada por el sudor amarillo verdoso que emanaba de sus axilas. Desabrochó los botones dejando al descubierto un abultado vientre, salpicado de vellos, unos pechos colgantes y varias cicatrices rojizas y amoratadas que hacían lucir la superficie gelatinosa de su torso como un mapa. Se desabrochó el cinturón y lo sacó de las trabillas del pantalón. Hizo un ademán amenazante. Comencé a temblar, sentí que en cualquier momento me iba a golpear. Se bajó la cremallera del pantalón. En un instante se escuchó el sonido de la tela al caer al suelo. Sus piernas hinchadas y celulíticas tenían costras y manchas cafés que corrían desde los muslos hasta las rodillas. Su cuerpo completo estaba lleno de senderos dejados por las estrías. Se quitó los calcetines y un hedor espantoso invadió el lugar. Le apestaban los pies a carne podrida.

Me pidió que me levantara y me hizo recorrer la habitación modelando para él. De un movimiento brusco me arrancó las prendas de ropa. Me quedé vestida solo con la gargantilla y los zapatos. Sentí su lujuriosa mirada recorriéndome de frente y de espaldas. Me pidió que caminara sobre mis cuatro extremidades deleitándose con las partes de mi cuerpo al descubierto. Me sentí humillada.

Me tomó de los cabellos y me levantó. El jalón fue doloroso pero soportable. Se acercó a besarme. Su aliento sabía a fruta fermentada. Los pocos y retorcidos dientes que tenía estaban sucios y llenos de sarro. Las encías, ensangrentadas e inflamadas, tenían manchas oscuras. De la nariz le escurrían mocos verdes y espesos. Sus ojos estaban llenos de lagañas amarillas y viscosas. No pude quitarme, me tenía detenida de los cabellos. Puso sus labios sobre los míos. A mi boca llegó el sabor salado de la masa verdosa de su nariz y la nauseabunda fetidez de su boca. Comencé a arquearme por las náuseas. Él introdujo su lengua en mi boca. Vomité. A él no le importó que el vómito cayera sobre él. Me aventó a la cama. Caí bocarriba y él se abalanzó sobre mí, dejando caer de un golpe sobre mis costillas, sus casi trescientas libras de peso. Yo sentí que me faltaba el aire. Unos segundos después se levantó, se quitó los calzoncillos y me puso su trasero en la cara. Tenía el ano con costras de materia fecal. La hediondez a excremento de varios días era imposible de soportar. Sus asentaderas llenas de granos purulentos eran grotescas.

—¡Lame! —gritó—, chúpame el culo. Mete la lengua hasta adentro —dijo mientras se sentaba en mi cara.

Me estaba sofocando por el olor y por la cantidad de carne con grasa de sus glúteos.

—¡No, cerdo asqueroso! Quítate de encima de mí —dije mientras trataba de empujarlo para zafarme de esa situación.

Logré rodarme hacia un lado y salir del agobio que ejercían sus toneladas de manteca sobre mí. Me dejé caer de la cama solo para enfrentarme a sus abotagadas manos con las uñas largas y llenas de mugre que se encajaron en mi piel. Me tomó por los brazos y me repegó a su cuerpo. Estaba seboso y pegajoso. El olor a sudor acedo era muy penetrante y hacía que me ardiera el interior de las fosas nasales. Ejerciendo presión me obligó a hincarme frente a él. Comenzó a frotarse los genitales. El olor a orín rancio que se desprendía era francamente repugnante. Yo no estaba dispuesta a ver qué asquerosidad salía de ese grotesco y fétido cuerpo y de un movimiento súbito le di un fuerte cabezazo en los testículos. Al doblarse del dolor me escapé de su alcance. Tomé el cinturón que estaba junto a su ropa, me coloqué atrás de él y se lo enredé en el pescuezo apretándolo con todas mis fuerzas hasta que lo hice rodar por el suelo sin sentido. Me puse rápidamente mis pantalones y camiseta. Busqué en su cartera la tarjeta para poder salir de ahí y aproveché para tomar todo el dinero que encontré. Entré al elevador todavía temblando por la impresión y el pánico. Caminé despacio para no levantar sospechas. Crucé la puerta giratoria de cristal por la que había entrado unas horas antes. En cuanto estuve fuera, respiré profundo, llenando mis pulmones de aire fresco y limpio. Detuve un taxi y me alejé a toda velocidad.

Llegué a mi dormitorio con la respiración muy agitada. Tomé la funda de mi almohada, eché adentro un par de camisetas, ropa interior, el calcetín en el que había escondido el rollo de billetes del anticipo y mi computadora. Salí de ahí esperando no encontrarme con Graciela, no quería que me hiciera preguntas. Caminé sin rumbo fijo hasta que amaneció. Tomé el primer autobús que pasó, me bajé en la terminal y de ahí tomé otro, y después otro, no supe a dónde iba, pero tampoco importaba, lo que necesitaba era alejarme. Viajé saltando de autobús en autobús, teniendo cuidado de no ir en línea recta o hacia una ciudad con avances tecnológicos. Al atardecer, por la ventanilla miré un letrero que decía: «Bienvenidos a Picuscuamaua, Reserva india, Población 100 habitantes». Este parecía un buen lugar para descansar por unos días. No había una terminal. La parada tenía un rótulo indicando la ruta y una banca de madera anclada a la tierra. Por un momento dudé ya que no se veían casas. Pedí al conductor que me dejara bajar del autobús. No se veía ni un alma. Un perro sucio y sarnoso estaba olfateando cerca de la terregosa banca. Al ver que me acerqué comenzó a gruñir y mostrar los colmillos. Después de observar cuidadosamente el terreno montañoso divisé un pequeño sendero. Sin pensarlo me dirigí hacia el caminito y lo tomé con prisa, no quería permanecer a la vista de los automóviles o autobuses que transitaran por la carretera, debería evitar todo riesgo. Después de subir una empinada pendiente, arriba del siguiente cerro, vi unas hileras de casas de piedra con techos de lámina. *Picuscuamaua*, pensé. Caminé durante casi una hora y con las piernas adoloridas por las subidas y bajadas de los cerros, llegué al caserío. Caminé por las brechas entre casas. Las mujeres que se cruzaron conmigo, de estatura baja, cabello negro peinado en dos trenzas amarradas con listones, ojos negros y redondos, y vestimenta de manta bordada, me miraban con curiosidad aunque ninguna se atrevió a aproximarse. Llegué a una tienda. Pregunté al dependiente si había algún río cerca. Él, sin pronunciar palabra, me señaló la dirección que debía tomar. Me dirigí hacia allá. Me aseguré que nadie me siguiera. Llegué a un cuerpo de agua marrón verdoso, con poco movimiento y cáscaras de fruta flotando. Seguí por la rivera por un buen rato, hasta bien entrada la noche. Me detuve cuando la oscuridad no me permitía ver más allá de mis pies. La prisa por abandonar lugares públicos me impidió prever que necesitaría una lámpara, comida, una cobija para cubrirme y algunas otras cosas de primera necesidad. Escuché unos pasos acercarse a mí, en mi delirio sentí que eran varios hombres armados. No me quedé para averiguarlo, sin pensar arranqué a correr. Después de varios minutos me detuve. Ya no se escuchaban los pasos. Los aullidos de los lobos y los ruidos de los insectos nocturnos me tenían fuera de control. Casi piso una víbora que a simple vista me pareció gigante y venenosa. Tomé unas ramas secas que encontré a mi paso y las agité en todas direcciones para espantar cualquier alimaña que quisiera acercarse a mí. Deseaba con desesperación meterme al agua, aunque estuviera revuelta con lodo y oliera a hojas podridas. Yo todavía conservaba la pestilencia de aquel individuo asqueroso clavada en mi piel. Necesitaba asearme. Al comenzar a clarear me quité la ropa y me sumergí desnuda buscando lavar mis malos recuerdos. Hice un estropajo con ramas tiernas y tallé mi cuerpo una y otra vez hasta sentir el ardor de la irritación de la piel. El olor putrefacto que traía impregnado no desapareció. Cerré los ojos y sumergí la cabeza aguantando la respiración. Cuando mis pulmones requirieron oxígeno emergí del agua. Afuera estaba esperándome un hombre vestido con ropa negra y botas como las que usan los soldados. Me apuntó con una pistola. Me ordenó salir del agua. Permanecí de pie a la orilla del río por unos minutos mientras él, con la mirada libidinosa y una sonrisa sarcástica, recorría mi cuerpo desnudo. Escuché un ruido. Sentí una punzada en el pecho. Descubrí que un líquido rojo, caliente, se derramaba sobre mi vientre. El individuo se acercó a mí y me arrancó la gargantilla que aún llevaba puesta.

Mientras caía sin fuerzas al río escuché al hombre decir: «El Extranjero me envió a recuperar lo que es suyo, solo sigo instrucciones precisas».

Manuel Pérez Recio

España

Valencia, 1970. Técnico en electrónica industrial, marido de una mujer impaciente y padre de dos niñas casi rebeldes. Escritor itinerante, músico a destiempo, lector intempestivo e ilustrador ocasional.

Premios

3° Premio en el Certamen literario "Más cuento que Calleja, 2007" (Extremadura).

Finalista en el concurso de relatos "El Turistilla.com, 2011".

Ganador del "IV Concurso de Microrrelatos del Instituto Internacional: Un gran final", febrero del 2014.

2° Premio en el Concurso Literario Villa de Alfambra (Teruel), julio del 2014.

Ganador del I Certamen Literario Asociación Cultural Amigos de Alpuente (Valencia), agosto del 2014.

Ganador (en la categoría Pintura) del "Concurso de Relatos Tono Escobedo, sobre las siete Artes Universales", agosto del 2014.

Publicaciones más destacadas

Cuyabeno. Novela de viajes y aventura. Bohodón Ediciones, 2008 (2ª edición, oct. 2009) (Tercera Edición, junio de 2014).

Hasta que la muerte nos separe. Relatos (autor) Antología de relatos. Autopublicación. Enero de 2014.

Piel de Lobo. Novela de ficción histórica basada en hechos reales. Autopublicación. Julio de 2014.

Viral

Elisa suspiró hondamente al descubrir a Daniel sentado en la escalera de acceso a la biblioteca. No podía perder aquella oportunidad, pero tenía que actuar con discreción o delataría su entusiasmo. El joven, aprovechando un breve descanso entre clases, fumaba un cigarrillo con la mirada perdida entre los árboles del parque central. Ella había salido con la intención de airear un poco su cabeza, después de casi una hora y media explicando a sus alumnos los pormenores del proceso creativo. Sabía que su clase era soporífera, pero lo asumía con humildad y buen humor.

—¡Daniel!... A ti te quería ver —sonrió.

—¡Vaya! —exclamó él, sorprendido—. ¿Qué puede querer la profesora de literatura de uno de sus peores alumnos?... No irás a darme un sermón —se atrevió a tutearla.

—No, no es eso. Se trata de algo menos pragmático —aclaró ella, sin perder la sonrisa.

—Dime entonces —se alegró el muchacho.

Daniel nunca había entablado una conversación formal con Elisa, salvo aquélla vez que lo llamó al orden por su falta de atención en clase; en parte por vergüenza, ya que la encontraba sumamente atractiva.

Elisa rondaba los treinta y seis años, solía vestir con colores oscuros, trajes ajustados que perfilaban su sinuosa y firme figura, escotes insinuantes y el pelo recogido en una larga coleta azabache. Esa mañana llevaba los labios pintados de color rojo brillante, y un leve toque de azul con reflejos dorados en los párpados resaltando su mirada turquesa.

—Me dijo Ana que eres un especialista en informática —continuó la profesora.

—Bueno, tanto como eso...

—No seas modesto, Daniel, sé de buena tinta que lo tuyo son los ordenadores. Lo que ignoro es por qué te decidiste por la filología.

—Bueno, es una historia muy larga... Pero no me apetece hablar de ello ahora.

—No te preocupes. No quiero agobiarte con cuestiones personales. Se trata de un problema que tengo con mi ordenador de sobremesa.

Daniel centró en ella toda su atención.

—Dispara.

Elisa fue al grano: de vez en cuando le desaparecía una carpeta del escritorio, se duplicaba un icono o se le cambiaban de ubicación los documentos. «Con toda probabilidad, se trata de un nuevo virus», dedujo el muchacho. Y sólo alguien con conocimientos específicos y los programas adecuados podía solucionárselo. La otra opción era llevarlo a una tienda especializada, donde seguro le clavarían cincuenta euros por formatearle el disco duro y recargarle el sistema operativo.

—Es posible que haya que reinstalar el *software*. Tendrás copia de seguridad... —inquirió él, con aire de suficiencia.

—Pues la verdad es que no. Supongo que soy demasiado confiada. Y hay archivos importantes que guardo en una partición, y me gustaría conservarlos —suspiró apenada.

—No te preocupes. Si quieres, puedo echarle un vistazo después de clase. Pero no te garantizo nada —le advirtió.

—¡Claro! –exclamó ella, visiblemente emocionada—. ¿A cambio de un refresco o un café?... Este mes voy un poco justa de dinero.

—Por supuesto. No hay problema. Aunque —titubeó—, ...si me echaras un cable con las notas también te lo agradecería.

Elisa esbozó una sonrisa cómplice.

—¡Qué listillo...! Eso es otro tema. Tú ponte las pilas un poco más en clase y ya veremos. Aunque seguro que algo se podrá hacer —le guiñó un ojo.

—Lo intentaré, te lo prometo —asintió él con poca convicción.

Quedaron a las ocho. Ella le apuntó su dirección en la mano y luego entró en el edificio. Daniel permaneció mirando embobado el movimiento de sus caderas, hasta que la profesora desapareció entre los alumnos que transitaban por el *hall*. No era una mujer muy alta, apenas superaba el metro sesenta, pero a Daniel le parecía que sus proporciones rozaban la perfección. Se agachó, apagó la colilla en el suelo y entró en la biblioteca. Por el camino perdió al menos cuatro veces la carpeta. Le sudaban las manos: estaba algo nervioso.

✳✳✳

Eran las nueve en punto cuando el timbre del telefonillo anunció la llegada del muchacho. Se había retrasado casi una hora.

—¿Sí?

—¿Elisa?

—¡Daniel...! Creía que ya no venías.

—Sí, verás, es que tuve que pasar antes por un sitio... —trató de excusarse.

—Vamos, sube; es el quinto piso. Pero te advierto que el edificio es muy antiguo y no tiene ascensor. Te esperaré en la puerta.

***

—¡Uf! —suspiró el joven cuando alcanzó el rellano—. Creía que no iba a llegar nunca —jadeo entrecortadamente, acomodándose la bolsa de CD´S y lápices USB llenos de prácticos programas de reparación que llevaba al hombro.

—Perdona que te reciba así, en batín y pantuflas, pero es que pensaba que ya no ibas a venir y me acabo de pegar una ducha. Pasa, te sientas en la salita y me cambio en un momento.

—No te apures, estoy acostumbrado a los batines, tengo dos hermanas —le dijo sin pensar. Y se lanzó a darle dos besos en las mejillas, como lo hubiera hecho con cualquier amiga. Ella le correspondió sin dar importancia al gesto.

Así, sin maquillaje y a medio vestir, le resultaba, si cabe, todavía más atractiva. Pero trató de disimularlo desviando su mirada hacia el interior de la vivienda, decorada con múltiples velos de colores sobre los escasos muebles que la habitaban. Las paredes estaban inundadas de pequeños espejos con formas geométricas variadas, de estilo oriental. Se apreciaba un fuerte olor a incienso. La luz, proveniente de una sola bombilla en el interior de una lámpara de papel, era tenue. Sonaba música de jazz, acompañada por la dulce voz de la joven cantante Nora Jones. Sin duda, el ambiente era cálido y sugerente.

—Tienes una casa muy bonita. No me la imaginaba así... rollo *sesentero*.

La profesora se recogió el pelo con una goma.

—Algo desastrada... pero limpia. Y es rollo *setentero*, más bien —le corrigió—. Aunque la música es reciente.

He metido la pata, pensó Daniel. *Va a pensar que soy idiota.*

—¿Y el PC? —preguntó inquieto, buscando una salida fácil.

Elisa resopló, frunciendo graciosamente el ceño.

—¡Qué prisas…! Está en la habitación. Es por ahí —señaló hacia el pasillo—. Al final, a la derecha. Si quieres, vas encendiendo el ordenador que ahora voy yo… Por cierto, ¿te apetece tomar algo?

—Una cerveza bien fría, por favor.

—Claro. Marchando una cerveza.

※※※

El ordenador arrancó sin ningún problema. Tras verificar las características del sistema, Daniel insertó un disco con un potente antivirus y comenzó a rastrear todas las unidades de almacenamiento. Entonces llegó Elisa con un cigarro humeante entre los dedos y en la otra mano una jarra de cerveza muy fría.

—Siento la tardanza. Toma tu cerveza.

—Gracias...

—¿Te apetece un cigarrillo?

—No, ahora no. Quizá cuando termine.

Elisa tomó asiento a su lado. Al inclinarse hacia la pantalla del ordenador, su bata se abrió ligeramente, dejando al descubierto la piel rosada y limpia de su pecho y la comisura de sus senos.

Daniel no pudo evitar mirar de reojo hacia la perversa oscuridad que emanaba del interior de la bata. Ella se percató de inmediato, pero ni cambió de posición ni cerró la abertura.

Al cabo de unos instantes, preguntó:

—¿Has visto algo raro?

Daniel, ruborizado, regresó su atención a la pantalla del ordenador.

—Sí, bueno... he visto unos archivos de video que podríamos eliminar del disco porque ocupan mucho espacio. Quizá el problema esté en la falta de memoria. ¿Te parece bien, o deseas salvar alguno en especial?

—A ver... Lo cierto es que ya no me acuerdo de qué son. ¿Puedes abrir uno de ellos, el Nov4, por ejemplo? —le indicó. Y, tras apagar el cigarrillo en un cenicero con forma de corazón, se acercó un poco más a él.

El muchacho percibió el roce de su pierna contra la de él. Era inevitable, dado el ínfimo espacio. También sus brazos se tocaban al menor movimiento. Hasta sentía su cálido aliento en la mejilla.

El video se abrió en una ventana nueva. Daniel pinchó en el *PLAY* y de repente apareció una mujer desnuda, enjabonando su cuerpo en la ducha con movimientos muy sensuales. Llevaba el rostro cubierto con una máscara de carnaval. Tenía unos senos preciosos, redondos como manzanas, la cadera ancha y unas nalgas firmes y bien torneadas. Por la calidad de la imagen, parecía un video casero. Daniel tragó saliva, y su rostro enrojeció. Ella lo miró de soslayo, tratando de valorar su expresión. Parecía muy nervioso. Los músculos de su tórax, remarcados levemente en la camiseta negra de algodón, se expandían y comprimían con celeridad.

Elisa le preguntó con perversa ingenuidad:

—¿Crees que debería borrar ese archivo?

Daniel se dispuso a cerrar la ventana, pero ella frenó sus intenciones.

—Espera un segundo.

A continuación apareció un hombre en escena. Iba también desnudo. Su cuerpo era exuberante, como el de ella. Su miembro, flácido, era enorme y se contoneaba al caminar, rozando sus fuertes muslos. Entró en la ducha sorprendiendo a la mujer con un fuerte abrazo por la espalda. El agua caía sin cesar sobre sus cuerpos, ahora fundidos en uno. Las manos del hombre se cerraron suavemente sobre los pechos de la mujer, que empezó a masajear con sumo cuidado. Ella contoneaba sus nalgas en torno a su pene, que entró rápidamente en erección.

—¿Sorprendido? —preguntó la profesora.

—Bueno, un poco —también el pene de Daniel había despertado, ganando espacio trabajosamente en sus vaqueros ajustados.

Elisa se percató de ello y sonrió discretamente.

—¿Acaso a las mujeres no puede gustarnos el porno?

—Claro, por qué no —se apresuró a responder el muchacho, arrastrando las palabras con cierta dificultad.

—Dime, Daniel... No te habrás puesto cachondo —continuó la profesora, esbozando una perversa sonrisa. Acto seguido, acercó la mano a sus pantalones y deslizó suavemente la yema de un dedo por toda la longitud del pene. Daniel se echó ligeramente hacia atrás, estremecido. El vaquero se tensó aún más. Al notar el miembro completamente erecto, Elisa sintió cómo comenzaban a humedecérsele los labios inferiores—. A mí me parece que sí... te has puesto muy cachondo.

Daniel, perdiendo de repente toda la timidez, llevó ambas manos a la bata de ella y descubrió sus pechos, pequeños pero turgentes. Tras dudar unos instantes, comenzó a besarlos con avidez. Ella sujetó al muchacho por la nuca, se sentó encima de él con las piernas abiertas y, ubicando su vulva mojada sobre el miembro eréctil, empezó a frotarse con ligeros vaivenes, mientras él descendía las manos hacia sus caderas.

Con movimientos hábiles y precisos, Elisa liberó el pene de la presión de los pantalones, que le bajó hasta las rodillas. Luego agarró el miembro con una mano y lo acercó a su sexo, vibrante y completamente mojado, que fue engulléndolo poco a poco hasta que sus cuerpos se unieron. Los jugos que resbalaban por sus muslos se entremezclaban con el sudor de sus cuerpos acalorados.

Gimieron libremente, suspiraron, se comieron a besos y pequeños mordiscos en el cuello, las orejas, la boca, mientras exploraban sus cuerpos y disfrutaban el uno del otro, sabedores de que aquella podía ser la primera y última vez que estarían juntos.

La profesora alcanzó el éxtasis al cabo de unos minutos, pero siguió cabalgando sobre Daniel, como si quisiera prolongar eternamente ese momento de placer... hasta que el joven sintió algo parecido a una descarga eléctrica en la espalda, como un latigazo que nubló todos sus sentidos. Extrajo rápidamente su pene y derramó un torrente de semen entre las nalgas de su amante, incapaz de controlar un segundo más su excitación.

Los dos quedaron abrazados, atrapados en una nube de calor, suspiros entrecortados y perfume de cerezas, tratando de recuperar el latido de sus corazones.

✳✳✳

Habían transcurrido casi dos horas y Daniel seguía sintiéndose extraño. No era capaz de conciliar el sueño. Había fantaseado tantas veces con ese momento... Y ahora estaba junto a ella, abrazando su cintura, dos cuerpos en uno, disfrutando de suaves caricias y tibios besos. ¿Estaría enamorándose de Elisa...? Estaba dispuesto a iniciar una relación, pero, ¿cómo afrontar la situación? ¿Qué opinarían sus padres de ella...? ¿Y sus compañeros de clase? ¡Dios, era una locura!

✳✳✳

Al día siguiente, ya en el baño de la facultad, Daniel observaba preocupado, mientras orinaba, las pequeñas manchas rojas que rodeaban su pene. Un joven curioso que ocupaba el urinal a su vera, se inclinó con descaro hacia él y, sin ocultar cierto sarcasmo en el tono de su voz, le preguntó:

—¿Tú también eres informático, verdad?

Daniel se giró a un lado, desconfiado.

—En realidad estudio filología hispánica, aunque me gusta la informática. ¿Por qué me lo preguntas...?

—Sospecho que ayer estuviste en casa de cierta profesora mirando su ordenador, ¿me equivoco?

Daniel asintió tímidamente con la mirada.

—Me dijo que tenía un virus.

—Ya, claro, como a los demás. No te preocupes, no es nada grave —prosiguió el joven, señalando el pene de Daniel con la mirada—. Luego te apuntaré las pastillas que debes tomar. En un par de días estarás como nuevo.

Daniel, apesadumbrado, respondió con un lacónico:

—Gracias...

Tomás Cardoso

Argentina

Tomás Cardoso. Buenos Aires 1980. Traductor, escritor, bailarín, cantante. Director de la Biblioteca de Formación Docente del Instituto Universitario Nacional del Arte. Autor de los libros *El Mono Enjaulado* (Ed. 13x13, 2011) y *Conversaciones entre Muertos* (Ed. 13x13, 2012), editados junto a Guillermo Flores. Y del disco *Oro Bermejo* (2013), producido en sociedad con Francisco Caracciolo y Felipe Barrozo. En la actualidad trabaja para la Conspiración W como redactor y traductor a cargo de la serie *Perros y Chacales*. Tiene en proceso el libro *Moonwalking Macbeth: They walk by night* y como cantante se encuentra en la preproducción del disco *W & The Spirit of Burning* en los Estudios Working.

Pelota paleta

«Sentir es estar distraído».
—Fernando Pessoa

I

A los dieciséis años, Constanza aún no conocía el orgasmo, o al menos no estaba segura de conocerlo. Muchas veces había sentido algo así como una serie de cosquillas o punzadas agradables, pero eso ni siquiera merecía llevar un nombre. A decir verdad, todavía no había experimentado nada que superara el placer de la comida.

Con la única con la que hablaba acerca de estas cosas era con Lena, pero sabía que Lena no la tomaba muy en serio, por la simple razón de que Lena no tomaba muy en serio nada, excepto su propia vanidad y su propia belleza. Los comentarios que podía hacer eran tan superficiales como un póster, como la rosa china que llevaba tatuada entre las tetas. Lena sabía seducir, no aconsejar.

Por primera vez se irían de vacaciones a la costa sin sus padres. La idea del viaje había sido del Vasco, que entre los chicos del colegio fue el pionero en muchas cosas: en las borracheras, en las peleas callejeras, en el sexo. Lo más difícil fue convencer al Colo, porque ya estaba matriculado en un curso de teatro de verano, pero Constanza y Lena finalmente lo lograron, armadas de perfume y paciencia. No eran las únicas que creían que el Colo era homosexual: estudiante de teatro, intelectual sensible, flaco y delicado como una copa de *champagne*, era el favorito de las profesoras y los profesores, de las madres y los padres, y en especial, de las mujeres enamoradizas (de todas las mujeres). Hasta los perros de sus compañeros lo codiciaban: cada vez que el Colo visitaba sus casas, las indóciles mascotas se obsesionaban con su pierna, y se frotaban contra ella hasta llenarla de pelos y baba.

Constanza sabía muy bien que no era la única que estaba enamorada del Colo, pero estaba convencida (todos lo están) de que su amor era único, como un tesoro secreto. Muchas veces fue a ver obras de teatro para tener algo que conversar con él, pero nunca había entendido una sola palabra, y temía parecer una ignorante cuando comentaba las obras con el Colo. Se había resignado a pensar mecánicamente en él antes de dormir, y después de despertar. Cada mañana, antes de levantarse, miraba por la ventana de su cuarto, susurraba «buen día, Colo», se sumergía debajo de las sábanas, y entre oleadas calientes de su propio olor, diez o quince minutos más tarde acercaba los dedos a la nariz, y pensaba que con el tiempo su vientre podía convertirse en un puente que la comunicaría a ese hombre tan lejano, y lo atraería como un imán, por pura fricción.

Constanza pasó los días previos al viaje encerrada en su cuarto, escuchando los mismos tres discos a todo volumen, escribiendo frases de canciones en la pared, mientras imaginaba cada detalle del viaje en micro, la llegada a la playa, y al departamento, la distribución de las camas (¿dormirían los cuatro en la misma habitación, o ellas dos por un lado y ellos por el otro?). En la penumbra, entrecerraba los ojos y lograba imaginar los cuerpos de los chicos quemados por el sol: el Vasco, pequeño y fuerte como una mula, torpe y sediento, bello en su violencia; y el Colo, tan sensible y refinado, con su espalda de cerámica y su voz dulce de mujer.

Un pensamiento la atormentaba: no confiaba en Lena. El Colo, a pesar de su indiferencia profesional, no era a fin de cuentas ni más ni menos que un hombre, y podía caer con facilidad en las garras pintadas de rojo de esa muñeca arrogante. Había un detalle más peligroso incluso: Lena sabía muy bien que ella estaba enamorada del Colo. Sólo era preciso que una de sus amigas estuviera enamorada de algún hombre, cualquier hombre, para que Lena desplegara de inmediato todos y cada uno de sus trucos baratos.

Por fin el día tan esperado llegó, y los cuatro amigos viajaron a Villa Gessell. El cansancio del viaje y la cercanía de la playa los embelleció de inmediato. Una semana más tarde, cuando volvieron a Buenos Aires, Constanza ya no era la misma.

Déjenme contarles por qué.

II

Qué rápido pasa el tiempo cuando una es feliz. Apenas alcancé a cerrar y abrir los ojos, y ya estoy aquí, en la playa, rodeada de mis amigos, con todos los sentidos confundidos por el placer, mirando de reojo los extraños cuerpos de los hombres, sus tetillas de niños, en especial las del Colo, esas perlas rojas que parecen fuera de lugar en aquel torso flaco. Qué disfrutable, por Dios, es el olor del bronceador cocinándose a fuego lento sobre mi cuerpo, la leve transpiración de mis piernas mezclada con la arena, el trabajo del sol en mis pezones. Es imposible pasar desapercibida aquí, ni siquiera Lena, con su tatuaje y su risa ronca, y sus uñas rojas de ave de pelea, podría quitarme la felicidad que siento en este momento. Me siento adorada como una divinidad egipcia, entregada a la mirada hambrienta de las fieras. Algo tiene que pasar, no puedo seguir así mucho tiempo más, sin que esta ansiedad estalle en mis manos. Dios, qué rápido pasa el tiempo cuando una es feliz.

Atardece, y estamos casi solos en la playa. Sólo hay una vieja arrugada como un tomate, que duerme junto a su perrito, con una novela enorme abierta en sus manos. El libro es más grande que el animal. Junto a la orilla, una familia de gordos deja pasar la tarde. El padre toma cerveza junto a una caña de pescar, mientras su esposa mira a su alrededor, aburrida, y los hijos se pelean a los golpes. Nadie más anda en la playa a esta hora, excepto algún que otro perro solitario.

Casi olvidé por completo la ciudad. Ahora es como si estuviéramos los cuatro en otra dimensión, en una película que filmamos a escondidas del mundo. No he podido dormir profundamente en estos días, y a la vez, tampoco he podido despertar. Mejor dicho, no he *querido* despertar. Todo lo que nos rodea se ha vuelto difuso. Sólo existimos nosotros cuatro. Ni siquiera me interesa mirar otros hombres. Estoy enamorada. Lo único que percibo de los demás es la envidia. Las mujeres nos envidian por estar con dos chicos tan bellos, y los hombres los envidian a ellos, por estar con dos chicas tan bellas. Mi cuerpo, por cierto, se ha magnificado como por encantamiento. No me siento ni demasiado culona, ni demasiado blanca, ni demasiado petisa. Me siento hermosa. Mis fantasmas han huido, uno por uno. El sol y la arena y el mar los han espantado. Me siento segura de mí misma, como nunca me había sentido. Y siento esta ansiedad, esta suerte de fiebre silenciosa, que no logro identificar del todo. Siento algo así como si todos los momentos fueran la víspera de Año Nuevo, y a cada instante el reloj estuviera a punto de dar las doce. Espero las explosiones, los fuegos artificiales, la espuma de la sidra y el *champagne* rebalsando la copa. Algo en mí espera, agazapado, algo que quiero obsequiarle al Colo.

Como era de esperar, el cuerpo avasallante de Lena atrajo al estúpido Vasco como la luz atrae a una polilla. Ahora hay algo que me une al Colo: quedamos solos en el desierto. No tiene a dónde escapar, no tiene dónde esconderse, y yo me siento cómoda en este personaje de chica tímida y sensible. Mi táctica parece estar dando buenos resultados. Me mira. ¿Será cierto que no le gustan las mujeres? No puede ser que esté tan enamorada de un hombre al que no le gustan las mujeres, algo en mi intuición me tendría que decir "atención", o "cuidado". ¿O es justamente por eso que me gusta tanto? La verdad es que sueño con comerlo, con cocinarlo en una sartén, cortarlo en pedazos, y morderlo, engullirlo hasta escupir sus huesitos sobre el mantel.

Y a la vez lo odio, lo detesto, porque se esfuerza por mostrarse tan lejano, tan indiferente. Pero ahora parece estar a punto de decirme algo, y no lo dice. Dale, nene, decime lo que tenés que decir. ¿Qué querés de mí? Decílo de una vez. ¿No te animás?

III

—Constanza… —dijo el Colo.

—¿Qué?

—¿Querés paletear un rato?

—Dale.

Constanza se puso de pie primero, sacudiéndose la arena de entre las piernas, y el Colo la siguió, con las paletas y la pelota. Fueron hacia la orilla. El mar mostraba un tono turquesa que sólo se veía a esa hora de la tarde, pero Constanza no lo observó, estaba distraída y feliz. Oyó que Lena dijo: «¿Van a jugar un rato?», pero no respondió. Le pareció que había miel en esa voz. Lena estaba sin duda contenta de que se fueran porque ya había entrado en el trance del cazador, y el Vasco era la presa.

Sin decirse nada, Constanza y el Colo se alejaron uno del otro, y comenzaron a paletear. Al comienzo, Constanza intentaba observar el rostro del Colo a la vez que jugaban, pero pronto se dio cuenta de que debía concentrarse en la pelota. Luego de un rato en que los dos estuvieron muy imprecisos (la mayoría de las veces era ella quien lanzaba la pelota demasiado lejos, y él debía ir a buscarla; en esos momentos, ella aprovechaba para observar a Lena y el Vasco, que cada vez estaban sentados más cerca), comenzaron a jugar mejor y más relajados. Ella pronto aprendió a golpear la pelota con suavidad y puntería. El estilo del Colo era tímido, y era ella quién debía provocarlo a veces con golpes sorpresivos para que el juego no perdiera su encanto.

Al cabo de un rato, mientras la playa pasaba del turquesa al azul oscuro, y luego al violeta, Constanza se olvidó de Lena y el Vasco, de la señora que dormía y de la familia de gordos, y finalmente del mar y de todo. Sólo existían el Colo, la pelota y ella. Tomaba la paleta con las dos manos, y devolvía los golpes del Colo con furia y alegría. Nunca se había sentido así. Por momentos una risa nerviosa se escapaba de sus labios. Comenzó a sentir calor. Hubiera querido jugar desnuda. Se sintió poseída por una extraña danza. Comprendió que era ella quien llevaba el ritmo, y el Colo la seguía. Pero no podía dominar su propio cuerpo, un dulzor le hacía cosquillas en el vientre, y la obligaba a sacudirse. Pensó que su madre se espantaría de verla así, tan agitada.

Sentía que las piernas le temblaban, se le nubló la vista, y sus pezones se pusieron duros. En un momento también el Colo desapareció, y el juego se convirtió en un asunto personal entre ella y su cuerpo. La paleta era una extensión de sus manos, y ya nunca erraba a la pelota. Se olvidó de concentrarse, se distrajo hasta del juego mismo, y entonces algo asombroso sucedió. Constanza se halló envuelta por un calor intenso que nacía vigoroso de entre sus piernas y estremecía su cuerpo, se sintió morir, y volver a nacer. Gritó, golpeó la pelota hacia el mar, y se dejó caer sobre la arena. Tenía una sonrisa tan grande que le dolía, y el cuerpo bañado en sudor. El Colo se acercó, como comprendiendo, y se dejó caer a su lado. Le tocó un hombro, y le dijo: «Parece que el Vasco y Lena la están pasando bien».

A Constanza ya no le importaba nada más, pero levantó la cabeza y los observó. Sólo se veía una sola forma enroscándose en el crepúsculo.

—Yo también, Colo. Gracias —dijo. Tenía la voz rara, como de niña.

—¿Nos metemos en el mar? —dijo el Colo.

—Ayúdame a levantarme. Estoy agotada.

El Colo la ayudó. Él también estaba cansado. Constanza se dejó alzar como una marioneta sin hilos, y entonces tropezaron y cayeron, ella encima de él. La risa no los dejaba hablar. Volvieron a ponerse de pie, se miraron por un instante que a los dos les pareció eterno, y tal vez lo fue, y corrieron hacia el agua. En el horizonte se veían las primeras estrellas. Constanza enfrentó las olas, se sumergió, y dejó que el mar limpiara sus lágrimas de alegría.

Tatiana Ramos Bosch

Estados Unidos y Venezuela

Tatiana Ramos, graduada de la Universidad Católica Andrés Bello de Caracas, Venezuela, es doctora en Ciencias de la Información de la Universidad de la Laguna, España. Vive en Miami desde el año 2003 con su hijo. Se formó como periodista en la *Revista Producto*, uno de los medios más prestigiosos de Venezuela. Fue editora para las publicaciones especializadas del grupo Izarra de Estados Unidos. Actualmente trabaja en investigación de medios con la empresa Clear Channel y escribiendo para *Intégrate News*, semanario que circula en el Sur de la Florida. Es profesora activa del College of Business & Technology de Miami. Desde muy temprano se inclinó por escribir relatos, pero es gracias a *Contacto Latino* que comienza su carrera como escritora cuando en el 2013 queda finalista del Primer Concurso Internacional de Relatos Pecaminosos. En el Segundo Concurso Internacional de Relatos Pecaminosos repite la clasificación como finalista.

Cambiemos el horario

Profundamente tímida e insegura, Alex se detuvo frente al espejo: cuarenta años, sin hijos, un divorcio traumático y ahora con todo ese exceso de peso.

No salía de su casa, leía como si su vida dependiera de ello, se devoraba los documentales más fastidiosos de la televisión a ritmo de una docena de *dónuts* y soda de cola sin azúcar (para matizar la culpa de las grasas saturadas con la ausencia de calorías de las bebidas *light*). Eso sí, no perdía la sana costumbre de bañarse a diario. «La lástima también necesita agua y jabón», decía, cuando abría el grifo de agua caliente.

Llevaba un pantalón caqui, y una camisa blanca. Rara vez usaba otro color. «Así me veo menos», pensaba para conjurar una invisibilidad imposible.

Se retocó el brillo de los labios, miró si le temblaban mucho las manos y se sentó a esperar que la llamaran por su nombre. La espera la ponía nerviosa, pero prefería llegar con antelación. Odiaba la impuntualidad.

En la consulta de la doctora Medina, todos los clientes buscaban lo mismo: curar la depresión crónica que sufren las personas que nunca han sido amadas. Y Alex bien sabía lo que era el desamor.

Pasó cinco años al lado de un tipo mediocre, aburrido, monótono, ignorante y muy bestia. La hizo sentir inútil, fea y poco apetecible en la cama. De nada le sirvió llegar virgen al matrimonio. Poco le ayudaron los libros o los documentales.

—Doctora lo que pasa es que he sido muy idiota. Ahora lo veo con claridad. No sé comunicarme. No quiero herir a la otra persona y termino por herirme yo.

Como en cada consulta, la doctora Medina la dejaba hablar.

—…No creo merecer esto que me está pasando. Yo sé que el cuento del príncipe azul que llega en un caballo blanco a rescatarme en la puerta de la casa es una fantasía absurda que todas las mujeres tenemos por culpa de Disney…pero ¿ni siquiera un hombre medio bueno a bordo de un Hyundai Accent del 2000…?

—Y ¿por qué Hyundai? ¿Por qué no un Jaguar? ¿O un Bentley? —preguntó la doctora Medina.

—Ya, claro, resulta ahora que un hombre a bordo de un *carrazo* de esos se va a fijar en mí…

No había terminado de decirlo cuando guardó silencio. Acababa de clavarse otro cuchillo en su autoestima. Lo hacía con frecuencia y eso, lejos de ayudarla, terminaba por llevarla de nuevo a la tienda de *dónuts* y al sofá que comenzaba a hundirse en el centro.

—Usaste la palabra *comunicación*. Yo creo que sí sabes comunicarte, pero no has encontrado tu talento.

—¿Talento? ¿Yo? Doctora, mi único talento es que soy capaz de sacar tiempo de donde no existe para leer más, y así hasta que se acaben todos los libros del mundo. Míreme y dígame si yo puedo salir a la calle a competir con el catálogo de mujeres espectaculares que llenan las tiendas, oficinas, calles, cines, teatros. Las veo y quiero salir corriendo porque no soporto que me comparen. No soporto que me juzguen. No puedo entender por qué es tan complicado que la gente me acepte como soy. Todos quieren cambiarme. Y yo sólo quiero ser invisible.

—¿Invisible para quién?

—¡Para el mundo entero!

—¿Hasta para ti misma?... Se acabó tu tiempo, pero creo que vamos haciendo progresos.

La doctora revisó varias notas, luego su agenda y concluyó la consulta:

—Te voy a cambiar la cita para otra hora. ¿Puedes?

—¿Cambiarla? Eh…bueno, sí, claro. Como usted diga.

Antes de dejar el consultorio, Alex siempre se asomaba por la ventana que daba a la calle. Básicamente para ver si llovía, si el tráfico estaba pesado, o si se veía mucha gente. No era fácil para ella cambiar su rutina. Todo lo que la sacaba de su zona de comodidad le causaba ansiedad. Salió de la consulta directo a la máquina expendedora de bebidas y se compró su soda *light*. A partir de ese momento el encuentro sería los jueves a las cinco de la tarde y no los martes a las once de la mañana. Tendría que cambiar el horario en la biblioteca pública donde trabajaba desde hacía años catalogando incunables.

Volvió a pasar frente al espejo que le devolvía aquella imagen odiosa, se ajustó la bufanda para cubrirse lo más posible el rostro y salió sin mirar a dónde iba. Sentía que las miradas la perseguían, aunque en realidad nadie la estaba viendo.

Al llegar a su auto se quitó el abrigo, la bufanda y la gorra donde escondía una cabellera rubia profunda, densa, suave y brillante. Se la cortaría en lo que le dieran un respiro en el trabajo. El jueves tal vez –como tenía que regresar– pasaría por la peluquería que quedaba de camino. Ahí siempre tenían ofertas especiales.

La doctora Medina la vio alejarse mientras revisaba las citas pautadas para ese jueves a las cuatro.

—Hilda —le dijo a su asistente—, cancela la cita de la señora Marín y en su lugar quiero que venga Danny Padrón —si había alguien que sabía mucho de invisibilidad era él, sonrió la psicóloga—. Ah, y voy a trabajar hasta un poco más tarde, pues a las cinco viene Alex Bosque.

—Pero si usted nunca ve a sus clientes a las cinco.

—Exactamente Hilda. Exactamente.

❋❋❋

Danny había sufrido el rechazo desde muy joven. Era un tipo raro, su propia familia lo tildaba de malcriado y caprichoso. No soportaba el color negro ni los espejos, vestía sólo con prendas de algodón. Reía poco, no tenía amigos, al cumplir la edad legal empezó a ir regularmente al *sex shop* de la esquina para comprar una cápsula de Grandemax. Se la tomaba con un trago de Energy 5 y luego se encerraba durante un par de horas, a oscuras. Todos salían de la casa para evitar escuchar los gemidos del frote continuo de la piel. Era una vergüenza. Sus adinerados padres optaron por rentarle un apartamento en donde pudiera llevar esa vida excéntrica. Una noche Danny decidió quitar todas las bombillas. La luz le molestaba cada vez más. Colocó bombillas negras, de esas que están en las discotecas y hacen que resalte la ropa blanca, los dientes y la caspa. Le costaba sostener la mirada sobre imágenes completas y sólo toleraba los contornos.

Aunque vivía lejos del hogar de sus padres, seguía yendo al *sex shop* de costumbre. Pero ya no se tomaba la cápsula, sino al llegar a su piso. Los cambios lo tenían descolocado. Un aviso en el periódico lo llevó a la consulta de la doctora Medina.

—Yo sé que tienes un talento. ¿Cuál es tu talento? —le había preguntado aquella paciente mujer.

—Los números —respondió rápidamente y sin quitarse sus lentes oscuros.

Invertía en la bolsa de valores con mucho acierto. Al principio fueron pequeñas sumas, gracias a un dinero que le dieron sus padres al cumplir los dieciocho años. Nadie conocía sobre la modesta fortuna que guardaba en un banco local. Su "talento" con los números le permitía manejar un Mercedes Benz del año.

A las 3:55 p.m. Danny llegó a la oficina de la doctora Medina. No se quitó sus lentes de sol. A las 3:58 p.m. estaba de pie frente a la puerta del consultorio. A las 4:00 p.m. abrió la puerta.

—Danny, pasa —gesticuló calmada mientras se despedía de su otro paciente—. Te he dicho varias veces que es un poco rudo hacer eso de entrar sin esperar.

La consulta prosiguió como de costumbre, las preguntas de siempre, las anotaciones típicas, la grabadora.

—Danny, ¿sabes por qué cambié tu horario?

—No.

—Cuando salgas de la consulta, verás a una joven de manos temblorosas. Ella es mi paciente. Se llama Alex.

—¿Es como yo?

—No. Simplemente quiero que la veas, y si te provoca, trata de iniciar una conversación. Ella es muy educada e inteligente. Culta. Y soltera.

Danny comenzó a balancearse hacia adelante y hacia atrás.

—No tienes que hacerlo si no quieres. Pero yo sé que tú puedes.

Él simplemente salió del consultorio sin decir nada más. Alex lo vio pasar y pensó que, a pesar de su torpeza, era guapo. Seguramente estaba apurado. Ella clavó la mirada en su libro y no vio cuando Danny se detuvo justo antes de salir y le dedicó una larga mirada detrás de sus lentes de sol. De hecho estuvieron así por un buen rato. Ambos ahí, sin verse. Invisibles.

La doctora Medina salió y se disculpó con Alex:

—¡Lo siento tanto! Te hice cambiar el horario por gusto.

Cuando Alex levantó la cabeza para responder, no pudo evitar mirar hacia la puerta, en donde seguía de pie, sumido en algún pensamiento indescifrable, el magnífico ejemplar masculino que era Danny. ¿Sería posible que él estuviera viéndola? Por un rato se hizo el silencio y sólo se escuchaban latidos. O al menos eso fue lo que pensó Danny: *Ella vibra. Me gusta.* Él salió a toda velocidad, asustado con eso que estaba sintiendo.

Alex volvió a bajar la mirada y le preguntó a la doctora:

—¿Entonces nos vemos el próximo jueves?

La doctora revisó su reloj sonriente y la invitó a pasar al consultorio.

—Vamos, no te haré perder el tiempo. Después de todo, fue mi error.

Al siguiente jueves, Alex decidió salir más temprano de la biblioteca para ir a arreglarse el cabello y las manos. Tenía mucho tiempo sin hacerse un *manicure*. La doctora la volvió a citar a las cinco de la tarde, pues había resultado de lo más conveniente para ambas. Alex no le había confesado lo que experimentó ante la presencia de Danny. Ni siquiera hablaron de eso.

Llegó a la consulta como siempre, media hora antes. Lucía bien con su *manicure* francés de apenas una línea blanca bordeando las uñas; se veían hermosas y limpias.

El cabello ya no estaba escondido en aquella gorra invernal. A las 4:55 p.m. llegó Danny. A las 4:58 p.m. Danny se paró en frente de la puerta del consultorio. A las 5:00 p.m. Danny se regresó a la silla donde estuvo sentado, justo en frente de Alex.

Ninguno habló. No se vieron… pero se estaban mirando. Suspiros iban y venían. Era como una competencia, a ver quién aguantaba más la respiración para luego soltarla desenfrenadamente.

Alex cerró el libro –que de todas maneras, no leía– y miró la hora que daba el reloj de la pared.

—Qué extraño, la doctora Medina es muy puntual. Ya son las cinco y tres minutos.

—Mi cita era a las cinco —dijo Danny.

—La mía también... —replicó Alex y agregó con la sutil esperanza de que así comenzara un diálogo—: ...aunque es posible que Hilda confundiera los horarios. Últimamente me han cambiado el horario y eso me incomoda un poco.

—A mí también. No me gusta que me cambien el horario.

—Mi nombre es Alex.

—Soy Danny.

Y dicho eso, él se paró y se fue de la sala de espera. Alex se mordió el labio inferior pensando en qué habría dicho como para causar esa reacción en él. *Será el tono de mi voz. Tengo papada. La ropa es fea. No huelo mal*, y así siguió por unos cuantos minutos más hasta que frente a su cabizbaja mirada apareció una mano extendiéndole una lata de soda dietética.

—¿Quieres?

—Gracias... Danny —dijo pausadamente y temblorosa.

Cuando él escuchó su nombre de los carnosos labios de Alex tuvo miedo de no poder esconder un bulto que comenzaba a pronunciarse con descaro entre sus fornidas piernas. Salió corriendo de ahí para de nuevo dejarla sumida en el desconcierto.

Esa noche, ella volvió a soñar. Quería que llegara el jueves, que se apuraran las horas para que fueran las cinco. Ni siquiera se dieron cuenta de que la doctora no los vio ese día.

—¿Señor Padrón? Hola es Hilda. La doctora me indicó que le dé cupo para este miércoles.

—Yo quiero volver el jueves.

—Déjeme hablar con la doctora.

—Yo quiero volver el jueves. Yo quiero volver el jueves.

—¿Hola? Danny es la doctora Medina, ¿me dice Hilda que quieres volver el jueves? ¿Hay alguna razón en particular?

—Yo quiero volver el jueves.

—Muy bien. El jueves. Pero Alex no estará el jueves, sino el miércoles.

Hubo una pausa frustrante, con la que de antemano estaba contando la doctora.

—Cambiemos el horario... por favor. Iré el miércoles —dijo y colgó el auricular sin siquiera un «hasta pronto». De lo más grosero, aunque no para la doctora, que ya lo conocía bien; era precisamente la reacción que estaba buscando. Lo mismo había ocurrido con Alex cuando le avisaron que cambiarían la sesión: estaba tan acostumbrada a la soledad y a las falsas ilusiones que dejar de ver a ese extraño de los jueves por las tardes no haría gran diferencia en su vida. Pero le daría nostalgia.

Ese miércoles Alex llegó a las 4:30 p.m. y Danny llegó a las 4:35.

—Llegaste antes que yo.

—Siempre llego media hora antes.

—¿Quieres una soda?

—Sí, gracias. Que sea *light*.

—Lo sé.

La sensación en el pecho fue precisamente como el burbujeo de una lata de esas. No era fácil para un hombre al que le diagnosticaron Asperger tarde en la vida entender por qué había pasado los últimos cuarenta y cinco años en perfecta soledad. Tampoco era fácil para una mujer abusada de muchas maneras, abrirse al afecto y exponerse de nuevo a ser maltratada.

Fueron caminando juntos hasta la máquina expendedora de sodas. No se dijeron nada. No se tocaron. Se quedaron ahí, de pie, un rato.

—¿Quieres pasear en mi carro? —preguntó Danny sin revelar que había ensayado esa frase mentalmente millones de veces.

—Sí.

Salieron del edificio camino al estacionamiento. Él le abrió la puerta, como hacen los caballeros, y ella entró a ese carro con olor a nuevo. Le llamó la atención la cantidad de botellitas de Energy 5.

—¿Tienes problemas para mantenerte despierto?

—¿Sabes lo que es Asperger?

—Sí, claro, es un tipo de autismo.

—Es mi caso. Me lo diagnosticaron a los cuarenta y dos años. Tengo cuarenta y cinco y mi vida ha sido un infierno. Vivo solo. Por eso me cuesta tanto mirarte de frente. Pero no soy estúpido. La gente cree que soy retrasado. Mis padres me apartaron de su vida, y cuando supieron que era autista, trataron de compensarme. Pero ya era muy tarde. No conozco el amor. Sé que existe, pero sólo eso. Es un concepto.

Alex no salía de su asombro:

—A mí me pareces perfectamente normal. Tímido, pero normal. Eres torpe, pero yo también. Tengo muchas manías. Sólo me visto con ropa blanca y caqui.

—El blanco me excita. Disculpa. No quiero ofenderte ni asustarte.

—Tú eres autista y te tratan de anormal. A mí me pasa lo mismo, pero no por autista, sino por gorda.

—¿Quieres ir a mi apartamento?

Siguieron conversando en la intimidad del Mercedes Benz. Sin paredes de oficina, sin palmeras artificiales, ni cuadros con mensajes motivadores. Sin Hildas ni Medinas. Sin miedo. Sin juicios.

Justo antes de abrir la puerta de su casa, le advirtió:

—Me molesta mucho la claridad. Por eso casi nunca me quito los lentes de sol. No te asustes. Uso bombillos de luz negra.

—No te preocupes por mí.

—Sí me preocupo. Me gustas y no quisiera perderte.

En ese instante Alex entendió que posiblemente ella era la única persona en la vida de Danny. La única mujer, amiga, compañera. "La única", un rol que jamás había desempeñado en la vida de un hombre.

Cuando entraron comenzó la magia. Su cabello rubio, la camisa blanca, las uñas delineadas en blanco, hicieron de ella una aparición inolvidable, una conjugación de lo perfecto con lo apetecible. Ella era de verdad. Y podía ver su contorno con la iluminación exacta, sin que le doliera la vista. Desde el cabello hasta los dedos de los pies, se erguía ante él la forma de una princesa fosforescente.

Se le acercó y comenzó a desabotonarle la camisa. Quería verla. Por fin podía ver a una mujer.

Ella aceptó todos los avances de Danny. Era delicado, ¡tenía las manos tan suaves! Aquel hombre alto y guapo le estaba haciendo sentir lo que ningún otro de sus "normales" novios en la vida.

—¿Te puedo besar? —preguntó Alex.

Danny entonces se dejó abrazar y besar sin miedo, sin tensión y sin necesidad de escapar. Pasaron horas probándose y disfrutándose. Y supieron que desde ese momento estarían juntos. Aceptando sus limitaciones, sin censuras, sin *dónuts,* sin autocompasión. Habría que dejarle saber a la doctora Medina que durante un tiempo suspenderían sus sesiones.

—Hilda, es Alex Bosque. Necesito cancelar las citas hasta nuevo aviso.

—No hay problema. Yo le notifico a la doctora.

Del otro lado del auricular Hilda le enseñaba los pulgares hacia arriba a la doctora Medina. Cambiar el horario había funcionado.

Probablemente se metería en problemas con la federación médica porque la casamentera llevaba rato haciéndose pasar por psiquiatra, mientras no la denunciaran seguiría intentando emparejar a los que sólo han conocido el desamor. Su pecado era mentir, pero nada más.

Alejandro Dávila Fragoso

Estados Unidos y Perú

Alejandro Dávila Fragoso nació en Los Ángeles, California, en 1984. Hijo de padre peruano y madre mexicana, creció en Perú, México y Estados Unidos. Estudió Ciencias Políticas en la University of California, San Diego, y Periodismo en Columbia University. Actualmente él lee, escribe, toma fotos y produce documentales en Calexico, California, aunque a veces hace lo mismo en otras partes.

¿De qué te ríes Gautama?

Para Alberto, César y Rosario

Sin ropa y tapado hasta el cuello con una colcha *beige*, así desperté. Giré la cabeza hacia mi izquierda para ver si había algún imprevisto o residuo de la noche anterior; y sí, como era de esperarse, siempre pasa algo en mis borracheras. El imprevisto era una mujer de piel morena, pelo rubio, cuerpo grande, tez escamosa, facciones protuberantes, y una nariz aguileña inmensa y chueca que hacía su cara mil veces más fea de lo que ya era. El espanto roncaba guturalmente y dormía con medio párpado abierto, revelando así un ojo tan azul que seguramente era lente de contacto. Su manota descansaba al lado de su cara y cada dedo tenía una uña postiza, curvada y larguísima, de diferentes tonos pastel.

Con un ojo cerrado y el otro abierto levanté la mitad de la colcha manteniendo la fe en que quizás ella sí iba a estar con ropa. Pero no, tampoco, como Dios la tiró en el mundo: desnuda y grotesca. Ahora, siendo honestos y justos, ninguna mujer es completamente descartable y ésta no era la excepción. El mamarracho tenía muy buen trasero. En un santiamén me resigné a la idea y la acepté. La mujer no dejaba de ser horripilante, claro, pero la verdad es que a veces uno tiene accidentes. Y, bueno pues, pudo haber sido peor: pudo haber sido un hombre, musité buscando así el lado cómico del asunto, tal cual se debe hacer cuando las cosas no le salen a uno. Aún algo irritado, pero definitivamente no tan acongojado, me levanté y salí sigilosamente de la habitación mientras me ponía la ropa en silencio, con la mirada avergonzada como cuando a uno lo descubren mintiendo.

Del pasillo entré al primer cuarto que tenía la puerta abierta en búsqueda de mi socio y amigo con quien había empezado la juerga la noche anterior. El olor a incienso era insoportable y el piso estaba cubierto de colillas de cigarros, bolsas de comida, botellas, cucharas, encendedores, aluminio y en medio de todo esto, un pentagrama de tres metros de diámetro. El techo, las paredes, los muebles, todo-todo estaba pintarrajeado con mensajes variados: «*Tomasa ama a Francisco 4 ever*» en letra cursiva, «la felicidad, ja ja ja ja» dentro de un corazón, «*has been fucked*» al lado de «nunca sé dónde estoy»; y mi favorito porque queda conmigo: «¡buen día, eres un imbécil!» en rojo tomate. Salí del cuarto en busca del baño para orinar y de paso revisé si había alguien ahí, pero no, lo único nuevo que hallé fue que mi boca y mis dientes estaban manchados con maquillaje y que un chupetón corría prácticamente de oreja a oreja por mi cuello. Me lavé la boca sin intentarlo demasiado y con una toalla de mano que encontré me cubrí el cuello. Salí del baño, crucé el pasillo y ahí encontré a quien esperaba encontrar; al buen Juan, quien dormía en posición fetal a los pies de un sillón floreado. La noche lo había dejado con la corbata floja, la camisa abierta, sin zapatos y con las medias sucias de tierra, empapadas en algún líquido que no me atreví a descifrar.

Me acerqué más para despertarlo y al hacerlo percibí *whisky*, ron, vodka, tequila y vómito en él y en todo lo que le rodeaba. Con cara de asco, primero lo mecí, luego lo empujé. Juan sólo hizo secos gruñidos de desaprobado y volvió a dormir. Una vez más lo mecí pero al ver que eso no funcionaba le empujé la cara cada vez con más violencia hasta que me decidí por darle algunas cachetadas, sopapos, a abrirle los párpados con los dedos, a jalarle el pelo y a taparle la nariz y la boca. Todo fue en vano. El cuerpo alcoholizado de Juan prefería morir golpeado o ahogado antes que despertar. Era definitivo, mi amigo había llegado una vez más a su tan temido límite alcohólico y dormía sin remedio.

Al principio contemplé la idea de llevarlo a su casa como siempre, pero, dado que Juan es de huesos gruesos y encima me ha hecho la bromita de quedarse botado demasiadas veces, preferí quitarle la ropa y llevarlo al cuarto de la rubia, nomás para ver si así por fin escarmentaba. Antes de cualquier cosa, le di un golpe con la mano abierta en el centro del cachete a manera de prueba y última oportunidad. Juan ni se movió y por eso lo llevé a rastras hasta el cuarto de la mujer, le quité la camisa y los calcetines y lo acomodé con mucho cuidado al lado de la rubia, quien seguía boca abajo, con las piernas juntas y las nalgas paradas. Mordiéndome una mano para aguantar la risa puse la mano de mi amigo sobre el monumental culo de la rubia y dejé el lugar sin cerrar la puerta.

Mientras bajaba en el elevador me rasqué la cabeza. Un latigazo de dolor se sintió en ella. Pasé la mano por donde había surgido el malestar. Esta vez aparte del latigazo sentí un chichón del tamaño de mi puño en la coronilla y un malestar en la espalda baja. Lo intenté, pero era inútil recordar cómo y cuándo habían pasado las lastimaduras. Me acordaba de los primeros cuatro bares. Empezamos en La Calesa, en San Isidro, luego fuimos a Berlín en Miraflores, luego los dos huecos en Barranco y la discoteca en La Marina que en realidad era un *table dance*, pero de ahí no había nada que visualizar. Sin encontrar remedio, lo dejé ir.

Aún adolorido, revisé los bolsillos del saco en busca del celular, las llaves de la casa y la billetera. Después de aceptar la desaparición del teléfono, saqué las llaves, luego la billetera y finalmente un Buda de porcelana color crema que cabía perfectamente en la palma de mi mano. La figura sonreía con tremenda picardía, tanta que tuve que preguntarle: «¿De qué te ríes Gautama?». Pero Buda no respondió.

El resto del día me la pasé acompañado de una jarra con agua, sufriendo largos ataques de risa cada vez que imaginaba la cara que haría Juan cuando viera a la urraca de mujer que tenía al lado. A mí estos accidentes ya me dan igual (me han ocurrido demasiadas veces). Sin embargo, para Juan Ramón Oliveira esto podía ser la excusa perfecta para practicar un *harakiri* con tenedor. Él era introvertido, siempre afable, de buenos modales, que cuando tomaba bailaba con todas hasta caer de borracho, pero jamás tocaba a nadie de forma indebida. Siempre esperaba a su casa y a su prometida con una disciplina envidiable. Es más, Juan era tan noble que la primera vez que se acostó con una mujer, al final del sexo le pidió disculpas porque la había usado y no la amaba. «Pero estoy dispuesto a intentarlo», le dijo a la chica después de creerse a punto de negarle amor a alguien. Así era el buen Juan, quien llamó a las tres de la tarde con voz rasposa, tristona y por supuesto aturdida.

—Oye Raúl, ¿qué carajos pasó ayer en la noche?

—¿Cómo que, qué paso? Tomaste a lo estúpido, previo funeral, digo, boda.

—No, ya, en serio, no me acuerdo bien después de las doce.

Poco a poco se podía oír el nerviosismo de Juan escalando por su garganta.

—Pues no hay mucho que recordar. Después del segundo *table dance* fuimos a una discoteca. A eso de las dos y media para variar ya estabas vomitando. Te dejé afuera de tu casa como a las tres pasadas y ya. Según yo estabas abriendo la puerta a punto de entrar. ¿Por qué? ¿Qué pasó?

Tosí para esconder la risa.

—Puta madre. Es que… no sé cómo decir esto —replicó con la voz quebradiza—. Carajo Raúl, nunca llegué a mi casa.

—Pero, compadre, yo te vi abriendo la puerta. ¿Qué hiciste después? —pregunté.

—No sé. No sé —dijo Juan y antes de que yo pudiera decir algo retomó la palabra—. Escúchame *brother*, no sé cómo, no sé qué ha pasado, pero me he levantado al costado de un hombre. Un hombre, *webón*, un hombre con tetas pero con pito. No, no, no, no no. ¿Qué le voy a decir a Rosario? ¡Porque le tengo que decir! ¡Le tengo que decir! Esto está mal. Tan mal. ¡Qué he hecho!

—No puede ser… ¿Estás seguro? —pregunté asustado mientras inconscientemente visualicé la cara y el cuerpo de la mujer amarrada a mí. ¡¿Cuál mujer?! ¿Y si era hombre de cabello oxigenado, con tetas infladas probablemente a inyecciones de silicona de la calle? La voz de Juan le puso un alto a mi imaginación. Por un segundo pensé que me diría que todo era una broma. Pero eso no pasó, al contrario, Juan me reafirmó gráficamente lo que tanto temía.

—Sí. Segurísimo. Me he despertado y la mujer… hombre… la persona estaba al lado mío, boca arriba, una teta más grande que la otra, con el pene ahí, ahí, al lado, a media asta. No, no, no. *Webón,* ¿a lo mejor soy gay y no me había dado cuenta? Eso pasa a veces. Puta madre. ¿Qué le voy a decir a Rosario? ¡¿Cómo le digo?! ¿Qué le digo…?

En ese momento pensé en mantener viva la mentira y así ahorrarme todo lo que implicaba la realidad, pero al final no pude hacerlo. La verdad siempre pesa demasiado.

—No le vas a decir nada porque quien se tiró al tío fui yo —y al confesar lo acontecido un escalofrío de asco subió por mi espalda y por mi estómago; bajó por mi nuca, le dio la vuelta a mi perfil y pasó por mi boca, delineó mis labios, mi cuello, mi torso y fue a posarse en mi trasero, que probablemente había sido desvirgado cuando mi cerebro embrutecido estuvo al mando de mi cuerpo.

Afligido, escuché sin interrumpir un vendaval de risas a costa mía; hasta que oí de Juan una carcajada particularmente jocosa. Entonces apagué el teléfono con la burla todavía en el oído y lo lancé hacia la mesa. El aparato terminó al costado del adorno de porcelana que había aparecido en mi bolsillo esa mañana. Al notar la figura sobre la mesa me le quedé viendo muy serio y con mucha atención. Ahí estaba el famoso barrigón, con un costal sobre el hombro y sus ojos del Oriente apretujados hasta las sienes sobre un par de cachetes que se alzaban en una inmensa sonrisa que me hizo entender que mientras yo me estuve riendo de Juan, Buda se estuvo riendo de mí.

Alejandro Dávila Fragoso

Ana Cristina Salazar Yuste

España

Ana Cristina Salazar Yuste nació el 10 de abril de 1989 en Fernán Núñez, un pueblo de la provincia española de Córdoba. Desde niña se adentró en el mundo de la poesía, obteniendo diversos premios con motivo de la Feria del Libro, así como diferentes publicaciones en variados libros y revistas. Compaginó sus estudios primarios en el colegio público Fernando Miranda, con cursos de perfeccionamiento de dibujo, ámbito en el cual también recibió reconocimientos. Continuó su etapa educativa en el instituto de Enseñanza Secundaria Francisco de los Ríos y en el IES Inca Garcilaso en la localidad de Montilla.

Actualmente prosigue su formación académica en el grado de Psicología, a la vez que persevera en su afán por la literatura.

Algunas de sus últimas publicaciones y distinciones son: publicación en la antología creada por Diversidad Literaria "Érase una vez... un microcuento", antología "Porciones del alma", primer premio en el I Concurso de Narración Breve y Micronarración de Mecenix, publicación en la antología de terror creada por Madterrorfest "Saborea la locura", publicación en la antología "El cielo es un orgasmo y otros relatos pecaminosos", entre otros.

Gran parte de sus trabajos son expuestos en su blog literario "La guarida de mis fábulas" en anasalazaryuste.blogspot.com

La venganza servida en plato caliente

He pagado un alto precio, pero ha merecido la pena.

Llevo planeando el momento semanas, puede que incluso meses, para poder al fin saciar mi sed de venganza.

Hace tiempo que duermo sobre una fragancia que no es mía. En mi almohada, colonia barata de coco y vainilla. Pero eso no es todo, porque el lecho ha sido mancillado y debo posarme sobre un calor ajeno en mi lado de la cama, mi venerado espacio nocturno como fue establecido en un mutuo acuerdo el día que nos casamos…

Salgo del trabajo tres horas antes del horario laboral y llego a casa sabiendo lo que voy a encontrarme, preparada para todo, con la ira hirviendo en mis venas y el despecho revolviendo mi estómago.

Giro la llave y entro decidida a concluir la absurda pantomima de cada día. Quiero que me escuchen entrar, interrumpirles, romper el encanto de su furtividad y alterar su entrega pasional.

Veo su pantalón y su camisa arrumbados en el sofá junto a su maletín de profesor de instituto.

Aprecio el ajetreo al otro lado de la pared del dormitorio, me lo imagino preparando una excusa, un «cariño, no es lo que parece», junto a una señora colorada y avergonzada, muy posiblemente también casada, ve tú a saber…

Me dirijo ahí apretando los puños pero pienso: *Mejor rega-*
larles una espera intolerable como la que yo he vivido hasta
llegar a este momento. Así es que perezosamente me descalzo.
Al inclinarme, el dolor bajo el vientre se acrecienta, es insufrible. Me pongo cómoda, respiro profundamente y ya, más tranquila, voy hasta la escena de la promiscuidad.

Él está acostado, tapado con la sábana, puedo ver su desnudez a través de la fina tela translúcida. Me mira sorprendido.

—¿Ya estás aquí? —me pregunta el insolente fingiendo una
falsa sonrisa de bienvenida.

No le respondo, repaso la estancia. A simple vista no hay
prueba que lo delate, pero la puerta del vestidor cerrada a cal y
canto confiesa un escondite. Habría mirado primero debajo de
la cama, de no haber sido por ese detalle, pues perdí la cuenta
de las interminables veces en las que discutimos porque siempre
la deja abierta y el ambientador del armario se disipa.

Al verme fijar la atención, el nerviosismo lo hace ponerse en
pie.

—¿Qué te parece si vamos a cenar fuera? —intenta distraerme de nuevo, interponiéndose en mi camino. Lo eludo y sin
que pueda hacer nada para evitar el encuentro, abro la puerta.

Debo bajar la cabeza para ver unas pestañas apelmazadas
por abundante rímel, sobre unos ojos marrones que en nada con-
trastan con el perfilador negro y la exagerada sombra de ojos
azul celeste que se esparce por ambos párpados hasta llegar a
las cejas.

La mirada de Susy, la alumna de bachillerato de diecinueve
años de edad, no emite el brillo de la vergüenza y el abatimien-
to. Por el contrario, refulge en arrogancia y engreimiento.

El carmín rosa de sus labios está esparcido por toda la boca.
Pasa su lengua en un intento por limpiárselo, exponiendo un
piercing plateado. Abraza sobre su pecho dos pequeños retales
de colores llamativos, cubriendo su desnudez. Bajo su ombligo,

un tatuaje donde leo «*Fuck you*». Más abajo no hay nada, ni un solo vello.

De todo lo que alcancé a suponer, jamás se me ocurrió algo similar. Una divorciada, la secretaria, la vecina del quinto, la frutera tal vez…

Alejandro pone su mano en mi hombro sacándome de mis cavilaciones, vuelvo la cabeza y me encuentro con su fornido torso, sus músculos cultivados en el gimnasio, su abdomen cuadrado y su pene ahora flácido. Pienso en que nunca antes lo he mirado así, no he sabido apreciar su atractivo.

La muchacha se hace paso entre los dos, indiferente.

Sin pensarlo tiro de su delgado brazo, agarro su cara con ambas manos y la beso. Yo tan solo pego mis labios a los suyos, pero ella introduce su lengua y la enlaza a la mía atrevidamente.

La empujo hasta la cama mientras ella desabrocha mi blusa y me baja el pantalón. Sin separar nuestras bocas, me quito el sujetador y termino de desvestirme con su ayuda. Baja mis bragas de encaje y se deshace de ellas. Mis generosos pechos brotan mientras se acelera mi corazón desbocado.

De rodillas, las dos en la cama, desnudas. Nuestros cuerpos se rozan, somos dos polos opuestos que se atraen. Nada tiene que ver su suave y delicada piel con la de mi marido, que estupefacto se acerca a nosotras. Su magnánima erección me revela que se ha sorprendido gratamente, lo cual me complace.

Estrujo los pequeños montículos de Susy. Ella lame mi cuello y baja hasta mis pezones. Los muerde. Su descaro y su estilo me estimulan.

Alejandro retira mi melena a un lado y me besa delicadamente en la mejilla, aún temeroso de que lo reprenda o, peor, que no lo deje participar en el inesperado juego.

Yo me dejo hacer.

Levanto los brazos, los llevo atrás y rodeo su cuello, le atraigo hasta mí y le susurró al oído: «Hazme tuya». Como una dómina al pretor, obedece mi orden, me pone a cuatro patas, toca con dos dedos mi excitación y me embiste.

Con la rudeza de su penetración, un gemido sale de mi garganta. Susy enseguida me silencia con su lengua.

La chiquilla continúa explorándome, se mete bajo mi cuerpo que está posicionado a modo de puente, cual mecánico, arrastrándose para bajar por mis pechos, por mi vientre, por mi ombligo. Tira de mis muslos y se impulsa hasta encajar en el *puzzle*. Moja el triángulo de vello y juguetea hasta dar con el clítoris. Entonces comienza a rondarlo con el *piercing*, moviéndolo frenéticamente, absorbiendo la emanación que brota de mis entrañas y que escurre entre mi sexo fusionado al de Alejandro, que sigue empujando con fuerza, acelerando, aferrando mis caderas para introducirse hasta el fondo. Nuestros gemidos se combinan formando una melodía hedónica.

La fricción de la joven acrecienta el placer hasta un nivel inigualable. Levanto el cuerpo, mi espalda se pega al busto sudoroso de mi esposo, quien me repasa con sus manos y aprieta mis senos. Una llama hace arder mi interior: hace rato se prendió la mecha.

Cierro los ojos para perderme en la constelación de luceros que resplandece, que me hace olvidar, contrayéndose mi sexo al grosor, como la alianza de oro a mi dedo anular. Juntos explotamos mezclando nuestros fluidos, de tal manera que yo percibo su presión líquida y él siente la mía, como nunca antes habíamos hecho.

Susy se incorpora con los labios llenos de nuestra emulsión. Delicadamente la empujo hasta los brazos de Alejandro, quien la recibe sin saber muy bien qué hacer. Con un gesto de cabeza le confirmo mi intención. Él nuevamente obedece y la besa.

Me quedo tras la chica, cerciorándome de que han compartido de lleno nuestros efluvios. Pongo mis manos en sus hombros y tiro de ella hacia atrás para dejarla nuevamente tumbada. Beso su cuello, acaricio sus brazos, deslizo la lengua por todo su cuerpo hasta llegar al tatuaje, llevo un dedo hasta su hendidura y la adulo en círculos. La chica está empapada. Introduzco un dedo, ella gime. Muevo el índice de la otra mano sobre su clítoris con oscilaciones rápidas, ella enloquece.

Alejandro se recompone de su anterior orgasmo, observándonos. Se le ve muy feliz. Acerca su pene erecto hasta mi boca, pero yo lo rechazo con sutileza. Con la mano que introducía en la vagina, agito el miembro varonil, acaricio el glande, él se estremece y mueve su cintura hacia atrás y hacia adelante. Cuando la rigidez se hace máxima y se hacen patentes las venas recargadas de sangre, le indico el camino que debe tomar y me retiro para dejarle espacio.

Él toma las piernas de Susy, las separa todo cuanto puede y la penetra, emitiendo un entusiasmado sollozo.

La actitud de la chica es la de la experiencia, con los ojos entreabiertos, los dientes apretados y las uñas pintadas de rojo marcando la espalda de mi marido, como un felino hambriento.

Quedo en un segundo plano como espectadora, pero al verme abierta de piernas, cerca de la fogosa joven, no puedo evitar acercar mi ardor hasta su rostro. Ella consiente e introduce su lengua en mi cavidad. Las celestiales punzadas no tardan en llegar: me corro sobre ella y aun así, sigo ambicionando más. Por momentos me duele, pero enseguida me calmo y me dejo llevar.

Los tres enlazados, vamos cambiando de postura, hasta que cerca del amanecer nos sincronizamos y a la vez llegamos a un triple orgasmo, propio de otra dimensión, entre gemidos que todo el vecindario alcanza a escuchar.

Nuestros cuerpos sudorosos caen rendidos en la cama, que como siempre encuentro caliente y mojada, pero esta vez mancillada por mí, con mi perfume y mi sudor.

—Ya ves que dulce fue mi represalia —un suspiro vuela junto a las palabras, perdiéndose en la sala de espera.

—¿Represalia? Cumpliste la fantasía de todo hombre. Más que castigarle por su infidelidad, le hiciste el mejor regalo de su vida —contesta la confidente, perpleja ante el testimonio. Baja la voz ante la mirada curiosa de la enfermera que atiende el mostrador. Intenta aparentar desagrado, finge que dicho acto la horripila, pero la humedad de sus bragas bien puede desmentirlo.

—Ah, sí, querida, un gran regalo. Compartí con ellos mucho más de lo que te imaginas: un donativo que ahora portan como recuerdo de esa mágica noche y que me fue entregado en el despacho de mi jefe. Ya te dije que estaba todo planeado.

—¿Te refieres a las tres horas extras que el regente te dio para salir antes del trabajo ese día? —pregunta, dando por afirmativa la respuesta.

—Bueno, a eso y… a una intensa y aguda gonorrea.

Andoni Atienza

España

Nació en Bilbao el 25 de junio de 1984. Durante muchos años ha escrito sin pretensiones literarias, solo por el placer de plasmar la realidad en párrafos. Un buen día decidió compartir su talento con los demás. Aguardó paciente; quería estar preparado antes de saltar al mundo editorial. Pero ese momento nunca llega si careces de fe; debes luchar con las armas que tienes y continuar avanzando, sin miedo. Entre 2013 y 2014 escribió *Evolución X* e *Ibérica 2242.* También consagra los versos en un crisol a medio camino entre Neruda y Baudelaire.

Simbología de la lujuria urbana

—¿No te resulta extraño? —me preguntó el hombre. Imaginé sus rasgos gracias al tono de voz, pues llevaba puesta una máscara de carnero.

—En cierto modo, pero estaba preparado para una escena similar.

Nos desplazamos a través de las masas subyugadas por la lascivia. Sus cuerpos se retorcían entre indescriptibles espasmos. Intenté mantener la compostura, como si contemplar aquello fuese algo usual para mí. No pude hacerlo. Tanto daba: estaban demasiado absortos para prestar atención a los muslos fuera de su alcance.

—¿Cómo has descubierto este lugar?

—He descifrado el código —confesé con aire triunfalista. Me gustan los acertijos, y una vez que fui consciente de la existencia de esta hermandad, empleé todo mi tiempo para desentrañar sus claves.

Mis pesquisas comenzaron en la biblioteca municipal, cuatro semanas atrás. Tras una insufrible lección sobre Derecho Civil, sentí la necesidad de pasear por los pasillos. Mientras la sangre volvía a regar dos anquilosadas piernas, mi vista saltó de forma mecánica entre los diferentes libros, sin prestar atención a sus diversos contenidos. Pero hubo uno que llamó mi atención. *Simbología oculta de las ciudades*, se titulaba.

Me arrebató el impulso de tomarlo y ojearlo unos instantes. Mal hecho, pues guardé en mi maletín los tediosos apuntes para enfocarme por completo en mi nueva adquisición.

Sus páginas estaban repletas de extraños distintivos que se encontraban en las calles y cuyo significado solo podría ser interpretado por quienes conocían su existencia. Pero ¿qué había de verdad en todo aquello? Descubrí, además, la presencia de ciertas cofradías que organizaban rituales perdidos u otros actos de 'dudosa moralidad' amparadas en el silencio anónimo de las ciudades. Sus integrantes eran personas desprendidas de los ropajes modernos para entregarse a la esencia animal de su alma, la raíz ancestral que controla nuestro instinto y nos empeñamos en negar.

Pese a lo interesante del asunto, abandoné el edificio con la sensación de haber desaprovechado la tarde digiriendo leyendas urbanas incapaces de ser corroboradas. Distraerse puede ser fatal durante el periodo de exámenes.

Tres días después, en un barrio de la ciudad alejado de mi residencia, tuve la suerte (o la desgracia) de encontrar uno de esos símbolos. Estaba sobre la fachada, al lado derecho de una pastelería. No puedo revelar públicamente los trazos de aquella marca; solo diré que pasaría inadvertida para la gran mayoría de los transeúntes, pues sería confundida con arte callejero abstracto.

Regresé a la biblioteca con el propósito de informarme acerca de sus orígenes. La marca pertenecía a una sociedad hermética adoradora de los sátiros y cuya doctrina consideraba que el hedonismo debería preservarse más allá de la fulminante ética eclesiástica. O eso fue en su origen. Actualmente, la hermandad se arrastraba entre los ojos poco centrados del urbanita actual. Sus miembros se reunían en asambleas que despeñaban hasta la lujuria desmedida.

Mi electrizado hipotálamo puso en marcha el motor de la curiosidad.

Comencé a indagar acerca de tan peculiar grupo, cuyo nombre mantendré en secreto. Tal fue mi afán que descuidé los estudios y pronto pagué el precio: no pasé el examen de Derecho Civil.

Pero no me importó.

Había destapado un chocante orificio de esta sociedad conservadora. La pregunta obvia era: ¿qué pensaba hacer con semejante descubrimiento? ¿Felicitarme por la labor de investigación? ¿O penetrar en la última frontera?

Apenas tuve tiempo para reflexionar, ya que mi instinto obligó a los pies a ponerse en movimiento. Antes de asimilar lo que mis pupilas reflejaron, ya estaba dentro del lupanar.

—Hace meses que nadie nuevo se presenta —me dijo el antropomorfo carnero—. Observa nuestros métodos y participa cuando estés preparado.

—La verdad, no sé qué estoy haciendo aquí.

De su máscara escapó una risa similar a un balido.

—Claro que lo sabes.

Tenía razón.

Observé el espectáculo: nos encontrábamos dentro de un edificio acondicionado para contener el bacanal de cuerpos inflados por el deseo. Una mezcla de aromas dulzones me llegó hasta la nariz, remojando mi pituitaria con sus propias secreciones.

—Increíble.

Entre cinco columnas adornadas con viñas y hojas de parra, aquellos cuerpos bufaban en ardiente pecado. Solo pude observar los rostros de quienes se habían desprendido de su máscara porque necesitaban usar la boca.

—¿Todos llevan máscara?

—Es un modo de mantener el anonimato; responde al gusto de cada participante.

Me pareció conveniente llevarla.

—¿Dónde puedo conseguir una?

—Más adelante te entregaré la tuya. Por el momento curiosea y pon tus prejuicios en un lugar apartado. Voy a unirme al grupo.

Mi acompañante se incrustó entre un mar de miembros arrastrados por la libidinosa marea. Era una auténtica orgía romana en el siglo XXI.

Bueno, supongo que me sentaré y esperaré a que ocurra algo, me dije.

Tomé asiento en un taburete, frente a la barra de aquel bar reformado. Esperé a que me sirviesen una copa para enturbiar los sentidos, pero no había nadie sirviendo.

—Si quieres beber, tan solo coge una botella —escuché.

A mi espalda apareció una mujer en ropa interior. Llevaba una máscara inspirada en el rostro de las hermosas cariátides griegas. Sacó una botella de ron del armario y me sirvió un vaso.

—Gracias.

El ardoroso licor ayudó a calmar mis nervios.

—¿Es la primera vez que vienes? —me preguntó.

Asentí.

—¿Y bien? ¿Cuál es tu impresión?

Vagué visualmente alrededor de la lúbrica concurrencia. El impacto inicial se había amortiguado y pude observar sin pudor. Conté entre dieciocho y veintidós cuerpos. No podría precisar la cifra pues unos estaban debajo de otros, comprimidos como tentáculos de pulpo en una lata estrecha.

—Encuentro todo esto algo… sorprendente.

—Lo imagino. Respira hondo y tan solo déjate llevar —colocó la mano izquierda en mi muslo. Di un respingo.

—¿Ocurre algo?

—No. Lo lamento… solo creo que… esto es… muy precipitado.

—¿Entonces por qué has venido?

Permanecí unos instantes en silencio. Lo sabía perfectamente, aunque me costaba admitirlo.

—Creo que ha sido la intriga.

—¿La intriga? ¿A quién tratas de engañar? Habrás invertido mucho tiempo desentrañando cómo llegar hasta nosotros, ¿me equivoco? Seguro que has descuidado otras tareas solo para pasar esta noche aquí.

Bajé la vista y admití sus conjeturas. Por mi obstinada pesquisa recibí el primer desaprobado de mi vida.

—Entonces disfruta del merecido premio —dijo al tiempo que acercó su voluptuoso cuerpo hasta transgredir mis límites de contacto humano—. No niegues tus deseos.

Admiré su sujetador de encaje y deseé resbalar entre sus voluminosos pechos.

Me tendió la mano y la agarré por instinto. Tal vez fuese el alcohol o la creciente sensualidad, pero fui llevado como una obediente mascota a través de la alameda carnal. Resistirme hubiese sido fútil, el encanto con el que aquella enmascarada desató mi lascivia me transformó en un ser ávido de carne femenina. De su carne.

Nos alejamos del grupo y entramos en una habitación aparte. Me reveló que era un reservado dispuesto para los novatos. En los espacios discretos tenían menos reparos haciendo explotar su fuego.

—Quiero tenerte solo para mí —susurró en mi oído.

Antes de que pudiese reaccionar, me empujó contra la cama y se colocó encima de mi hechizado cuerpo. Restregó las partes bajas de su anatomía contra mi pantalón, provocando un engrosamiento que ella no tardó en sentir.

—¿Tienes hambre? —me preguntó con una sonrisa.

Aquello era demasiado tentador para resistirse. Había llegado al límite en donde mandaría al cuerno mis remilgos y me arrojaría a la piscina (todos saben de qué estoy hablando). La volteé e intercambiamos posiciones. Besar una máscara me pareció frío al mismo tiempo que estúpido, así que comencé mi recorrido por su cuello.

Fantástico, susurré para mis adentros cuando le quité el sujetador.

Lamí sus firmes pechos con la audacia del alpinista que escala vertiginosas cumbres. Ella gimió al choque de mi lengua contra sus pezones.

Descendí por una senda de progresiva sinuosidad sobre aquella piel nacarada. Mis fosas nasales me advirtieron la cercanía de su ardor. ¿Qué misterio se ocultaba tras la cara interna de sus bragas?

Abrí dos anhelantes muslos y le quité la última prenda, el último nexo con el ser humano racional. A partir de aquí nuestra conducta sería un manojo de impulsos reflejos.

Introduje mi miembro en la cuna del mundo y comenzó un baile salvaje. El bombear de nuestros órganos no pudo apagar una sed que crecía honda como el océano. Practicamos innombrables posturas, arrebatados ambos por demonios que se apoderaron de nuestra voluntad.

La lujuria nos fundió el cuerpo hasta transformarlo en una argamasa de sudor, carne almizclada, jadeos y espasmos. El lejano perfil de Dios se hizo nítido a través de su más lasciva creación.

Cuando los néctares del vicio fueron exprimidos, me desplomé en la cama. Estaba flácido, agotado, muerto.

—¿Te ha gustado? —preguntó mientras me pasaba la mano sobre el pecho.

—Mucho.

—Dime, ¿ha merecido la pena suspender?

Intuí sorna en su pregunta. Además. . ¿cómo lo sabía? Tuve un mal presentimiento.

—Yo...

Me silenció colocando su dedo índice sobre la boca.

—Hay algo que debes saber.

Se quitó la máscara y de inmediato reconocí sus rasgos. Era mi profesora de Derecho Civil.

—¿Es esto una broma?

—En absoluto. ¿Qué ocurre? ¿Acaso te avergüenza haber hecho todo tipo de prácticas con tu profesora de la universidad?

Sentimientos de incredulidad, ira y vergüenza pugnaban por salir al exterior, pero logró imponerse la calma. Respiré hondo. En el fondo no era tan grave... supuse. La mujer rondaba los cuarenta años y estaba de buen ver, aunque no volvería a sus clases. O eso creí en aquel momento.

—No se trata de eso.

Se acercó a mi oído y susurró:

—Verte aparecer en este lugar me ha dado muchísimo morbo.

Parecía sincera.

—¿Te excito?

—Mucho —se relamió los labios mientras clavaba sus ojos en los míos—. La fantasía típica es que el inocente alumno se acueste con su profesora madura y caliente... pero... ¿lo has contemplado desde el punto de vista inverso? La experimentada mujer buscando un jovencito para abusar de su temeroso cuerpo... Tentador.

Supo colocar la mano de tal manera que accionó de nuevo la palanca del deseo.

Incapaz de contenerme, propuse:

—¿Qué tal si repetimos?

Andoni Atienza

Maximiliano Óscar de Renzis

Argentina

Nacido el 8 de noviembre de 1982, en Buenos Aires, Argentina, desde muy pequeño se ha interesado por la literatura como un medio para liberar las emociones contenidas.

Inspirado por escritores como Henry Miller, Charles Bukoswki y Tobias Wolff, entre otros, sus relatos juegan entre el minimalismo y el realismo sucio, poco trabajados en América Latina.

Algunos de sus cuentos han sido seleccionados para obras colectivas, entre ellas, *"52 motivos para no morir"*, *"Relatos de invierno"* y *"Por partes"*.

El tucu, tucu

Román era un tipo tranquilo, trabajador, no muy amante de eso, pero por lo menos se esforzaba por hacerlo. No tenía un gran sueldo pero alquilaba un departamentito en una zona bastante refinada de la capital. Era un gustito que se daba, porque además de quedarle cerca el laburo, también tenía bares y boliches al alcance.

Un flaco simpático, agradable, de perfil bajo, y educado por demás, al punto del aburrimiento, pensarían algunos. Es más, muchos en lugar de valorar esas cosas dirían que por ser culto Román era medio boludo.

Pero Román era Román. Siempre con su simpatía, su educación y su altruismo desmedido, el tipo andaba muy tranquilo consigo mismo.

Las viejas del edificio lo querían mucho, cada vez que lo cruzaban le sonreían. Y claro, él les tenía la puerta para que salgan, les llamaba el ascensor, cargaba con las bolsas. Y esos gestos de caballerosidad lo habían vuelto muy popular.

A veces lo llamaban:

—¿Román?

—Sí.

—Habla Eli.

—¿Qué tal, Eli?

—¡Ah! Muy bien, querido. Tengo un problemita, se me quemó una bombita y no puedo cambiarla.

—No se preocupe, Eli. Ahora me acerco.

—Gracias, tesoro.

—De nada.

Román bajaba hasta el cuarto piso, golpeaba en el departamento D y esperaba.

La viejita salía sonriendo.

—¡Gracias, corazón!

—No hay problema, dígame, ¿cuál es la bombita?

—Pasá, es la de la cocina, ¿ves?

—Ah, sí. No hay problema, ya la cambiamos.

Y mientras tanto la vieja le ofrecía un mate, y galletitas, y le contaba cosas de viejos: que el hijo, que la hija, que su difunto marido, que los nietos, y que estaban grandes, y pitos y flautas.

Román se fumaba las charlas, contestaba sonriente, preguntaba. Escuchaba atento como un alumno aplicado.

Luego de unos buenos minutos, que era el tiempo que le había llevado la charla, ya que cambiar la bombita era algo rápido, lograba salir.

—Hasta luego, Eli.

—Chau, querido. Muchísimas gracias. Vos siempre tan atento —decía la vieja sonriendo.

En ese momento se abría la puerta del departamento B y salía otra viejita, Rosita.

—¡Ay! Ahora que te veo, ¿me podrás hacer un favorcito?

—Sí, Rosita. ¿Cómo está? ¿Cómo anda de la espalda?

—¡Ay! Ni me hablés, tengo un dolor. Hoy amanecí como la mona —y ahí arrancaba el monólogo de Rosita, que duraba unos diez o doce minutos, hasta que le explicaba por qué necesitaba de su ayuda.

—Así que bueno, no puedo cerrar esa canilla.

—Bueno, déjeme ver —y Román pasaba al baño y se encontraba con la llave de la bañera goteando sin parar.

—Ahora vuelvo, Rosita, voy a buscar herramientas, esto debe ser el cuerito, creo que tengo uno.

—¡Ay! Qué haríamos en este edificio sin vos, nene. El portero es un vago —decía la vieja.

Y así lo iban llamando. Algunas veces se despertaba cuando sonaba el timbre, entonces miraba por la mirilla y veía a alguna de las viejas.

—Hola, Clarita.

—Hola, hermoso —contestaba la vieja—. Te traje un vinito porque ayer me ayudaste con la cerradura.

—¡Muchas gracias, Clarita! No tenía por qué molestarse.

—Por favor, m'hijo. Vos siempre tan servicial.

Otras veces aparecía alguna con empanadas, pastelitos o cualquier otra cosa.

Así fueron pasando los años, y las viejas se fueron haciendo más viejas, y Román más querido.

Y un día se fue Rosita porque ya era hora de tomarse el buque de San Pedro que tan bien había venido esquivando.

Y el departamento de la vieja quedó vacío, y nadie reclamaba nada, porque no había nada que reclamar, hasta que un día el portero vio que Román abrió la puerta y entró.

—Buenas, ¿qué hacés, Romancito?

—¿Cómo va, Juan?

—Bien, bien. ¿Qué hacés acá?

—Nada, oreo un poco nomás.

—¿Y cómo tenés las llaves vos?

—Porque sí, porque es mi departamento.

—¿Ah, sí? ¿Desde cuándo?

—Desde que falleció Rosita, que en paz descanse.

—¿Y vos te lo quedaste?

—No, la viejita me lo dio. Lo heredé.

—¡Ah! Mirá vos. Bueno, te dejo tranquilo. Qué bien le viene un poco de aire a este departamento.

—Sí, la verdad que sí.

El portero se fue no muy convencido, no le terminaba de cerrar por qué la vieja le había regalado el departamento al pendejo ese.

Y Román seguía tranquilo por la vida, trabajando como era su costumbre. Al poco tiempo puso en alquiler el departamento de la vieja. Así tuvo una entrada extra que le venía muy bien. Mientras tanto no dejaba de ser tan servicial como siempre. Se cruzaba a las viejitas, las ayudaba con las bolsas, se pasaba horas tomando mate con ellas, a veces lo llamaban para jugar a la canasta o al bingo.

Después de Rosita llegó el turno de Eli. El bobo no le aguantó más a la pobre vieja, así que a la mierda con ella también, como pasaba con miles de personas más en ese mismo instante en cualquier otra parte del globo.

Y un nuevo departamento vacío, y otra vez Román abriéndolo un día cualquiera, y un vecino chismeándole al portero lo que había visto.

Román estaba mirando la tele lo más pancho hasta que sonó el timbre. Abrió, era Juan, el portero.

—Juan, ¿cómo va?

—Bien, ¿vos?

—Bien, bien. Decime.

—Che, ¿es verdad que estuviste en el departamento de la vieja Eli?

—Sí, ¿por?

—¿Qué hacías ahí?

—Nada, lo heredé, ¿por? ¿Te manda el FBI? ¡Ja, ja, ja!

—¡Pero qué suerte que tenés!

—No sé si es suerte, nunca me comporté mal con la vieja, que en paz descanse.

—Mirá vos, porque yo sé que tenía hijos.

—Sí, un hijo y una hija.

—Qué raro que no se los dejó a ellos.

—Es que no le daban mucha bola a la pobre viejita.

—¡Qué hijos de puta! Y bueh, viste cómo son algunas familias.

—Sí, qué sé yo.

—Bueno, te dejo tranqui. Chau, macho.

—Chau, Juan.

Román cerró la puerta y siguió viendo la tele. Juan se fue pensando cómo carajo había hecho el pibe para ligar dos departamentos con tanta facilidad. Era imposible.

Comenzó a seguir los movimientos de Román mientras que éste ponía en alquiler el segundo departamento. Era una bendición, pronto dejaría de trabajar para dedicarse a tiempo completo a otras cosas.

Una tarde el portero vio a Román tocando la puerta del departamento de Clarita. Después de unos segundos la vieja abrió.

—¡Hola, querido! Pasá —escuchó decir a la vieja.

Juan se quedó esperando en la escalera, sólo se escuchaba un cuchicheo mínimo, más que nada la voz de la vieja, pero nada claro.

Los minutos pasaban, aburridos, calurosos, Juan seguía escuchando, por eso después las viejas lo odiaban, perdía el tiempo con otras cosas en lugar de encargarse de las tareas del edificio.

En un momento, cuando el hartazgo llegaba al límite de tolerancia, Juan escuchó un ruido, después otro, ¡TUCU!... ¡TUCU!... ¡TUCU! ¡TUCU! ¡TUCU! *Un palazo no podía ser, no había gritos. ¿Un mueble?*, pensó. Los ruidos continuaron, ¡TUCU! ¡TUCU! ¡TUCU! Y comenzaron a sonar unos pequeños quejidos.

¡Hijo de puta, la está matando!, pensó Juan. Pero prefirió esperar mordiéndose las uñas y temblando. Un asesino en el edificio podía ser noticia, pero si éste lo descubría escuchando podía terminar en una tragedia.

Se acercó a la puerta con el paso muy tranquilo, no quería ser visto o escuchado por algún vecino. Pegó la oreja y oyó el cuchicheo un poco más claro.

—¡Ay! ¡Nene! —se escuchaba decir a la vieja—. ¡Me vas a matar!

—Abra un poquito más las piernas, Clarita —respondía Román.

—¿Por qué no te conocí cuando tenía veinte años? —decía la vieja.

—Ahora está en el punto justo —contestaba dulcemente el muchacho.

Diez minutos después, los ruidos y quejidos cesaron. Al rato comenzó el cuchicheo nuevamente. Cuando las voces se fueron acercando, Juan se avivó y se acomodó en la escalera para no ser visto, y entonces Clarita abrió la puerta, y Román salió.

—Adiós, Clarita.

—Chau, corazón.

Román llamó al ascensor, esperó y desapareció.

Y así era, Román se montaba a las viejitas, les daba lo que nadie se animaba, lo que todos evitaban. Entonces, una vez que las tenía bien agarradas, les hacía firmar papeles que las viejas ni entendían. Después, con la ayuda del buen San Pedro, o algún don Pedro, Román las mandaba para el otro lado, acelerando todo el proceso. Sabía que al darles sexo corría con una desventaja, las viejas rejuvenecían, pero era toda una empresa a largo plazo.

Juan Carlos Esquivel

México

Juan Carlos Esquivel nació en Ciudad Juárez, México, en 1971. Publicó en 1988 *Jacaranda*, una novela por entregas en la sección *La Obra*, del periódico *El Fronterizo*. Su trabajo literario se ha publicado en dos antologías: *Norpaisaje, Antología del taller literario del INBA en Ciudad Juárez*, y en *Dosis Letradas*, antología para celebrar los 35 años de la Universidad Autónoma de Ciudad Juárez (UACJ). Fue seleccionado para participar en el Segundo *Virtuality* Literario "Caza de Letras", organizado por la UNAM y Editorial Alfaguara. Ha publicado también en las revistas *Blanco Móvil, Semanario, Paso del Río Grande del Norte* y *Arenas Blancas*, de la NMSU; así como en la revista *Umbigo*, tanto en su versión en papel como digital. Finalista en 2007 del Primer Concurso de Relato Corto "Rodeo de Palabras", organizado por el *Periódico Expresso* de Hermosillo, Sonora; y finalista en el 2014 del Segundo Concurso Internacional de Relatos Pecaminosos Contacto Latino, de Pukiyari Editores, Estados Unidos.

Proctoxxx

Bastó que un compañero de trabajo lo albureara, para que Ervey emprendiera la búsqueda de modelos para un nuevo género pornográfico. Quizá lo que tenía en mente era algo muy ligero, pues el morbo de los amantes del porno empezaba con la contemplación del *soft* y el *hardcore*, que tras un tiempo les aburrían, hacia prácticas más atrevidas, como tríos, lesbianas, orgías, lolitas, maduras, *blowjob*, anal, doble penetración, doble penetración anal, ¡triple! penetración anal, *ass to mouth, gangbang, creampie* vaginal y anal, *cum in mouth, swallowing, bondage, bukkake, fisting* sencillo y doble, embarazadas, bisexuales, travestis, hermafroditas y enanos. Quizá el nuevo género en que pensaba incursionar no era tan extremo, pero creía haber descubierto un nicho poco explotado por los amantes de las prácticas inusuales: anal almorranado.

Carecía de experiencia en la producción de video. Sólo una vez se aventuró en la grabación y edición de eventos como actividad extra a su empleo de coordinador de tráfico en una compañía transportista en Ciudad Juárez, pero hizo tan mal trabajo en la boda de la hija del gerente al hacer tomas exageradas de su escote y trasero, que causó la rescisión de su contrato de planta. Esta experiencia, aunada a las malas referencias, lo desalentó de seguir en el negocio de la edición.

Pero ahora, colocado en otra empresa y próximo a salir de vacaciones, consideraba que era tiempo de sacar del abandono su cámara y equipo, ociosos desde hacía dos años.

Lo primero que hizo fue buscar en la red información sobre las hemorroides. Las fotografías de los diferentes grados de inflamación de las venas rectales le parecieron repulsivas, hasta el punto de cambiar el nombre a las de mayor gravedad, de almorranas a *almosapos*; pero se sobrepuso al vislumbrar la bonanza que ser pionero en el género le podría ofrecer, además de recordar que había cosas peores, como la zoofilia, los baños dorados y la coprofagia.

Para darse una idea de cómo luciría esa práctica sexual frente a la cámara, fue a comprar dos kilos de granadas. Partió por la mitad la primera. Vio algunas semillas desperdigadas sobre la mesa, las manchas de su jugo ensuciaban el mantel individual. La mayoría quedaron asidas al fruto, en frágil cohesión con las membranas blancas que ya le daban la idea de cómo luciría una eyaculación. Entonces juntó índice y cordial de la mano derecha y los clavó en las semillas, esperando que tronaran al contacto. En vez de tronar, la mayoría de ellas se desprendieron, sin más efecto que manchar sus dedos cada vez que embestían con mayor fuerza y rapidez.

Probó entonces con la segunda. A esta no la partió por la mitad, sólo le hizo una perforación lo suficientemente estrecha como para que su índice penetrara con cierto esfuerzo. Al hacerlo, sintió a su dedo deslizándose entre las semillas, causando un efecto de masaje que le resultó placentero. No logró sentir si una de las semillas estallaba, pero de hacerlo, estaba seguro, lo haría adentro de la granada, lo que en términos filmográficos significaba fuera del rango de captura de la cámara. Al final, las paredes de la granada se agrietaron y cedieron en una explosión de rubíes traslúcidos. «Esto más bien parece *squirting*».

Tras su fracaso al simular ese acto con fruta, decidió que buscaría prostitutas que quisieran ser actrices; y entre ellas, debía buscar a quienes padecieran de hemorroides. No sería fácil, pues además de convencerlas de aceptar esa práctica, debía persuadirlas a dejarse filmar. Sólo contaba con una cámara, por lo que tendría que hacer pausas durante la filmación para hacer tomas de sus gestos al penetrarlas y acercamientos de su pene en el ano, en una serie de interrupciones y repeticiones que desesperarían a más de una actriz profesional.

Eso sí: en los videos de Ervey, las protagonistas serían ellas, pero quien complementaría su actuación sería él, en una suerte de pornografía tipo gonzo, no tanto por querer participar en las escenas o involucrar al espectador en ellas como por el deseo de ahorrar el sueldo de un actor, por muy improvisado y poco fotogénico que pudiera ser. Este deseo de ahorro lo llevó a preguntarse qué tanto debía pagar a esas mujeres, sobre todo porque no tenía la menor idea de cuánto ganaba una actriz. ¿Mil dólares? Era mucho, sobre todo porque estaban en México y no eran profesionales. Pero luego, precisamente por no serlo, pedirían un pago mejor, con el argumento de que estarían haciendo cosas más allá de las que suelen hacer con los clientes; sin faltar aquella mujer instruida que exigiría su derecho a un pago justo por el uso de su imagen.

Al final decidió prepararse con mil dólares, de los cuales estuvo dispuesto a pagar sólo quinientos, dejando el resto como reserva por si una de las chicas se ponía rejega. Se valió de los avisos clasificados de los diarios de la ciudad para emprender su primer reclutamiento, esperanzado en encontrar alguna mujer que cumpliera con el perfil, al menos el que a él le gustaba: alta, delgada, blanca de piel y cabello negro. Al principio era bastante exigente en cuanto a las características físicas de las actrices a escoger. No es que prefiriera a cierto tipo de mujer en detrimento de las demás, pues de todas le gustaban todas, desde esqueléticas hasta gordibuenas, pero para fines de imagen, prefería a las de su tipo; hasta que comprendió que había gustos para todos y relajó sus exigencias para dar cabida también a las *skinny*, *petite*, y obesas mórbidas. Aunque estas últimas no le gustaban, estaba dispuesto a hacer una excepción, pues era en este coto de prospectos donde cabía la mayor posibilidad de encontrar mujeres con almorranas.

Tomó pues el aviso clasificado del vespertino PM, y revisó los anuncios para adultos. Escogió aquellos de masajes a domicilio, poniendo especial atención en los que incluían una supuesta foto real de la prestadora del servicio y las prácticas que ofrecía. Eligió llamar a Masajes Lía, seducido por su publicidad y las nalgas redondas, bronceadas como duraznos maduros, que ofertaba junto a las palabras vaginal, oral y anal, así como la promesa de ser una chava "nada sangrona".

Aunque Lía sí fue de trato amable, no aceptó filmar la escena porno. Además, no padecía de hemorroides, por lo que la relación entre ambos se limitó al puro sexo, felación y sodomía incluidas. El encuentro fue de descubrimiento para Ervey, quien nunca había penetrado a una mujer por atrás: cierta resistencia natural del cuerpo a pesar de la disposición de Lía, último intento del pequeño sumidero estriado, del mismo color aduraznado de las nalgas, para evitar la entrada de Ervey, quien por primera vez experimentaba la sensación de romper lo que alguien más ya había roto, de abrirse paso a través de la carne y sentir cómo las paredes del ano se amoldaban a su pene grueso, no circuncidado.

Al final, terminó en el condón. Ni siquiera preguntó a la muchacha si podía acabar en otra parte, a pesar de que el anuncio también incluía la frase "Termina donde quieras".

A la semana siguiente, llamó a Masajes Rubí, cuyo nombre le hizo recordar la explosión de semillas de granada bajo el empuje de su índice. Se preguntaba si la masajista sería como Bárbara Mori en la telenovela del mismo nombre, pero cuando se encontró con ella en un motel, se dio cuenta que cuatrocientos pesos no alcanzaban para tanto. Su ano tenía uno de los pliegues más abultado que el resto, en lo que semejaba un sobrante de piel que desde cierto ángulo parecía cubrir el orificio en una especie de tapón natural que se traslapaba con el centro, y al cual había que apartar de un garnuchazo. No era una visión mala, es decir, antiestética, pero para los fines cinematográficos que Ervey perseguía, era poco útil, pues su recto estaba sano. Además, Rubí no accedió a tener sexo anal. «Sí, en el anuncio decía, mi'jo, pero eso lo hace otra de las morras que trabajan conmigo, yo no».

Pasó una nueva semana, y Ervey, harto de cargar con su cámara y su equipo de iluminación para todos lados, citó en su casa a Ivana, otra chica que se anunciaba en el periódico como una "morena de fuego, voluptuosa y ardiente". Al entrar ambos a la recámara, Ivana vio los trípodes, las pantallas y demás equipo de video, pero no supuso que Ervey fuera a proponerle grabar una película porno hasta que lo hizo, a lo cual no se negó. «Nomás préstame un antifaz, mi'jo, para que no se me vea la cara». Ervey no estuvo de acuerdo con esa muestra de pudor, que más bien era de miedo a ser descubierta por conocidos de su entorno inmediato, y ante la negativa de Ivana, no tuvo más remedio que suspender la grabación y limitarse a tener sexo con ella. Poco antes de penetrarla, se fijó en sus labios vaginales, de una coloración más oscura que el resto de su piel, más morena, y los pliegues del ano, largos, abundantes y extensos, parecían anudarse en su desembocadura, como la ropa cuando se exprime a mano después de lavar.

A medida que pasaban las semanas, la falta de una sola escena filmada iba mermando el entusiasmo inicial. Los gastos se acumulaban, y de los mil dólares que tenía ahorrados sólo quedaban seiscientos. Las masajistas no le resultaban muy caras, pero pagar a una tras otra únicamente para descubrir que no tenían hemorroides y aun así tener sexo con ellas, lo desviaba de su objetivo. Además, a la mayoría de las chicas las transportaba un chofer, encargado de su seguridad, por lo que los encuentros estaban limitados a una hora, tiempo insuficiente para grabar con una sola cámara, sin asistentes y con repeticiones continuas.

Una noche, tomó su carro y se dirigió al centro de la ciudad. Largos años de ausencia en la zona lo hicieron desconocerla al volver a ella, con sus edificios abandonados, muchos de ellos en ruinas, y extensos lotes baldíos donde antes había cantinas, burdeles y hoteles de paso. Se dio cuenta que la mayoría de las mujeres se habían cambiado hacia otro rumbo, a la calle De la Paz, pues la demolición de los edificios correspondía a un esfuerzo fallido de diferentes gobiernos municipales para cambiar la imagen del vetusto centro de la ciudad y erradicar la prostitución.

Fue entonces a la otra zona de tolerancia. Casi amanecía. Los trasnochadores habían desaparecido de las calles, y con ellos, las trabajadoras sexuales que tomaban un taxi para volver a sus casas o se recluían en los cuartuchos de los hoteles en que trabajaban, sabedoras de que no tenía caso esperar clientes. Al ver las avenidas principales casi desiertas, tuvo que apearse para explorar la zona peatonal, en la que sabía de la existencia de algunos lugares donde podía encontrar prostitutas. Por su apariencia física y lo populoso del rumbo en que trabajaban, a esas mujeres se les conocía como "las de cinco pesos", debido a que eso era lo que cobraban, pero no por ir al cuarto, sino por bailar una cumbia o norteña con los parroquianos de los muchos tugurios esparcidos por el lugar.

Encontró dos prostíbulos que funcionaban en antiguas vecindades: Casa de Huéspedes París, y Casa de Huéspedes El Palmito. Afuera de la segunda vio a Irma, la única mujer disponible en esa zona, que de día era de comercio fijo y ambulante, con puestos de comida y discos piratas. Irma cobraría doscientos pesos, la mitad que las masajistas, pero Ervey consideró que realmente debía cobrar mucho menos, tal vez tan poco como los cinco pesos que, en tono de broma, se decía que cobraban las mujeres del lugar. Irma era alta, de cabello hasta los hombros, ensortijado y escaso. Se había dejado crecer los rizos desde la coronilla en un intento por cubrir su falta de pelo en el resto de la cabeza. Su boca se veía pequeña, apretujada por sus dos mejillas prominentes, que de paso abultaban alrededor de los ojos. Sus senos no sobresalían en su pecho, que parecía fundirse en una sola pieza con la grande barriga que la hacía caminar panda, desgarbada, con el trasero sumido. Vestía falda-pantalón amplia y su calzado era de piso, para aguantar largas horas de pie. Una vez acordada la cantidad, Ervey la siguió al interior de El Palmito.

La idea que tenía de una casa de huéspedes era la de un albergue para viajeros que rentaban un cuarto por noche, semana o mes, cuya tarifa incluía las comidas y en donde había cierto orden y limpieza. Pero lo que vio fue un corto zaguán que conducía a un patio estrecho, alrededor del cual estaban las habitaciones. En una esquina había un lavadero de cemento, junto a un maloliente cuartito de madera que Ervey supuso era el baño.

Entraron a uno de los cuartos. La puerta cerraba por dentro con una aldaba. Junto a la cama con el colchón deformado había un buró, y sobre este, una palangana con agua y un rollo de papel sanitario.

—¿Sí me pagas, mi'jo? —su voz era fuerte, ronca, gutural, en perfecta correspondencia con su imagen.

Tras recibir el dinero, la mujer comenzó a desnudarse, de la cintura para abajo. Ervey apenas se desabrochaba el cinturón, cuando se detuvo a preguntarle si estaría dispuesta a que se lo hiciera por atrás.

—No mi'jo, por atrás no —respondió Irma, entre risas—. Por ahí nomás le gusta a los jotos, *¡wojojojojojoyjojojoy!*

Su carcajada era tan característica como su voz, pero a Ervey no le hacía ninguna gracia, pues comenzaba a creer que había sido un error entrar al cuarto con ella.

—Además, por ahí no, porque tengo almorranas... ¿quieres ver?

No. No quería. Ya no quería. Pero antes de que Ervey pudiera decir algo, Irma ya se había bajado las bragas hasta las rodillas e hincado sobre el colchón. Con sus manos de uñas rojas, carcomidas por largas horas de aburrimiento en espera de clientes, se abrió la nalgas.

La impresión fue devastadora. Una sola ojeada, de lejos, casi subrepticia, bastó para que tuviera el efecto de un golpe, de un sobresalto. Ervey se estremeció, se volvió hacia otro lado y cerró los ojos con una mueca similar a la que se hace cuando se chupa limón. Casi vuelve el estómago con la tos y los espasmos sufridos al percibir el tufo de Irma. Sus intenciones de incursionar en el porno se fueron con la vista de esas hemorroides. Ignoraba a qué grado de inflamación correspondían, si al primero, segundo, tercero o cuarto; pero a Ervey le pareció que en ese ano se aglomeraban todos los grados a la vez. Se le figuró que las venas rectales estaban a punto de explotar, y que de hacerlo explotarían hacia él.

—Discúlpame... Creo que mejor ya me voy.

—¿Por qué, chiquito? ¿Te dio miedo? *¡Wojojojojoyjojojoy!*

Mientras Ervey se abrochaba el cinto, Irma se quitó por completo la ropa interior y se recostó de espaldas sobre la cama, con las piernas abiertas.

—Por atrás no, pero por aquí luego, luego, mi'jo. ¿Cómo ves?

Ervey tenía la costumbre de siempre mirar a quien le hablaba, por lo que no pudo evadir la visión del sexo de Irma: grande, sin depilar, ni siquiera el triángulo para el biquini –aunque era poco probable que existiera un biquini de tales dimensiones. Tenía los vellos húmedos, brillantes de sudor, esparcidos por las ingles y parte de los muslos, con una viscosidad que hacía hebras de líquido colgante.

—Vente, chiquito, ándale. ¿O qué, no se te antoja? *¡Wojojo-jojoyjojojoy!* Anímate, al cabo no tiene dientes...

Pues nomás eso le falta..., pensó Ervey, quien de pronto imaginó que entrar ahí equivaldría a ser devorado por el monstruo de las películas de *Alien.*

—Discúlpame, de veras. Es que me empecé a sentir mal. Quédate con el dinero, no hay bronca —respondió él, para luego abandonar el cuarto a veloces zancadas.

***

Y fue así como terminó la aventura pornográfica de Ervey, quien esa misma noche, para quitarse el mal sabor de boca –o la mala visión de los ojos–, llevó su personalidad parecida a la del futbolista Rafa Márquez a las calles cercanas al Gimnasio Municipal, estacionó su auto junto a una rubia delgadita que resultó ser una estadounidense que cobraba en pesos —cuando lo más lógico sería que las mexicanas cruzaran la frontera para cobrar en dólares—, misma que haciendo constar la fama de liberales de las anglosajonas, sí estuvo dispuesta a practicar todo tipo de aberraciones mediante el previo pago, y quien además de no tener hemorroides tenía el culito más lindo del mundo: sonrosado, pequeño, con cinco pliegues que parecían formar una estrella y del cual Ervey quedó prendado. Luego, quedar prendado lo hizo frecuentar más a esa mujer, y frecuentarla más lo llevó a enamorarse de ella y de su físico tipo Heather Locklear, hasta el grado de estar dispuesto a luchar para sacarla de esa vida.

Pero estas últimas son peripecias de otra historia.

Índice

www.ingramcontent.com/pod-product-compliance
Lightning Source LLC
Chambersburg PA
CBHW030129180626
46812CB00002B/615